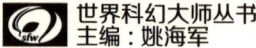
世界科幻大师丛书
主编：姚海军

THE QUANTUM THIEF

量子窃贼

［芬兰］哈努·拉亚涅米 著

胡纾 译

四川科学技术出版社

THE QUANTUM THIEF
Copyright © by Hannu Rajaniemi
First published by Gollancz, an imprint of the Orion Publishing Group, London
Published by arrangement with Orion Publishing Group via The Grayhawk Agency
Simplified Chinese edition copyright © by 2016 Science Fiction World
All rights reserved.

图书在版编目(CIP)数据

量子窃贼 / [芬兰]拉亚涅米　著；胡　纾　译.
-成都：四川科学技术出版社，2016.5
（世界科幻大师丛书）

ISBN 978-7-5364-8330-9

Ⅰ.量…　Ⅱ.①拉…②胡…　Ⅲ.长篇小说－芬兰－现代
Ⅳ.I531.45

中国版本图书馆CIP数据核字(2016)第071240号
图进字 21－2015－194号

世界科幻大师丛书

量子窃贼

出　品　人	钱丹凝
丛书主编	姚海军
著　　者	[芬兰]哈努·拉亚涅米
译　　者	胡　纾
责任编辑	宋　齐
特邀编辑	李克勤
封面绘画	郭　建
封面设计	李　鑫
版面设计	李　鑫
责任出版	欧晓春
出　　版	四川科学技术出版社
	四川省成都市槐树街2号出版大厦　邮政编码：610012
开　　本	140mm×203mm
印　　张	10.5
字　　数	220千
插　　页	2
印　　刷	四川南方印务有限公司
版　　次	2016年5月成都第一版
印　　次	2016年5月成都第一次印刷
定　　价	28.00元

ISBN 978-7-5364-8330-9

致中国读者

　　我的童年是在芬兰度过的。那时,有那么一段时间,大概六岁到十岁吧,我每周都会去我所在城市的图书馆,把一本又一本书借回家,数量之多,我父母最后不得不给我定下借阅额度。

　　有些书,我借了一次又一次,其中有一本是中国神话和传说的合集。我最喜欢的故事讲的是一个狡猾的英雄,他神通广大,偷了许多神奇的宝贝,还能变化多端,长生不老;他挑战天神,最后被禁锢在一座魔山之下,后来又被放出来,担负起一项或许会决定人类命运的使命。

　　坐下来写这篇介绍文章的时候,我突然意识到了赌王若昂与猴王孙悟空的许多相似之处。他们之间的联系不是出于我的着意安排，但也并非纯粹的巧合。科幻小说的许多元素传承自神话，比我们乐意承认的多得多。而神话的作用之一，就是通过神话人物和神祇的故事，向人们解释世界为什么是现在这个样子——这一功能目前已经归于科学。科幻小说所做的，则是用科技的语言讲述故事，表明世界可能发生哪些变化。神话人物常常会改头换面，以新的面目出现在科幻小说中，这种事并不稀奇。无论是出于作者的有意安排，还是身为不请自来的宾客，旧日的神祇仍然会以人物原型的形式，主宰我们的想象世界。

我不能说，本书中的"量子窃贼"这一角色直接源自齐天大圣。当然，如果从超自然神力和宇宙级别的活动范围来看，齐天大圣很可能是最接近后人类时代那位赌王的原型人物。我可以肯定的是，二十五年来，大圣始终藏在我的脑海里，与亚森·罗萍、洛基以及其他狡黠人物为伴。他在那里舞动着金箍棒，啃着吃了能长生不老的仙桃，耐心等待着以另一番面目重获新生的那一天。

我竟然有了中国读者，对此我感到万分喜悦，视为无上荣耀。除了孩提时代对中国神话的迷恋，以及太过短暂的香港和上海之旅，我对中国的了解实在太少了。我想不出来，你们会觉得这本书的哪些方面比较重要？哪些部分更有意思？也许你们甚至会略翻几页就把它扔开，对它大失所望。

但我还是小心翼翼地怀抱希望。故事和神话自有其力量，这种力量能够跨越许多世纪和诸般语言。不管孙悟空使了什么狡计，施展了何种法术（也许拔了一根魔法毫毛？）让一个芬兰小男孩开始做梦,然后用英语写下他的这些梦——我相信,这种法力必定会在下面用中文写就的页面中多多少少留下些许痕迹。愿这缕法力载着你,前往你的想象所指引的目的地,前往一个遥远的、有着窃贼、量子上帝和钻石大脑的未来。愿你的飞行闪电般迅捷,像猴王的筋斗云。

哈努·拉贾涅米

2016年2月于旧金山

目 录
CONTENTS

"……如果你不断装扮成这个人、那个人,总会有那么一刻,你不再认识你自己了。这真是太可悲了。此刻我的感受,大概就像失去了自己影子的人一样……"

——莫里斯·勒布朗,《罗萍大冒险》

1．窃贼与囚徒困境①

跟战脑互射之前,我照例想先聊两句。

"哪儿的监狱都一个样儿,你说呢?"

其实我连它听不听得到声音都不清楚。它没有可见的听觉器官,只有眼睛,人眼,总共好几百只。眼柄从身体各处向外生长,眼睛长在眼柄尽头,活像热带水果。我俩的牢房之间是一条闪亮的界线,它飘浮在线的另一侧,偌大的银色柯尔特手枪握在小树枝一样的机械手里。可这副怪模样我却笑不出来,因为我已经被它射杀了一万四千回。

"监狱活像过去地球上的机场。谁也不乐意来,也没人当真住在这儿。我们都只是过客。"

今天,监狱的墙是玻璃。头顶上方老远挂了一轮太阳,跟真货差不太多,但又有点儿不大对劲,似乎更黯淡了些。在我周围,数

---

①囚徒困境指的是两名囚徒之间的一种特殊博弈,说明为什么即使在合作对双方都有利时,保持合作也是困难的。具体如下:两个共谋犯罪的人被关入监狱,不能互相沟通情况。如果两个人都不揭发对方,则由于证据不确定,每个人都坐牢一年;若一人揭发,而另一人沉默,则揭发者因为立功而立即获释,沉默者因不合作而入狱五年;若互相揭发,则因证据确凿,两人都判刑两年。由于囚徒无法信任对方,因此倾向于互相揭发,而不是同守沉默。在博弈论的非零和博弈中,囚徒困境是最具代表性的例子,表明个人最佳选择并非团体最佳选择。本书注释均为译注。

百万间牢房延伸至无穷远处,一色的玻璃墙壁、玻璃地板。光线渗过透明的表面,在地板上造出彩虹的颜色。除了这些颜色,我的牢房光溜溜的,我自己也一样,新生儿似的不着寸缕,只有手里握着枪。有时候,如果你赢了,它们会允许你做一点儿小小的改动。战脑最近成绩斐然。它牢房里飘着零重力的花,红色、紫色、绿色的球茎从水泡里长出来,活像卡通版的它自己。自恋的混蛋!

"如果牢房带厕所,门肯定朝里开。永远一成不变。"

好吧,我真的快找不出词儿了。

战脑缓缓举起武器,眼柄上仿佛荡开了波纹。它要是有张脸该多好,那么一大片湿乎乎的眼球盯着你,真叫人心慌。别管那个了,这次一定能成功。我稍微把枪抬高,肢体语言和手腕的动作都在向对方诉说我的意图,我的每块肌肉都在高喊"合作"两个字。来吧,相信我。不骗你,这回咱们做朋友——

火光闪过——它黑洞洞的枪口眨了眨眼。我扣扳机的手指跟着一抽。两声霹雳似的枪响之后,我脑袋里多了粒子弹。

滚烫的金属钻进颅骨,再从后脑勺蹿出去——这种感觉你永远不可能完全习惯。模拟的细节详尽逼真,让人叹为观止:热流穿透前额,温热的血水和脑浆喷洒在肩膀和后背上,接着是突如其来的寒意以及最后的黑暗。一切陷入停顿。"困境监狱"的牢头阿尔肯就是要你好好感受。这是为了教育你。

监狱的一切都是为了教育。还有博弈理论:关于理性决策的数学。阿尔肯族是长生不死的精神体,自然有大把工夫可以花在这类破事儿上。而内太阳系的统治者、上载意识的集合体索伯诺斯特,偏偏指定它们来管理监狱。

这个游戏的原型一直是经济学家和数学家的宠儿。同样的游戏我们玩了一次又一次,形式时有不同。有时它们让我们玩比试胆量:驾车相对行驶,飞驰在没有尽头的高速路上,决定要不要在最后一刻避让。有时我们是困在战壕里的战士,隔着无人区遥遥相望。有时它们回归传统,把我们变成囚犯——老式的囚犯,被神色严厉的家伙拷问;我们必须在背叛同伴和遵守缄默法则之间做出选择。今天的趣味是枪。我对明天毫无期待。

我像皮筋回弹一样"啪"的活转来。我眨巴眨巴眼睛,感到脑子里有一处不连贯的地方,一点粗糙的边缘。每次还魂,阿尔肯都会稍微改变你的神经构造。按它们的理论,达尔文的磨刀石终究会让所有囚犯改过自新,变成合作者。

如果对方开枪,我没开枪,我就完蛋了。如果我们都开枪,双方都会有点痛。如果我们合作,双方都能中大奖。只不过总有些东西会诱惑你扣动扳机。但阿尔肯认定了一件事:只要我们不断相遇,合作行为终会出现。

再来几百万回合,我准能变成童子军。

才怪。

上一场对决之后,我的分数实在要命。我和战脑都背叛了。这一轮还剩两场。不够啊,见鬼。

跟邻居对战,赢了可以获得领地。每轮过后,如果你的分数比对方高,你就赢了。获胜的奖励是你自己的复制品,你可以用它们取代——就是消灭——你周围的失败者。我今天的表现不怎么样,到现在已经两次双向背叛,两次都是跟战脑。如果不能扭转这一轮,我就真要烟消云散了。

我暗暗掂量自己的选择。我周围的牢房有两间已经住进了战脑的拷贝——左手边那间和背后那间。右手边的牢房里是个女人。我转身面对那间牢房,我们之间的墙消失了,被代表你死我活的蓝线取代。

她的牢房跟我的一样素净。她坐在地板中央,双臂抱膝,身上裹着古罗马长袍似的黑色衣裳。这人我过去从没见过。我好奇地打量她:她晒得很黑,让我联想到奥尔特星云人,一张亚洲杏脸,身体结实有力。我微笑着朝她挥手,她毫不理会。监狱似乎认定我的举动已经构成相互合作:我感到自己的分数略微上升,仿佛吞下一小杯威士忌,暖洋洋的。我们之间的玻璃墙回归原位。哇,真轻松。但想赢战脑还不够。

"嘿,窝囊废。"有人开口了,"人家没兴趣。比你强的货色多的是。"

剩下那间牢房里是另一个我。他懒洋洋地躺在泳池旁的沙滩椅上,穿件白色网球衫,太阳镜太大,跟脸型不怎么搭调。他腿上有本书,是法文版的《水晶瓶塞》①。这也是我最喜欢的作品之一。

"它又把你干了。"那家伙连头都懒得抬,"又一次。这是第几回了?连着三次?你怎么还没明白,它的策略永远都是以牙还牙。"

"刚刚我差点就蒙过它了。"

"伪造合作的记忆嘛,点子是不错。"他说,"只不过,你知道,永远行不通。战脑是非标准枕叶和无序型背侧通路,视幻觉别想糊弄它。真可惜,阿尔肯从来不给失败者发鼓励奖。"

我眨眨眼。

"等等。这些事儿我都不知道,你怎么知道的?"

"你以为自己是这鬼地方唯一的赌王?还有我呢。不扯这些了,你还差十分才能赢它,赶紧过来,我帮你。"

"你就尽管挖苦我吧,机灵鬼。"我朝蓝线走去。自这轮开始,

①《亚森·罗萍探案集》第六部。

我的呼吸头一次轻松起来。他也站起身,从书底下拿出线条流畅的自动手枪。

我伸出食指对准他,"砰砰。"我说,"我合作。"

"真够逗的。"他边说边举枪,还咧嘴冲我笑。

他的太阳镜里映出两个我,两个赤身裸体、毫无遮掩的小人儿。

"嘿,嘿,咱们是一伙的,不是吗?"亏我还自以为挺有幽默感呢,比他差远了。

"投机客、大冒险家,咱们不就是这种人吗?"

我心头一动:真诚的微笑、精致的牢房,让我放松、让我想起自己,但又总有些地方不大对劲——

"哦,见鬼。"

牢里总少不了各种传闻和鬼故事,这儿也一样。我曾跟一个变节的佐酷人合作过一段时间,这故事就是那人告诉我的:畸变体的传说,终极背叛者,绝对不合作而又能一直逃脱惩罚的东西。它找到了系统里的一个漏洞,因此永远以你的形象出现。如果你连自己都信不过,你还能相信谁呢?

"哦,没错。"终极背叛者扣动了扳机。

总算不是战脑,我一面胡思乱想,一面看着眼前闪过明亮的霹雳。

然后一切都变得莫名其妙了。

梦中,米耶里正在金星上吃桃子。果肉甜美多汁,微微发酸。与席丹的味道混杂在一起,十分可口。

她重重喘气道:"你这个混蛋。"

克里奥佩特拉陨坑上方十四公里处,一个Q粒子泡泡构成了人类的小巢,让她们得以在马克斯韦尔山陡峭的断壁上流汗、做爱。硫酸风在外面咆哮。云层琥珀色的光线穿透坚硬无比的人造物质外壳,把席丹的皮肤染成紫铜色。她的手掌放在米耶里依然濡湿的性器上方,与阴阜的轮廓正好契合。米耶里肚里仿佛有无数翅膀,正懒洋洋地轻轻扇动。

"我做什么了?"

"做了好多。人家在固伯尼亚教你的就是这个?"

席丹露出古灵精怪的微笑,眼角尽是细密的鱼尾纹。她说:"实话告诉你,我好一阵子没做,有点生疏了。"

"屁。"

"你的屁股很棒呀。"

席丹伸出空闲的那只手,手指抚上米耶里胸部的蝴蝶文身,描绘它银色的线条。

米耶里说:"别。"她突然觉得很冷。

席丹缩回手,碰碰米耶里的面颊。

"怎么了?"

果肉吃尽,只剩果核。她把它含在嘴里,过了片刻才吐出来。坚硬的小东西,表面刻满记忆。

"你并不是真的跟我在一起。你并不真实。你在这儿只是为了让我别发疯,在监狱里。"

"有效果吗?"

米耶里把她拉近,吻她的脖子,嘴里尝到汗水的味道,"没用。我不想离开,所以准是疯了。"

"你从来都比我坚强。"席丹轻抚米耶里的头发,"时间快到了。"

米耶里抓紧她,感受着对方身体熟悉的触感。席丹腿上宝石镶嵌的蛇紧紧压着她。

米耶里。佩莱格莉妮的声音传入她脑中,仿佛一股冷风。

"再一小会儿——"

米耶里!

转变来得又猛又痛,就像一口咬在桃核上。现实的果核坚硬无比,几乎崩断她的牙。牢房、苍白的人造阳光。玻璃墙,墙背后是两个贼,正在交谈。

任务。好几个月,漫长的准备与实施。转瞬间她便完全清醒,计划在她脑中展开。

不该给你那段记忆,她脑中的佩莱格莉妮说道,险些误事。现在让我出去:这里越来越挤了。

米耶里朝玻璃墙吐出桃核。墙壁像冰一样碎了。

首先,时间放慢。

子弹钻进我的头骨,仿佛吃冰淇淋太快造成的头痛。我感到摔下去,却又没有摔下去,而是悬浮在半空。蓝线之后,终极背叛者像一尊凝固的雕塑,手里还握着枪。

我右手边的玻璃墙破裂。碎片飘浮在我周围,反射着阳光,仿佛玻璃银河。

隔壁牢房的女人步履轻快地走到我跟前。她的姿态淡定从容,仿佛收到进场提示的演员,一切动作都已排演过许多遍。

她上下打量我。她一头深色短发,左颧骨上有道疤,仿佛饱经日晒的深色皮肤上多出一条黑线,一个精准的几何图形。她的眼睛呈浅绿色。"今天是你的幸运日。"她说,"有东西要你偷。"她把手伸给我。

子弹造成的头痛加剧,我们周围的玻璃银河显出图案,几乎像一张熟悉的面孔——

我微微一笑。还用说,这是垂死的梦。系统出了点小故障:死得慢了点。像肯定朝里开门的厕所一样,永远一成不变。

我说:"不。"

梦里的女人眨巴着眼睛。

"我是赌王若昂。"我说,"偷什么由我选,时间也由我说了算。而我会在我选定的时间离开这里,一秒钟也不会提前。事实上,我还挺喜欢这地方呢——"疼痛让世界变得惨白,我看不见了。我开始放声大笑。

在我梦里的某个地方,有人跟我一道笑起来。我的若昂,另一个声音,如此熟悉。哦没错。我们就带这一个走。

一只玻璃组成的手抚过我的脸,同一时刻,我的模拟大脑终于拿定主意:该咽气了。

米耶里抱起死去的窃贼:他毫无重量。佩莱格莉妮像热浪般从桃核涌进监狱。热浪融合成一个高挑的女人,一袭白裙,脖子上一圈钻石,头发仔细打理成一圈圈红褐色波纹。她既年轻又苍老。

现在感觉好多了。她说,你脑子里空间不够。她好不惬意地舒展双臂,现在,趁我兄弟的孩子们还没发觉,先把你们弄出去。我在这儿还有事要办。

【我兄弟的孩子们】指阿尔肯族。佩莱格莉妮是**索伯诺斯特**的七位始祖之一,而阿尔肯族属于另一位始祖,故有此说。】

米耶里感到借来的力量在体内不断增强。她跃入空中,空气呼啸而过。她带着窃贼越升越高。有片刻工夫,她似乎重新回到了布里汉奶奶的家,重新长出了翅膀。不多久,监狱已经变成脚下一大片微小的方格子。方格子如像素般变换颜色,合作、背叛,组成无穷无尽的复杂图形,又好像照片——

没等米耶里和窃贼穿过天空,监狱变成了佩莱格莉妮的笑脸。

濒死的感觉就像穿越一片——

沙漠,想着偷东西。男孩趴在滚烫的沙里,烈日炙烤他的后背。太阳能板堆场边缘有个机器人站岗,他在观察它。机器人活像涂了伪装色的螃蟹,或者塑料玩具,但它里头有些很值钱的货,独眼埃加愿意为它们付一大笔钱。然后也许,只是也许,假如他表现得像个能照料家人的男子汉,塔法尔卡特就会再次叫他"儿子"——

我从不愿死在——

监狱,肮脏的所在,混凝土、金属、苦涩的腐臭,还有殴打。年轻人嘴唇破了,痛得很。他在读书,讲的是神一样的男子。他能随心所欲做成任何事,他偷走国王和君主的秘密,他嘲笑规则,他能改变自己的面孔;只需伸出手,钻石和女人都任他攫取。他的名字是一朵花的名字①。

我痛恨被他们抓住。

把他从沙地上拉起来,动作粗暴。拉他的士兵反手给他一耳光,然后其他士兵举起步枪——

实在没劲儿透了,远不如——

窃取那颗钻石做成的心。窃贼之神藏在通过量子缠结编织起来的思想尘埃中,他对钻石之心撒谎,哄得对方相信他是自己的一个念头,放他进入心里。

那些拥有无数分身的人创造了许多闪闪发光的世界,简直好像专门为他所造,而他只需伸手把它们拾起。

仿佛濒死的感觉。而离开时则好像——

---

① 指亚森·罗萍。

　　钥匙在锁眼里转动。金属锁舌滑向一旁。一位女神走进来，说他自由了。

　　出生。

　　翻开新的一页。

　　深呼吸，哪儿都痛。比例全弄错了。我用巨大的双手遮住眼睛，碰触间有雷电闪动。肌肉是钢索织成的网。鼻孔里有黏液。胃上开了洞，灼热、紧张。

　　集中精神。我将感官制造的噪音变成一块石头，就像阿盖伊平原①的那些石头一样，又大又笨又光滑。在脑子里，我躺到一张细密的铁丝网上，瓦解成红色的细沙，纷纷落下，从网格中倾泻而过。那块石头却没法钻过网眼。

　　周围突然间再度安静下来。我倾听自己的脉搏。它太规律，简直不可思议，每次跳动都仿佛是完美的机械在滴答走动。

　　微弱的花香。气流轻挠我的汗毛——小臂，还有其他部位。我仍然赤身裸体，毫无重量。智能物质存在于每个角落，虽无声无息，却能感受得到。还有另一个人类，离我不远。

　　有什么东西让我鼻子发痒，我把它赶开。睁开眼，一只白蝴蝶扑棱翅膀飞走了，飞进明亮的光线里。

　　我眨眨眼。我在飞船上，看样子像奥尔特蜘蛛船。我身处一块圆柱形空间，约莫十米长，直径五米。墙体透明，是彗冰那种脏兮兮的色调。墙里悬浮着好些奇怪的部落雕刻，类似符文。球形盆栽和边角众多的零重力家具沿圆柱的中轴飘浮。墙背后是一片星光闪闪的黑暗，到处都有白色的小蝴蝶。

　　我的救命恩人飘在不远处，我朝她微笑。

---

　　①位于火星南部阿盖伊撞击盆地。

"年轻的女士,你真是我见过的最美的生物。"我的声音显得很遥远,但它确实是我的声音。不知他们有没有把脸弄对。

从近处看她实在很年轻,真正的年轻:清澈的绿眼睛里看不见老练世故的神情,而这神情是青春恢复术无法抹去的。她穿着牢里那件简单的衣裳,飘浮的角度很舒适,仿佛零重力下行动原本就毫无困难可言。光滑的双腿裸露在外,伸直、放松,却又时刻准备行动,仿佛武术家。一条各色宝石拼成的链子顺着左踝蛇行,爬上她的左腿。

"恭喜你,偷儿。"她声音低沉,控制得很好,但仍然泄漏出一丝鄙夷,"你越狱了。"

"希望如此,可谁知道呢,没准儿这只是困境监狱的新变种。到目前为止,阿尔肯一直挺老套,可如果你真的被关在一个虚拟地狱里,再怎么疑神疑鬼也不为过。"

我两腿间有东西动了动,我的疑虑当即部分打消。

"抱歉,有一阵子没这样了。"我认真打量自己的勃起,不带丝毫感情。

"显而易见。"她皱起眉,脸上有种古怪的表情,混合了厌恶与兴奋。我意识到她肯定正在接听这具身体的生理反馈信号,因此部分地体会到了我的感觉。这么说来,眼前这位是我的又一位狱卒。

"相信我,你出来了。所费不赀。当然了,还有几百万个你待在牢里,所以算你走运。"

我抓住中轴上的把手,转移到一株盆栽背后,像亚当一样把自己藏起来。一大片蝴蝶从树叶上腾空而起。肌肉用力的感觉也很怪:新的身体尚未完全苏醒。

"年轻的女士,我有名字的。"我从盆栽背后伸手给她。她迟疑着拉住我的手,握紧。我使出浑身力气回敬她,她的表情却毫无变化。"赌王若昂,愿为你效劳。不过你说的也不错,我是个偷儿。"我托起原本在她脚踝上的链子,它像活物般在我掌中扭动。宝石蛇。

她圆睁双眼,脸颊上的伤疤变成黑色。突然间,我到了地狱。

我是黑暗中的一个视点,无形无质,无法形成任何连贯的思想。我的心灵被困在钳子里。某种东西从每一个方向挤压我,不让我思考、回忆、感受。这比困境监狱更恐怖一千倍。它持续了永恒那么久。

然后我回来了,气喘吁吁,胃里翻江倒海,呕出的胆汁化作一粒粒水球浮在半空。不过每一种感受都让我感激涕零。

"刚才的动作没有下次。"她说,"你的身和心都是借给你的,明白?偷来要你偷的东西,然后人家也许准你保留你的身心。"宝石链回到她脚踝上,她脸上的肌肉在抽搐。

在监狱饱经磨砺的本能命令我管好舌头,还有别再呕吐了。可我内心的那个花样男非得说话不可,而我又没法阻止他。

我喘道:"晚了。"

"什么?"她光洁的额头上出现一道皱纹,挺美,仿佛油画的笔触。

"我改过自新了,你来得太晚。我已经进化成利他主义者,亲爱的小姐,一个内心充满善意与友爱的存在。我做梦也不会参与任何犯罪行为,哪怕是可爱的救命恩人的命令。"

她面无表情地盯着我。

"好吧。"

"好吧?"

"如果你派不上用场,我只好回去另找一个。培蝴宁,请把这一个装进气泡里扔出去。"

我们对视片刻。我觉得自己很蠢。我在背叛与合作这条道上走得太久,该改弦更张了。我首先转开了目光。

"等等。"我慢吞吞地说,"听你这么一说我才发现,或许我还真保留了一点点自私的冲动。咱们说话这当口它正在恢复呢,我能感觉得到。"

"不出所料。"她说,"毕竟,大家都说你这人的自私是无药可救的。"

"那么,接下来怎样?"

"到时候你就知道了。"她说,"我叫米耶里,这是培蝴宁,她是我的船。"她抬手一挥,"你在这里期间,我们就是你的主宰。"

"就像库乌塔和伊尔玛塔?"我说出两位奥尔特神灵的名字。

"也许。也可以是黑神,随你喜欢。"我回想起先前那个地方,觉得她还真有点像奥尔特代表虚空的黑暗之神,"培蝴宁会告诉你该住哪儿。"

窃贼离开后,米耶里躺倒在驾驶舱。她感到筋疲力尽——虽说如果单看她身体的生理信号(这具身体一直在培蝴宁上等她,等了好几个月),她其实已经完全恢复了。另外,认知的失调比身体的感受更糟糕。

在监狱的是我吗?或者是另一个人?

她回忆起好几周的漫长准备,连穿好几天的Q服,主观时间延迟,准备好触犯法律,好让阿尔肯逮捕自己,把自己送进监狱。永无止境的监狱生活,心灵沉浸在一段久远的回忆里。暴力出逃,被佩莱格莉妮甩入太空,在新的身体中醒来,颤抖、无助。

全都是因为那个贼。

现在还多了一条量子脐带,连接佩莱格莉妮为他制作的身体,让她时刻都对他的思绪有模模糊糊的意识。就仿佛躺在陌生人身边，感觉到对方的动作，感觉到对方在睡梦中挪动。不愧是索伯诺斯特的女神，专挑这种准能把她逼疯的任务给她。

他摸了席丹的珠宝。愤怒让她感觉好些，一点点。不，愤怒不仅仅针对他，也是针对她。

"我把偷儿安顿好了。"培蝴宁温暖的声音出现在她脑中，至少这声音是属于她的，没被监狱沾染过。她用一只手捧起一个小小的白色化身：它扇动翅膀，痒酥酥的，像脉搏。

飞船玩笑道："想爱爱了？"

"不，"米耶里说，"只是想你了。"

"我也想你。"飞船道。蝴蝶离开她手心，绕着她的头振动翅膀，"孤零零地在这儿等你，太可怕了。"

"我知道。"米耶里说，"对不起。"突然间，她头盖骨内阵阵抽痛。她心中有道口子，仿佛什么东西被切掉又粘回去。我还是去监狱之前的那个我吗？她知道自己可以求助索伯诺斯特的超脑皮质，找出那感觉，将它打包送走。但这不是奥尔特武士该有的行为。

"你不对劲，我不该让你去的。"培蝴宁说，"去那儿对你不好，她不该逼你去做那种事。"

"嘘，"米耶里道，"当心她听见。"然而已经迟了。

小飞船，佩莱格莉妮说，你该知道，我会照顾好我的孩子，从无例外。

佩莱格莉妮出现在飞船里，站在米耶里上方。

淘气包，她说，你得正确使用我的礼物。让我瞧瞧。她坐到米耶里身旁，盘起腿。她的动作很优雅，仿佛飞船上存在类似地球的重力。她碰碰米耶里的脸颊，深邃的棕色眼睛搜索米耶里的眼睛。她的手指温暖,除了其中一枚戒指有条冰冷的边缘,正好在米耶里伤疤所在的地方。米耶里吸进她的香气。某种东西开始旋转,齿轮和发条转动起来,最后咔嗒一声各归各位。转瞬间,她的心灵如丝一般光滑。

喏,这样不是好多了吗? 总有一天你会明白,我们的方法很有效。不必再担心谁是谁,他们都是你。

失调的感觉消失了,仿佛烫伤的地方浇了凉水。突如其来的释放感太过原始、太过强烈,她几乎流泪。但这种事在她面前可不行。所以她只是睁开眼,等待着,准备好服从。

连声谢谢也没有? 佩莱格莉妮道。好吧。她打开手包,拿出一根小小的白色圆柱体,把一头含在嘴里。圆柱的另一头点燃,释放出难闻的气味。那么告诉我,你对我的窃贼怎么看?

"我没有资格发表意见,"米耶里平静地说,"我活着就是为你效劳。"

答得好,虽说稍嫌乏味。他不是很帅吗? 来吧,说实话。有他这样的人在身边,你还能为你失去的小小爱情郁郁寡欢吗?

"我们真的需要他吗? 我自己就能做到。让我为你效劳,就像过去一样——"

佩莱格莉妮面露微笑,红唇仿若樱桃。这次不行。在我所有的仆人之中,你即便不是最强的,也是最忠诚的。照我说的做,忠诚自会得到奖赏。

说完她便消失了,只剩米耶里独自留在驾驶舱里,蝴蝶绕着她的头起舞。

我的舱室不比堆放清洁用品的壁橱大多少。我用墙上的造物机做了杯蛋白质奶昔,可惜新的身体对食物还不太适应,没法消化。我只好用了用马桶:那是个自动移动的小口袋,从墙里钻出来贴到你屁股上。奥尔特飞船显然不怎么重视舒适度。

弧形墙壁上有块镜面,我一边解决那欠缺尊严却又无可回避的生理需要,一边打量自己的脸。它的模样不对头。理论上一切都完全正确:嘴唇、彼得·洛[1]式的眼睛(有个情人这么说过,好多个世纪之前)、微凹的太阳穴、泛灰的短发已经有些稀疏。正是我中意的装扮:毫不起眼的身体,体型保持得还不错,再加上一簇胸毛。可我一看着它,忍不住就要眨眼,似乎总是对不准焦。

更恼火的还在后头:我脑袋里面也有类似的感觉。我努力回想,可回想就好像用舌头去顶一颗松动的牙齿。

就好像有什么东西被偷走了。哈!

我不想再琢磨这事,转而欣赏飞船外的景色。墙壁的放大功能让我能看见远方的困境监狱。那是个类似钻石材质的圆环面,直径接近一千公里,但从这个角度看,它活像一只眯起的眼睛,从群星中紧盯着我。我咽口唾沫,眨眨眼,把那画面从脑子里清除。

飞船的声音问:"出来了高兴吗?"是女性的声音,有点像米耶里,但更年轻。若是换成比较愉快的情境,我会很乐意结识这样一个人。

"你简直无法想象,那可不是什么好地方。"我叹口气,"我对你的船长万分感激,尽管眼下她似乎过于紧张。"

"听着,"培蝴宁道,"你根本不知道她吃了多少苦才把你弄出来。我会盯着你的。"

这倒是个挺有趣的问题,我把它记下来,准备以后再调查。她居然能把我弄出来,怎么做到的?还有,她为谁效劳?但现在就问东问西还太早,于是我只是笑笑。

---

[1]彼得·洛(1904-1964),匈牙利演员。

"唔,无论她想让我做什么,总好过每隔一两个钟头脑袋上吃粒子弹。你跟我说话不要紧吗? 确定你老板不会介意? 毕竟我可是大坏蛋,惯会操纵别人。"

"依我看我能对付你。再说了,她也不是我老板,不算是。"

"噢。"我这人挺老派,年轻时,人类跟魂灵儿的性关系就一直让我不舒服,积习难改。

【魂灵儿:源自果戈理所著《死魂灵》,本书中指脱离了肉体的意识。这种意识可以寄居在许多物体内,在这里是飞船。换句话说,这艘"飞船"以魂灵儿为意识,以船体为躯壳。】

"不是那种关系!"飞船道,"只是朋友! 再说是她造了我。好吧,不是我,但飞船是她造的①。我其实比看起来更老,你知道。"也不知它的口音是不是真的。"我听说过你,你知道。过去,大崩溃之前。"

【大崩溃:指地球上的量子经济全面崩溃,之后佐酷人离开地球,反对意识脱离肉体上传的运动彻底失败。】

"如果那时认识你,我准会说你顶多三百岁,一天都不多。你那时是我的粉丝吗?"

"我喜欢太阳挖掘厂那起案子,很有品位。"

"品位,"我说,"一直是我的目标。顺便说一句,你顶多三百岁,一天都不多。"

"你真这么想?"

"嗯嗯。就目前得到的证据判断。"

"要我带你四处看看吗? 米耶里不会介意的,她忙着呢。"

"非常愿意。"绝对是女性——也许我的魅力还没被监狱耗光。我突然感到需要穿点什么。连片遮羞的无花果树叶都没有,

_____
①指米耶里建造了船体,但这个魂灵儿却并非由她制造。

就这么跟女性讲话,不管她属于哪类实体,都让我觉得自己太过脆弱。"看来咱们会有大把时间增进了解。也许你能先给我弄身衣裳?"

培蝴宁先用造物机给我造了套衣服。材质过于光滑了,我不爱穿智能物质。不过我照照镜子,白衬衣、黑裤子和深紫色夹克,这形象让我稍微减轻了一点儿不是自己的感觉。

之后她领我去了时空模拟视界。突然之间,世界增加了一个新的维度。我走进这个维度,走出自己的身体,把视点移入太空,以便观察飞船。

我猜对了:培蝴宁是奥尔特蜘蛛船。各类舱室用纳米纤维系在一起,居住区像游乐设施似的绕一根中轴旋转,制造出类似重力的感觉。系索形成网络,舱室可以像蛛网上的蜘蛛一般移动。人造原子制造出肥皂泡厚度的同心环,在飞船周围散开好几公里,形成Q粒子帆,模样十分壮观,捕捉阳光、太空高速通道的中间粒子和光热辐射都是一把好手。

我还偷空瞄了眼自己的身体,这才真正心服口服。时空模拟视界的视角里充满鲜活的细节:皮肤下是Q粒子联成的网络,每个细胞里都有蛋白质体计算机,骨头里则是致密的可编程物质。这种东西只有靠近恒星的几个固伯尼亚世界才造得出来。看来我的救命恩人是为索伯诺斯特卖命的。有意思。

【**固伯尼亚**:索伯诺斯特创始人(**始祖**)的领地,亦可作为战舰使用。】

培蝴宁愤愤不平,"你刚刚不是说想了解我吗?"

"当然。"我说,"只不过嘛,你知道,总得先确认我自己是不是体面。监狱里可没多少机会跟淑女相处。"

"说到监狱,你到底是怎么进去的?"

我突然觉得不可思议,自己竟好久没想起这茬了。枪、背叛与合作,它们占据了我太多精力。

我为什么进了监狱?

"你这么个好姑娘不该打听这种事。"

培蝴宁叹了口气,"也许你说的没错,也许我不该跟你讲话。米耶里知道了准不乐意。可是船上已经好久没见着有趣的人了。"

"这附近的确不像是社交生活丰富的样子。"我指指周围的星空,"我们在哪儿?"

"海王星特洛伊带,一片荒凉里的犄角旮旯。她去救你的时候,我在这里等了好久。"

"犯罪这档子事,你要学的还多,其实全是等待。乏闷中点缀着一闪而过的极度恐惧,有点儿像战争。"

"哦,战争比这强多了。"她兴奋起来,"我们参加过协议战争。爱死我了。你的思考速度可以那么快。我们干了好多事——我们偷了一个月亮,你知道。棒极了。木卫十六,就在脉冲爆发之前:米耶里放了枚奇异夸克团炸弹进去,把它推离轨道,就跟放焰火似的,简直难以置信——"

飞船突然沉默。我以为它发觉自己透露了太多秘密,但事实并非如此:它的注意力转到了别处。

时空模拟视界上标注着远方人类定居点的矢量和标签,在它们和培蝴宁号的蛛网船帆中间,远远地能看见亮点形成的珠宝,一颗六芒星。我将模拟界的视角放大。深色飞船,锯齿状,仿佛獠牙,舰首雕刻着一堆面孔,总共七张,索伯诺斯特的一切建筑上都装点着这些面孔——那是始祖,拥有百亿臣民的神王。过去,我有时会找他们喝酒。

【**始祖**：上载意识集合体索伯诺斯特的七位创始人。】

阿尔肯追来了。

"不管你到底犯了什么事，"培蝴宁道，"人家好像想把你弄回去。"

2. 窃贼与阿尔肯

我到底做了什么？

米耶里在驾驶舱怀里，心脏怦怦直跳。监狱里出了岔子。不过这种情形早就模拟过了。它们为什么要追来？她召唤出佩莱格莉妮内建在她体内、用于作战的孤独症人格。它像凉爽的毯子一样将她包裹起来，将世界化为矢量与重力井。她的大脑与培蝴宁的大脑咬合，飞快地思考。

目标：培蝴宁。

散落的特洛伊小行星聚集在2006RJ103周围。2006RJ103是块直径两百公里的小石块，居住着蠢笨的合成生命。

监狱，像个钻石做成的面包圈，在他们身后三十光秒，是培蝴宁目前航线的起点。大密度、漆黑、冰冷。

阿尔肯的剑船，以0.5g的加速度迅速逼近，远超培蝴宁光帆温和的拉力。在时空模拟视界里，介子与伽马射线背向散射形成火柱，那是对方反物质引擎的尾焰。

太空高速通道，二十光秒之外，他们的下一个航行点。太阳系这个多体系统一向是牛顿力学的噩梦，而太空高速通道则是极少数理想的恒定平面。它像一条重力动脉，只需最轻微的推力你就能高速行驶。这里永远有无数飞船汇成洪流。安全的避风港。可惜太过遥远。

好吧，米耶里低声道，战斗模式。

在宝蓝色的奥尔特珊瑚外壳下，隐藏的索伯诺斯特科技苏醒过来。蜘蛛船将自己重新配置。分散的舱室沿系索拉到一起，融合成一个紧凑、牢固的圆锥。无数 Q 粒子小翅膀则从完美的反光材料变成了钻石般坚硬的防火墙。

时间刚刚好。片刻之后，阿尔肯的纳米导弹击中了飞船。

第一轮攻击只是一阵轻如绒毛的冲击波，没能突破防火墙。第二波弹药肯定会修正、优化，之后的一波又一波攻击也一样，直到防火墙的软体或者硬件最终坍塌。而那之后——

我们得去太空高速通道。

她脑中的引擎变成锯子，用钻石般的利刃迅速修剪博弈理论的枝丫。解决问题的路径有很多条，就像奥尔特的歌谣总有许多不同的含义，而她只需要找到其中之一——

又一轮射击，无数光针出现在时空模拟视界中。这一回有东西突破了。一个储物舱绽放成畸形的宝蓝色晶体。她镇定自若地将它弹射出去，目送它飘离。它像恶性肿瘤一般继续缓慢畸变、转动，形成各种古怪的器官，朝培蝴宁的防火墙发射分子大小的孢子。最后她用反陨石激光把它烧毁。

培蝴宁道："痛。"

"恐怕还会痛得更厉害。"

只一次喷发，她就耗光了应急反物质储备的所有加速度，将飞船甩进2006RJ103的浅重力井。磁力存储环里的反质子化作一束束滚烫的等离子，培蝴宁的肌肉随之呻吟。她抽调部分动力，注入船体，提高船体可编程物质之间的凝结力。阿尔肯轻松跟上，不断逼近,再次射击。

培蝴宁在米耶里周围尖叫,但孤独症令她将心神集中于手头的任务。她用意念调动一枚Q粒子鱼雷,让它裹住培蝴宁的迷你武器舱中的奇异夸克团,再将夸克团射向小行星。

时空模拟视界里闪过短暂的光芒,那是伽马射线和奇异强子。那块崎岖的大石头瞬间化作光的喷泉,化作无止无尽的闪电。模拟视界奋力处理数据,最后无能为力,只得化为一片白噪音,关闭了。米耶里重新展开培蝴宁的翅膀,开始盲飞。小行星暴亡产生的粒子风抓住飞船,将它掷向太空高速通道。加速令米耶里突然变重,飞船的宝蓝色结构在她周围吟唱。

模拟视界花了些工夫才过滤掉四周的狂乱和粒子噪音,重新上线。米耶里屏住呼吸,但身后缓慢扩展的白热中并未驶出獠牙般的黑色飞船。要么是被爆炸吞噬,要么是在亚原子制造的混乱中失去了目标。她取消孤独症,让自己稍微体会胜利的喜悦。

她说:"成功了。"

"米耶里?我有点不舒服。"

船体有块黑色污渍不断扩大。污渍中央是一块微小的黑色碎片,冰冷、幽暗——阿尔肯的纳米导弹。

"把它弄出去。"作战孤独症取消后,恐惧与厌恶的滋味仿佛胆汁,原始而纯粹,令人作呕。

"不行,我没法碰它。它带着那座监狱的味道。"

米耶里在脑中大声祈祷,就是索伯诺斯特女神触碰过的那部分大脑。然而佩莱格莉妮并未回应。

在我周围,飞船正一点点死去。

我不知道米耶里刚刚做了什么,但看看几分钟之前点亮太空的迷你超新星爆发,就知道她干得漂亮。然而黑暗的蛛网正在墙内的宝蓝色中扩张,这是阿尔肯的拿手本领:它们将自己注入你体内,把你变成监狱。纳米的工作速度越来越快,足以战胜飞船蜂拥而上的一切免疫系统。空气中有锯末燃烧的气味,还有某种噪音,仿佛森林大火的咆哮。

好吧,美梦总是成不了真。你们赢了,我认栽。我努力回忆窃取米耶里珠宝时的刺激。也许我能将那份感觉一起带走。又或者这只是另一个濒死的梦。我从未离开,从头到尾这都只是监狱中的另一座监狱。

这时,我听到脑中有个声音在冷嘲热讽。

赌王若昂竟会放弃。你被监狱击垮了,真应该送你回去。那些被击垮的战脑、发疯的索伯诺斯特玩具和被遗忘的死者,你跟它们毫无区别。你甚至不记得自己的成就,不记得自己的冒险经历。你不是他,你只是一段记忆,自以为是他而已——

呸。办法总是有的。如果你认为自己在牢里,你才会真正变成囚犯。有位女神这样对我说过。

突然间,需要如何行动我一清二楚。

"飞船。"

没有回应。见鬼。

"飞船!我需要跟米耶里说话!"还是没反应。

舱房里越来越热,我得赶紧行动。往外看,培蝴宁的翅膀光芒闪耀,仿佛受困的极光,在太空中燃烧。飞船的加速度非常大,重力已经产生,至少半个g。但方向却全乱了:下指向中央控制室的后部。我跌跌撞撞走出舱门,抓着中轴上的一根根把手,把自己朝驾驶舱拖拽。

一股滚烫的热流、一道灼热的闪光:一整段圆柱打着旋儿飞进下方的虚空。Q粒子构成的肥皂泡墙闪烁着现身,成为我与真空之间仅有的屏障。但切除已经太晚,不足以消灭感染。滚烫的宝蓝色碎片在我周围旋转,其中一片在我小臂上留下血淋淋的一记,刀锋般尖锐,疼痛难忍。

空气灼热,锯末的臭气四处弥漫。墙里的黑色继续扩张:飞船在燃烧,烧成另外一种东西。心脏在我胸中剧烈跳动,仿佛里面有钟楼怪人把它当钟敲。我往上爬去。

我能透过宝蓝色看到驾驶室:空气中有热浪般的纳米功能雾在疯狂旋转,米耶里悬浮其中,双眼紧闭。我用拳头砸门:"让我进去!"

我不知道她的大脑是否受了感染。说不定她已经在监狱里了。但如果还没有,我想逃命非得她帮忙不可。我尽力借柱子固定身体,用脚后跟踢门。舱门不为所动——除非她或者飞船下令开启。

我想起来了:我醒来时底下硬邦邦的,她脸上有厌恶的表情。说明她在读取这具身体的生理信号。现在她肯定把它过滤掉了,但如果生理信号的强度超出某个界限——

哦,管它的,瞻前顾后别想成事。我从空中抓过一片又长又尖的宝蓝色碎片,用尽全力,将尖端扎进左手手掌,就在两根掌骨之间。我差点昏过去。碎片刮伤了骨头,撕裂肌腱和血管。仿佛与撒旦握手,红热、黑暗、毫不放松的疼痛。我嗅到了血腥味:血从伤口往外涌,流了我满身,又化作畸形的大水滴,缓缓坠落下方的虚空。

自从进了监狱,这是我第一次感受到真实的疼痛,这感觉简直令人心醉。我望着插在手上的蓝色碎片放声大笑——直到痛苦变得过于强烈,把笑声变成尖叫。

有人狠狠给了我一巴掌。

"该死,你搞什么鬼?"

米耶里从驾驶室门口看着我,双目圆睁。好吧,至少她感觉到了。失去活性的纳米功能雾在我们周围旋转,灰色的尘埃加入到已有的混沌中,令我想起城市燃烧时飘落的烟灰。

"相信我,"我流着血,咧嘴笑得疯疯癫癫,"我有法子。"

"给你十秒钟。"

"我能把这东西弄出去,我能骗过它。我知道该怎么办。我知道它的思维方式。我在那里待了很长时间。"

"可我为什么要相信你?"

我举起血淋淋的手,扯出宝蓝色碎片。又一阵极度的痛苦,还伴随着嘎吱嘎吱的声响。

"因为,"我咬牙道,"要让我回去,我宁愿把这东西插进眼睛里。"

她与我对视片刻,然后竟然笑了。

"你需要什么?"

"这具身体的根访问权限。我知道它有什么本事。我需要计算能力,要大大超出基准水平。"

米耶里深吸一口气,"行。把那混蛋赶出我的飞船。"

她闭上眼。我脑中有什么东西咔嗒一声。

我就是根,身体是世界树,是尤克特拉西尔①。它的骨头里有钻石制造的机械,细胞里有蛋白质体技术。还有大脑,真正的索伯诺斯特区域级别大脑,有能力管理好多个世界。我那人类的精神在它内部,还不如一页书之于整座巴别塔的图书馆。一部分我,笑

———————
①北欧神话中的巨树,其枝干构成了整个世界。

嘻嘻的那部分,立刻想到了逃脱:利用这奇妙的机械,将它的一部分发射到太空中,把我的救命恩人留给我从前的狱卒。然而另一部分我让我吃了一惊,它说:不。

我在濒死的飞船中移动,寻找纳米导弹。我不再是笨手笨脚的猴子,我靠自己的力量在空中平稳地滑行,仿佛一艘迷你飞船。找到了。经过增强的知觉告诉我:圆柱尽头的制造舱,那就是监狱物质扩散的原点。

只一动念,我就把培蝴宁的时空模拟视界做了本地拷贝。我命令飞船的宝蓝色肉身开启,于是它变成了湿软的凝胶。我将手深深插入,抓住导弹将它拽出来。它体积很小,不比一个细胞大多少,形状却仿佛长着尖利根部的黑牙。我的身体用Q粒子卷须缠住它。我将它举起:如此微小,里面却包含了至少一颗阿尔肯之心,它在到处寻找可以转化成监狱的物体。

我将它放进嘴里,用力一咬,吞入腹中。

阿尔肯很高兴。

刚刚品尝到窃贼时,它感到片刻的不完美,一种不和谐感,仿佛存在两个窃贼,合而为一。

可话说回来,在母监狱①之外,事情总是有些奇怪。在外面,游戏从来都不纯粹。古老丑陋的物理不像阿尔肯的游戏那般完美。阿尔肯的游戏简单之极,却又以其无法确定性囊括一切数学。正因为如此,它才会接到眼前的任务:将这堆物质转化成又一座监狱,增进宇宙的纯洁性。它们热爱自己的使命,因为这是它们的父亲灵魂工程师的意志。世界将以这种方式得到修正。

【灵魂工程师:索伯诺斯特七位始祖之一。】

---

①指最初的监狱。此后的监狱都是它的拷贝。

手头的物质很不错,适合变成监狱。两难困境将不断重复,进而制造出模式。想到这些模式的滋味,它流出了口水。它的拷贝父曾发现一个终极背叛者模式,味道仿佛山核桃冰淇淋:那是个奉行自我复制策略的家族,活像生命棋①中的游离细胞。或许它也能在这里找到些新东西,在这个属于它自己的小小棋盘上。

【它的拷贝父:指它的父亲,索伯诺斯特七始祖之一的灵魂工程师。每位始祖都会复制自己的意识,创造出一大批拷贝。这些拷贝被称为该始祖的"拷贝部落"。】

从很远很远之外,它的拷贝兄弟们通过自己的库扑特感应链接向它低语。它们仍在抱怨发现有人越狱时,那种错误的感受是多么撕心裂肺——不仅仅是窃贼,还逃了另外那个,那个畸变体。它告诉它们一切都已得到纠正,它很快就会带回某种新东西,带着它回母监狱与大家团聚。

它低头看看牢房拼成的网格。等它在甜美的物质中发现自己追逐的对象,无数个小窃贼、蝴蝶和奥尔特女人就会住进去。很快,游戏就将重新开始,随时都有可能。

这个阿尔肯暗想,那种滋味会像柠檬奶冻。

"魔术。"我对她说,"你知道魔术是怎么回事?"

我恢复了人类的自我。延伸的知觉、计算机式的强大力量——与之相关的记忆逐渐消逝,只剩下失去肢体以后的幻痛。还有,我体内现在多了个阿尔肯,锁在我的骨头里,处于计算机深冻状态。

我们找了个塞满东西的储物舱,储物舱系在缆绳上旋转,借此

---

①Game of Life,指英国数学家约翰·霍顿·康威(1937—)于1970年发明的细胞自动机。

制造重力,让我们可以坐下。培蝴宁正忙着自我修复。各种飞船环绕在我们周围,形成一道闪亮的小河。它们散落在好几千立方公里的空间内,不过都被培蝴宁的皮肤放大了:超频的佐酷高速世代飞船,疯狂地倾泻废热,对它们来说一天的旅程宛如千年;外形活像鲸鱼的沉静船,船里有绿色植物和迷你太阳;随处可见的则是萤火虫似的索伯诺斯特极速思想船。

"其实很简单。误导你的注意力,属于神经系统科学的范畴。"

米耶里不理我。她把一张小桌摆到我们中间,桌上是一盘盘奥尔特菜肴:怪里怪气的紫色透明方块、扭动的合成生命、切得整整齐齐的一段段彩色水果——造物机干得漂亮——还有两个小玻璃杯。摆放盘子的动作庄重而平静,很有仪式感。她继续无视我,从墙里的储物格拿出一个瓶子。

我问她:"你干什么?"

她面无表情地看着我,"我们在庆祝。"

"嗯,是该庆祝。"我朝她笑道,"反正就是这样,我花了好久才发现:哪怕面对索伯诺斯特大脑,你照样可以诱发无意识视盲。简直不可思议,对吧?效果一模一样。所以我用培蝴宁的时空模拟视界弄了一个模拟世界,把它的感知输入信号偷梁换柱接进去。它以为自己还在制造监狱呢,只不过非常、非常缓慢。"

"原来如此。"她冲瓶子皱眉,似乎在努力思考开瓶的方法。见她对我的奇思妙想毫无兴趣,我不禁有些恼怒。

"瞧见了?就像这样。看。"

我碰碰勺子,轻轻抓住它,做了一个好像用手把它握住的动作,可事实上它已经落到了我大腿上。我举起双手,亮出手掌。"没了。"她惊讶地眨巴着眼睛。我又把左手捏成拳头,"或者嘛,也可能是变身了。"我摊开手,她的脚链正在我掌心蠕动。我将它递过去,仿佛献给她的供品。她眼里闪过怒火,但还是缓缓伸手把它拿走了。

"这是你最后一次碰它,"她说,"没有下一次。"

"保证。"我真心诚意地说,"从现在起我们都拿出职业素养来。同意吗?"

"同意。"她的声音有些锐利。

我深吸一口气。

"飞船给我讲了你的事。你亲自到地狱把我弄出来。"我说,"你究竟想得到什么,竟会这么干?"

她没吭声,只突然一拧,打开瓶封。

"听着,"我说,"关于你之前的提议,我重新考虑过了。无论你想要我偷什么,我都同意。也不管你是为谁卖命。我甚至可以照你选择的方式行动。我欠你的,就当它是一笔口头债务吧。"

她开始倒酒,金色的液体流动缓慢,所以很花了些工夫。等酒倒好,我举起自己的杯子,"要为此干杯吗?"

我们的酒杯相碰。在低重力下碰杯,非得技巧娴熟不可。我们喝酒。塔尼史酒庄,2343年。有股淡淡的火柴棍气味,早期灌装的那批酒才有的味道;有时被称作撒迪厄萨特曼——撒迪厄斯[①]的呼吸。

我怎么会知道这种事?

"我需要的不是你,偷儿。"米耶里说,"是曾经的你。这就是我们要偷的第一样东西。"

我瞪着她,吸入撒迪厄斯的呼吸。一段记忆随气味而来,倾泻进我的身体:好多好多年,身为另一个人的记忆。

葡萄酒倒入杯中。"中等丰满,结实,有点儿急不可耐。"他一面

---

①耶稣的使徒,名字意为勇敢的心。

说一面微笑,透过固态光线一般的酒浆看着她。她哈哈大笑:"你说谁丰满呢?"在他心里,她是属于他的。

但其实是他属于她才对。许许多多年的爱和美酒,在忘川。

【忘川:火星城市,也是太阳系中残存的少数几个由基准人类控制的城市。在传说中,它的起源是这样的:很久很久以前,有人带着十亿个魂灵儿来到火星,想将火星改造成另一个地球,成为火星王国,而他自己则成为火星之王。忘川便是由他创建的。但后来,魂灵儿发动革命,拥有了实体肉身,成为最初的忘川公民。】

他——我——把这件事藏了起来。心灵密写术。普鲁斯特①效应。藏在阿尔肯找不到的地方。相关的记忆只会被特定的气味解锁,而在永远不吃不喝的监狱,你是绝不会遇到这种气味的。

我告诉米耶里:"我真是天才。"

她没笑,但眼睛眯缝起来,"原来是火星。"她说,"忘川。"

我心头发冷。很显然,无论在这具身体里还是我自己的大脑里,我都没有多少隐私可言。又一座全景监狱②,供人观赏。不过嘛,作为监狱,这儿可比上一站强多了:美女、秘密、美食,还有漫天的飞船载我们去冒险。

我笑了。

"遗忘之地。"我举起酒杯,"为咱们那个新起点干杯。"

她默默与我共饮。在我们周围,培蝴宁的船帆在太空中留下明亮的切口,带我们沿高速通道前进。

---

① 《追忆似水流年》的作者,其作品关注往事和时间的流逝。

② 指完全暴露在监视之下,没有任何隐私的监狱。

3．侦探与巧克力长裙

巧克力工厂居然散发着皮革的味道,让伊斯多大吃一惊。精炼机的噪音充斥整座工厂,在高高的红色砖墙间回荡。奶油色的管子咕噜咕噜响。滚轴在不锈钢大缸里来回移动,发出稳定而黏稠的心跳声,一次次按揉缸里散发芳香的大团巧克力。

地板上有个死人,躺在一摊巧克力里。高处的窗户透进一束苍白的火星晨光,将他勾勒成一尊代表痛苦的巧克力雕塑:瘦削的身体、凹陷的太阳穴、稀疏的胡须。他睁着眼,露出了眼白,身体的其余部分却被一层黏糊糊的棕黑色覆盖。巧克力是从被他紧抓不放的大桶里流出来的。看样子,他好像想把自己淹死在里头。他的白围裙和衣服污渍斑斑,仿佛罗夏测试图案①。

伊斯多瞬目,接入忘川的外记忆。它让他认出了死人的脸,就好像对方是多年老友一般。马尔可·德弗霍,第三次转生成"尊者"。巧克力制作师。已婚,育有一女。这最初的资料令他兴奋,脊柱刺痒。每当碰到新谜题,他总像拆礼物的孩子一样。这里有某种线索,就隐藏在巧克力和死亡之下。

---

①指罗夏墨迹测验,著名的人格测验,在临床心理学中使用得非常广泛。通过向被试者呈现由墨渍偶然形成的图样,让被试者说出由此联想到的东西,然后分类记录,加以分析,进而诊断被试者人格的各种特征。

【**瞬目**：在忘川，居民只需眨眼并想到自己希望搜索的内容，就能从外记忆中查到相关信息。**尊者**：忘川公民生命轮回中的一个阶段，具有人类的形态，可以尽情享乐，直到作为尊者的时间——**命时**——耗尽。这之后就进入另一个阶段，成为**默工**，其意识被装进非人类的躯壳里，从事繁重的劳动，以积攒命时，重新轮回。】

一个平板、沙哑的声音道："丑陋的悲剧。"他吓了一跳，当然，那只是"绅士"罢了，拄着拐杖，站在尸体的另一侧。椭圆形的金属面具十分光滑，亮晃晃地反射着阳光，与大礼帽和天鹅绒长外套的黑色形成强烈对比。

"接到你召唤的时候，"伊斯多说，"我可没想到只是又一起魂灵儿盗版案子。"他努力表现得漫不经心。但他没有利用隔弗罗把情绪完全掩盖起来——那就太失礼了——所以他依然泄漏了一丝热切。这才是他第三次与义人同盟的这位成员会面。能与忘川尊贵的义警一道工作，感觉像是儿时的梦想成真。可他实在想不到绅士居然找他调查大脑意识失窃案。索伯诺斯特的代理人或者别的什么团伙企图复制忘川精英的意识——这种案子本是义人同盟的专业，他们发誓要阻止这种行为。

【**魂灵儿盗版**：在没有取得对象同意的情况下盗取他的意识并上传、使之成为魂灵儿的行为。**隔弗罗**：源自希伯来语，原意为"界限"，忘川公民用以保护个人隐私的手段，涉及复杂的加密技术和公共、私人密钥技术。这种手段确保忘川公民只有在彼此同意的前提下，才能共享各自的信息和感官数据。但在被称为**广场**的公共空间，隔弗罗被禁止使用。】

"向你致歉，"绅士说，"下次我尽量安排更奇异的案子。看仔细些。"

伊斯多拿出佐酷制造的放大镜——这是琵可茜的礼物，黄铜把手之上不是玻璃,而是一片光滑的智能物质。他透过它观察尸体。血管、脑组织和细胞扫描图在他周围闪现,新陈代谢(已停止)资料像异域的海怪般漂过。他再次瞬目,这次是搜索陌生的医学信息。各种事实进入他的短期记忆,所引发的轻微头痛让他微微皱眉。

"某种……病毒感染,"他皱起眉,"逆转录病毒。放大镜说他脑细胞里有一段异常的基因序列,来自某种远古细菌。还要等多久才能跟他说话?"伊斯多并不特别期待询问复活的受害者:他们的记忆总是支离破碎,还有些人死抱着忘川人对隐私的执念不放,哪怕是为了他们自己的谋杀案或者魂灵儿盗版案,他们也不肯松口。

绅士说:"也许永远不能。"

"什么?"

"这是视觉基因的黑匣子上传。手段很粗糙,肯定极端痛苦。老把戏了,大崩溃之前的事。那时候在老鼠身上做过这种试验。你用一种病毒感染目标,病毒让它们的神经对黄光敏感。然后你用激光刺激它们的大脑,好几个小时,捕捉其活化模式,并训练黑匣子进行模拟。他头盖骨上那些小洞就是这么来的。视纤维。上载触须。"义人伸出一只戴手套的手,小心翼翼地拂动巧克力制作师稀疏的头发。头皮上有几个小黑点,互相间隔几厘米远。

"制造的冗余数据十分可观,但能绕开隔弗罗。而且当然还会把他的外记忆搅个乱七八糟,换句话说就是杀了他。这具身体最终的死因是心动过速。复活师正在准备他的下一具身体,不过希望不大。除非我们能找出数据去了哪儿。"

"明白了。"伊斯多道,"你说得没错,的确有趣,不是一般的魂灵儿盗版案。"说到魂灵儿时,伊斯多很难压抑声音里的一丝厌恶:

死魂灵,上传的、被奴役的人类意识,也是每一个忘川人憎厌至极的对象。

通常说来,魂灵儿盗版是在受害者不知情的情况下偷走他们的意识,进行上传。做到这一点靠的是社会工程学:盗版者用诡计慢慢赢得受害人的信任,一点点侵蚀他们的隔弗罗,直到最适宜时再发动强攻,进攻对方的大脑。但这一次——"快刀斩乱麻的手法,简单,精妙。"

"我的孩子,精妙这样的字眼怕是不合适。"义人的声音里带了一丝愤怒,"想不想看看他的遭遇?"

"看?"

"我之前拜访过他。复活师正在处理。那模样可不好看。"

"噢。"伊斯多咽口唾沫。比起死后发生的一切,死亡实在不算可怕。一想到那些事,他的手心就开始冒汗。但是,如果他希望成为义人,就绝不可以畏惧下界。"当然,如果你觉得看看有帮助的话。"

"很好。"绅士张开双手,将共同记忆传给他。伊斯多接受了记忆,这姿势很亲密,还有点痒酥酥的。然后,突然间,他记起了自己与穿黑袍的复活师同在地下空间的一间屋里,准备从外记忆恢复大脑、植入新打印身体的情景。重造的巧克力制作师躺在合成生物缸里,仿佛在泡澡,一动不动。费雷拉医生用装饰华丽的黄铜仪杖碰碰身体的前额,接下来的是突然闪现的眼白、回荡在屋里的尖叫、舞动的四肢、下巴脱臼时发出的脆响——

皮革味儿让伊斯多直犯恶心,"简直……太残忍了。"

"很不幸,人就是这样。"绅士道,"但希望还是有的。费雷拉医生说,只要能找到数据,应该能清除他外记忆里的噪音,让他正确地恢复。"

伊斯多深吸一口气,让解开谜题所需的平静融化自己的愤怒。

"你能猜到为什么要你来吗?"

伊斯多用自己的隔弗罗四下感知——这里的所有智能物质都弥漫着一股忘川公民特有的注重隐私的意味,工厂给人一种滑不留手的感觉。想从外记忆里攫取这里发生的事件,无异于妄图抓住空气。

"对他来说,这里是非常私密的地方。"伊斯多道,"依我看,他不会与任何人分享这儿的隔弗罗,哪怕是很亲近的家人。"

三台小智能机走进来,都是合成生命,一身明亮的绿色和紫色,仿佛灵活的大蜘蛛。智能机开始调整精炼机的手柄和表盘,心跳声随之增大了一挡。其中一个停下来检视绅士,细长的肢腿拂过他的外套。义人用手杖狠狠一戳,那东西赶忙跑开。

"正确。"绅士道。他上前一步,离伊斯多非常之近。伊斯多在对方银色的椭圆面具上看见了自己扭曲的映像:卷发蓬乱,双颊潮红。

"我们无法重建这里发生的任何事,只能使用老式的方法。尽管我十分不愿承认,但你在这方面似乎确有天赋。"

离得近了,义人似乎散发出奇特的甜味,很像香料,金属面具也像在辐射热量。伊斯多退后一步,清清嗓子,"不用说,我会尽力而为。"他装模作样地看眼命表——手腕上一只样式简单的小铜盘,只有一根指针,对他成为默工的时间做倒计时。"我看用不了多久。"他假装漫不经心,可声音里的一丝颤抖却泄露了实情,"今晚还得去参加派对呢。"

绅士没说话,但伊斯多想象得出来,面具底下肯定是嘲弄的微笑。

又一台机器噼噼啪啪地活动开了,模样比不锈钢的精炼机精巧许多。那是台造物机,黄铜的装饰线条透露出它的设计年代:王国时期。一只复杂的机械臂在金属托盘上舞动,用精准的原子光束画出整整齐齐的一排马卡龙。智能机把糖果装进小盒子里,带走了。

伊斯多扬起眉毛,满心不以为然:传统的忘川手艺人不该依赖科技。但从某些方面说,这台机器倒是跟他心中正逐渐成形的想法十分吻合。他仔细检查一番,发现托盘里残留着几条巧克力薄片。

他说:"不用说,首先,我要知道你掌握的所有情况。"

"他的助理说是她发现了尸体。"戴白手套的手轻轻一拂,将一小片共同记忆传给伊斯多:一张脸、一个名字。他想起她来,仿佛对方是曾经的点头之交。肤色微黑、脸蛋漂亮、可可色的头发一圈圈盘起。"另外,死者家属也同意见我们——你这是做什么?"

伊斯多从造物机托盘里拈起一片巧克力放进嘴里,用最快的速度瞬目。不属于他的记忆令他头痛难耐,不过也让他分辨出淡淡的红莓味儿、苦味儿,以及纳内迪峡谷土壤独特的大地气息。感觉有些不大对劲,过于脆弱。他走到巧克力制作师的尸体旁,尝了尝他抓住的大桶里的巧克力。不出所料,桶里的巧克力味道完全正确。

巧克力制作师的故事自然而然地浮现在他心头,就像片刻之前被造物机描绘的马卡龙,一个接一个显现。

"我在侦查。"伊斯多道,"我要见那个助理。"

伊斯多和绅士走回市中心,途中从乌龟公园穿过。

只凭这一点就足以证明巧克力制作师事业有成:他的工厂,那座有着巨大可可豆壁画的红砖建筑,坐落在城里最宜居的地方。

公园是一整片绿色空间，起伏的小山绵延三百米，和城里所有彼此相连的部分一样，建在移动的机械平台上。绿地上点缀着高大、优雅的王国时代别墅，是忘川那些命时充足的年轻人修复、整合到城市中的。伊斯多一直不明白，自己的同辈人，为什么愿意在物质享受和服务上飞快地燃烧自己的命时？奢侈的享乐会缩短身为"尊者"的生命，等你迅速变成"默工"，就只剩下漫长难熬、能折断你脊背的劳作。世上还有这么多未解之谜，为什么这样虚掷生命呢？

公园是露天的，却并非被称为广场的公共空间。两人在沙石小径上遇到了好几个隐藏在隔弗罗底下的人。他们的隐私屏障闪着微光，一如周围青草地里的晨露。

伊斯多两手缩在外套袖子里躲避寒气。他想静心思考片刻，于是走得很快。他长了两条长腿，通常都能跟旁人拉开距离，然而绅士一直与他并肩而行，似乎毫不费力。

你觉得无聊了，对吧？ 琵可茜的库扑特讯息来得十分突然。伴随她声音而来的还有一团混杂的感受：意式浓缩咖啡的味道、佐酷殖民地那种过于清洁的古怪气息。

伊斯多抚摸戴在右手食指上的缠结指环：那是一圈银环，嵌了粒蓝色的小宝石，直接与他的大脑对话。佐酷的库扑特通讯他还不大习惯。与忘川的共同记忆相比，直接利用量子传输通道发送脑对脑的信息，他总觉得这种方法过于肮脏、富于侵略性。忘川的法子更精微：将信息植入接受者的外记忆，这样一来，资讯就不是接收到的，而是回忆起来的。不过，只要涉及琵可茜或她的同胞，一切都得妥协。

真不敢相信。你的义人朋友捻个响指，你就抛下我，留我独自为派对做准备。可现在呢，你居然觉得无聊了。

我没觉得无聊。 他辩解得太快，慢了半拍才意识到这并非正确答案。

很好。因为如果你不能按时赶到，我就再也不睬你了。库扑特传来明白无误的情欲，光滑的衣料轻触皮肤的感觉仿佛爱抚。**我正在考虑该穿什么。试穿衣裳，又脱掉。我想，这种事可以做成一场游戏，要是有人帮我一把就好了。可惜啊，你的损失。**

他们俩也曾有过甜蜜的时光，比如在伊斯多狭小的公寓里一起度过的昨夜。没有干扰，只有他俩。他做饭，之后她教他玩她刚刚设计的卧房游戏，无论在智力上还是身体上都十分引人入胜。不过她入睡后他仍然睁着眼，脑中的齿轮毫无目的地转动，甚至在她披散在浅色后背上的发丝间寻找模式。

他努力搜索正确的话语，心思却依然被亡故的巧克力制作师攫住。**不过是魂灵儿盗版案，**他在库扑特里添上耸肩的动作，表示无所谓。**不会很久，我很快就回来。**

对方的回应附带着一声叹息。**今天的事情很-重-要。我的整个佐酷都要来。整个佐酷。来见我这个反叛者，以及我那愚蠢、不开化的忘川男朋友。给你两小时。**

我这边已经很有进展——

两-小-时。

琵可茜——

我能毁了你的游戏，你知道的。我可以告诉你你的义人到底是谁。

他几乎确信对方的威胁不过是虚张声势。佐酷的量子科技赋予她的力量，的确远超忘川古老的沉静技术。但义人的身份一直保护得很好。可是，一想到也许无法知道自己是不是有能力找出真相、无法靠自己的力量完成最后一块拼图，他便害怕起来。不等他阻止，恐惧已经如心跳般传到库扑特另一头，又快又重。

瞧见没？对你来说这才是最重要的,对吗？好好玩儿吧,混蛋。然后她就消失了。

绅士问:"小琵可茜还好吧?"

伊斯多没应声,只管加快脚步。

界边区有几条宽阔的商店街,巧克力商店就在沿城市南缘画出柔和曲线的那一条上。这里的平台相对较大,布局也稳定,因此才有地图。也因为这一点,许多外星访客选择来这里一窥忘川的容貌。餐厅和咖啡馆刚刚开门营业,为早到的客人打开暖气,让寒冷的火星空气变得舒适宜人。紫色和绿色的生化智能机挤在暖气周围,伸出纤细的腿脚取暖。

绅士在一扇狭窄的橱窗前止步。里面陈列的东西十分打眼:一个足球大小的球体,点缀着各色糖果,仿佛王国时代火卫二的缩微模型;顶上还有一盏繁复的水晶吊灯。两样东西都是巧克力做的。然而吸引伊斯多目光的却是它们旁边的大家伙。那是一条裙子:庄重的高领长裙、腰上系饰带、裙裾飞扬,定格成飘逸的巧克力快照。

义人推开门,黄铜铃铛响起。"到了。你那位女性密友也许会说:游戏即将开场。我会留下,但由你负责说话。"他突然消失了,鬼影般融化在苍白的晨光中。

店内空间狭窄,左手边是玻璃长柜台,右手边是陈列架,灯光很亮。巧克力与焦糖的甜美气味飘散在空中,令人愉悦,全然没有工厂里生皮革的臭气。柜台下,机器浇铸的果仁糖闪闪发亮,活像长着明亮背甲的昆虫。展示用的摆件陈列在右边,全是装饰性的巧克力雕像。其中有一面扬起的蝴蝶翅膀,与成年男子一般高,上面蚀刻了一张女人的面孔;还有一张死亡面具,薄得不可思议,用赤陶色的巧克力制作。

一双飘着巧克力缎带的红鞋吸引了伊斯多的注意力。他把它们记下来，供日后参考。看琵可茜最近的心情，他很可能需要送点什么礼物。

"有什么特别的目标吗？"查询外记忆之后已经十分熟悉的嗓音，希弗·林德斯特罗姆。她比记忆中显得更疲惫，漂亮的脸蛋上多了好些纹路。但蓝色的店铺制服很平整，头发也仔细梳理过。两人的命表交换标准的店铺隔弗罗，只短暂的一股信息流，但已经让她知道他对巧克力并不怎么了解，不过有足够的命时可供挥霍；而他则瞥见了她和商店的外记忆。她的隔弗罗肯定隐藏了某种情感反应，但面对伊斯多，她表现出来的是代表优质服务的完美表象。

"我们有各种口味的马卡龙，刚从工厂运来，十分可口。"她指指柜台。之前伊斯多见过的合成生化智能机正忙着上货，把各色巧克力圆盘一排排摆放整齐。

伊斯多道："我想找些更……更特别的东西。"他指指橱窗里的巧克力裙子，"像这种。能凑近了看看吗？"

助理从柜台后面走出来，打开隔断橱窗与商店的玻璃面板。看她生硬、蹒跚的步子就知道她是老一代火星人，至今仍因为感受不到地球的重力而胆战心惊；仿佛经常挨揍的狗，哪怕受到爱抚时也以为会挨打。凑近裙子，伊斯多能看出各种精妙的细节：材质如何制造出飘逸的效果、色彩如何灵动。也许我猜错了。可就在这时，他察觉到她的隔弗罗略微变动，虽然只有一点点。也许没猜错。

"嗯，"她语气不变，"的确很特别。式样仿的是奥林匹亚宫廷贵妇的裙子，用的是图戴勒式巧克力。我们试了四次才弄对比例。六百种芳香成分，一丝差错也不能有。巧克力的性情反复无常，你得时刻保持警醒。"

"有意思。"伊斯多努力伪装出一副厌世的腔调，仿佛自己真是个命时充裕的无聊青年。他掏出放大镜，观察裙边。飘逸的形状变成了糖和分子组成的结晶网。他搜索自己新近获取的有关巧克力的记忆，越探越深。可就在这时，商店的隔弗罗探测出自己的隐私遭受侵犯，立刻将画面变成了模糊一团。

"你干什么？"林德斯特罗姆瞪着他，仿佛第一次看清眼前的人。

伊斯多看着白噪音直皱眉。

"见鬼，只差一点点。"他朝林德斯特罗姆露出最迷人的微笑，琵可茜曾说这笑容能把老女人的骨头化成水。"能尝尝吗？我是说这件裙子。"

助理瞪着他，一脸难以置信的表情。

"什么？"

"抱歉。"他说，"我该早点告诉你，我在调查你雇主的案子。"他稍微打开隔弗罗，让对方能知道自己的名字。她朝他瞬目，清澈的绿眼睛有片刻失神，然后她深吸一口气。

"啊，原来你就是大家一直说起的奇迹男孩。他们说你能看见义人看不见的东西。"她走回柜台背后，"除非你准备买点什么，否则我希望你离开。为了让商店不至于关门，我已经尽了全力。如果他活着，肯定希望商店继续营业。为什么我要跟你说话？我知道的一切都已经告诉他们了。"

"因为，"伊斯多道，"他们会认为你跟这事有关。"

"为什么？就因为我发现了他的尸体？他的隔弗罗我只有一点点，刚够知道他姓什么。"

"因为这个假设符合逻辑。你是第一代火星人,从你的步态我就能看出来。也就是说你当了差不多一个世纪的默工。这种经历对人的心智可能产生很奇怪的影响,有时甚至让他们渴望重新变成机器。魂灵儿盗版者可以满足这个愿望,当然不是白送。只要你帮他们一个小忙,比方说帮他们窃取一位知名的巧克力制作师的意识——"

她的隔弗罗完全关闭,整个人被隐私包裹,让对方只能模模糊糊知道那儿有个人,除此之外一无所知。伊斯多明白,与此同时,自己于她而言也变成了同样的、近于不存在的实体。但这状况只持续了片刻,她很快回归,紧闭眼睛,双拳抵住胸口,仿佛生怕有什么东西破堤而出。她紧绷的指关节发白,与深色的皮肤形成鲜明对比。

她轻轻地说:"不是那样的。"

"不是,"伊斯多道,"因为你跟他有私情。"

他的命表轻触他的大脑,是对方发出通知,提议两人签署一份隔弗罗合约,类似谨慎的握手。他接受了:之后五分钟的对话不会进入他的外记忆。

"你真的跟他们不一样,对吧?跟那些义人。"

"嗯,"伊斯多道,"我跟他们不一样。"

她拿起一粒果仁糖,"你知道吗,做巧克力很难。要花好多工夫。他让我明白,这不仅仅是糖果。你可以把自己注入其中,用自己的双手制造某种东西,某种真实。"她把糖果当成护身符似的,小心捧在手里。

"我当默工的时间很长。你太年轻,不知道那是什么样。你是自己,却又不是自己。你能够说话的那部分,那部分你在做别的事、机械的事。一段时间过后,这情形似乎天经地义。即便脱离默工状态之后，你依然觉得不对劲。除非有人能帮你再度找回自我。"

她把半融的果仁糖放回去，"复活师说他们没法带他回来。"

"也许可以，林德斯特罗姆小姐，如果你帮助我。"

她望着巧克力裙子，"我们一起做的，你知道。在王国时代，我穿过一条类似的长裙。"她的眼神很遥远。

"有何不可？"她说，"咱们尝尝吧，哪怕只是为了纪念他。"

林德斯特罗姆从柜台背后拿出一件金属小工具，犹犹豫豫地打开玻璃面板。她从裙边切下一小片巧克力放进嘴里，动作万分小心。她纹丝不动地站在原地了几乎一分钟，神色莫测。

"不对，"她睁大眼睛，"完全不对。晶体结构不对，还有味道……这不是我们做的巧克力。很像，但不完全一样。"她递给伊斯多一小块：它几乎立刻融化在他舌尖，只剩下略带果仁味儿的苦涩味道。

伊斯多笑了。胜利的感觉几乎抹去了琵可茜的库扑特讯息残留在他心头的紧张之感。

"能否告诉我，从技术角度讲，区别在什么地方？"

她舔舔嘴唇，眼睛亮起来。"是结晶。最后阶段，你把巧克力重新加热、再冷却，重复许多次；最后的成品在室温下就不会融化。巧克力里有晶体：从热与冷里诞生，这是种对称美。我们总以制作V型为目标，但这里头的IV型太多了，从质地上就能看出来。"所有的迟疑与脆弱仿佛突然从她体内消失了，"你是怎么知道的？我的那件裙子呢？"

"这不重要，关键是你绝不能卖掉这一条。保护好它。另外，请给我一小片好吗？对，很好——包起来就行。别放弃希望：也许他还会再度属于你。"

她的笑声苦涩而阴沉，"他从来不曾属于我。我非常努力。我对他妻子好，我和他女儿成了朋友。但这一切从来都不真实。你知道，有那么一阵子，我几乎觉得这样更轻松。只留下记忆和巧克力。"她的双手缓缓张开又合起，重复好多次。她的指甲涂成了白色。她轻轻说道："请找到他。"

"我会尽力。"伊斯多咽了口唾沫，他有些庆幸，这段对话不曾蚀刻进外记忆的钻石中，只存在于自己大脑凡俗的神经元里。

"对了，我没骗你。我还真的需要些特别的东西。"

"哦？"

"没错，有个派对，我会迟到。"

门突然开了。是个年轻男孩，金发，十分帅气，标准的斯拉夫人长相，十六岁左右。

他说："嗨。"

"塞巴斯蒂安，"林德斯特罗姆道，"我这儿有客人。"

"没事，我不介意。"通过隔弗罗，伊斯多礼貌地提议自己删除跟这两人的对话相关的记忆。

"我只是想问你有没有见到艾洛蒂？"男孩朝助理露出灿烂的笑容，"我好像找不到她了。"

"她在家，跟她母亲一起。"她说，"眼下你该给她一点空间。尊重她。"

男孩热切地点头，"当然，我会的。只不过我觉得我能帮上忙——"

"不，你帮不了什么。现在，请你让我接待客人好吗？艾洛蒂的爸爸肯定希望我能这么做。"

男孩的脸色有些发白，转身跑出店铺。

伊斯多问:"那是谁啊?"

"艾洛蒂的男朋友,卑鄙的小坏蛋。"

"你不喜欢他?"

"我谁都不喜欢。"林德斯特罗姆说,"当然,巧克力除外。话说回来,你要去的是什么派对?"

伊斯多离开商店时,绅士不见踪迹。他沿顺时向大道往前走,很快便听到对方的脚步在阴影间穿梭,避开明亮的阳光。

"我得承认,"义人道,"我很有兴趣瞧瞧此事如何发展。但你是否想过,你先前告诉她的理论或许正是真相?或许偷走她雇主意识的罪魁其实就是她?你放弃这想法的理由是什么?总不会是她漂亮的笑脸吧。"

"不是。"伊斯多道,"接下来,我想跟死者家属谈话。"

"相信我,肯定是那个助理。"

"到时候就知道了。"

"随你便。我的义人兄弟们刚刚发来又一条线索,附近有瓦西列夫活动的迹象。我要去调查一番。"义人说完便再度消失。

【瓦西列夫:索伯诺斯特始祖之一安东·瓦西列夫的拷贝部落成员,基本模式为英俊的金发蓝眼年轻男子。这个拷贝部落专门从事魂灵儿盗版活动。】

外记忆指引伊斯多找到巧克力制作师的家。对方住在界边区一栋高耸的白色大楼里,从楼上看下去,景色十分壮观:赫拉斯盆地翻滚的沙漠尽在眼前,沙漠中还散落着片片绿洲。伊斯多走下连接外墙的楼梯,一扇绿门通向大楼内部,城市的腿在遥远的下方扬起滚滚灰尘。伊斯多瞟了一眼,微觉眩晕。

他在公寓的红色房门前等了一会儿。一个穿晨衣的中国女人打开门。她个子矮小,一头如丝的黑发,普普通通的脸蛋看不出年龄。

"什么事?"

伊斯多伸出手,"我叫伊斯多·博特勒。"他开放自己的隔弗罗,让对方知道自己是谁,"我想你能猜出我的来意。如果你有时间回答几个问题,我将不胜感谢。"

她露出带着希冀的奇怪表情,但她的隔弗罗依旧关闭,伊斯多甚至不知道她的名字。她说:"请进。"

公寓不大,但光线明亮,屋里的现代产品寥寥无几,一台造物机和少许飘浮的Q粒子算是对科技的致敬。一截楼梯通向二楼。女人领他走进舒适的起居室,自己走到大窗边,在童椅大小的木头椅子上坐下。她拿出一支赞西香烟,取下盖帽。烟点着,苦涩的气味充斥房间。伊斯多弓着身子坐到一张绿色矮沙发上,等着。屋里还有一个人,被隐私屏障遮蔽。伊斯多猜测应该是死者的女儿。

最后她说:"我该给你——倒杯咖啡什么的。"但她完全没有起身的意思。

"我来吧。"女孩突然开放了自己的隔弗罗,仿佛从天而降般出现在伊斯多身旁,把他吓了一跳。按火星年①她大约在七到八岁之间,纤瘦苍白,一双奇异的棕色眼睛,穿着崭新的赞西式长裙。那东西有点像根管子,让伊斯多模模糊糊联想起了佐酷的时尚。

"不必了,谢谢。"伊斯多道,"这样就好。"

"我甚至用不着瞬目你。"女孩说,"我常读《阿瑞斯②先驱报》。你帮义人做事。你找到了失落之城。你见过'缄默'吗?"她似乎完

①一个火星年相当于1.88个地球年。
②古希腊神话中的战神,宙斯与赫拉之子,相当于古罗马神话中的玛尔斯,即火星。

全静不下来,在沙发的靠垫上不停地蹦弹着。

"艾洛蒂。"女人语带斥责,"请原谅我女儿,这么没礼貌。"

"我不过是问问。"

"这位有礼貌的年轻人才是来问问题的,不是你。"

"读到的东西不一定都可信,艾洛蒂。"伊斯多郑重地看着她,"你父亲的事,我很遗憾。"

女孩低下头,"他们会把他弄好的,对吧?"

"希望如此。"伊斯多道,"我想帮助他们。"

巧克力制作师的妻子朝伊斯多露出疲惫的笑容,然后将自己下面的话从女儿的隔弗罗排除。

"为了她我们花了好多命时,蠢孩子。"她叹口气,"你有孩子吗?"

伊斯多说:"没有。"

"太麻烦,根本不值得。都是他的错,把艾洛蒂惯坏了。"巧克力制作师的妻子抬起双手将过头发,一只手里还夹着香烟,伊斯多直担心那如丝的秀发会被点燃。"抱歉,我不该说这些可怕的话。他都还不知在哪里,甚至连默工都不是。"

伊斯多平静地看着她。只要人们觉得你是个愿意倾听的人,他们就会表现得跟平时判若两人——这种变化一直让伊斯多入迷。他心中升起短暂的疑虑,担心成为义人后也许会失去这种让别人信任的能力。可话说回来,到那时自然有别的法子可以知道他想知道的事。

"你是否注意到德弗霍先生最近可能交了什么新朋友?"

"没有。为什么问这个?"

艾洛蒂不耐烦地看着自己的母亲。"他们就是这么干的,妈妈。那些盗版分子。这叫社会工程学。他们收集你的隔弗罗碎片,最后解码你的大脑。"

"他们要他做什么？他又没什么特别的地方。他倒是能做巧克力,可我甚至都不喜欢巧克力。"

"我认为魂灵儿盗版者正好对你丈夫这种人感兴趣,有专长的大脑。"伊斯多道,"索伯诺斯特对术业有专攻的模板胃口很大,而且对人类的感知模式十分痴迷,尤其是味觉和嗅觉。"

他特意将艾洛蒂纳入对话的隔弗罗里,"而他的巧克力无疑非常特别。我去商店拜访时,他的助理好心让我尝了一点儿:一小片刚刚制作完成的裙子,今早才从工厂运去。简直不可思议。"

厌恶将艾洛蒂的面孔扭曲成一张面具,仿佛巧克力制作师之死的回响。接着,她消失在完全隐私屏障的模糊效果背后,跳起来匆匆三步就跑上了楼梯——那是习惯了低重力的跳跃步伐。

"抱歉,"伊斯多道,"让她难过并非我的本意。"

"不用担心。她一直假装勇敢,但这事对我们都很难。"她熄灭香烟,抹抹眼睛,"我猜她会跑出去见她的男朋友,回来以后准又好几天不跟我讲话。孩子都这样。"

"我明白。"伊斯多说着站起身,"您帮了大忙。"

她一脸失望,"我还以为……以为你会有更多问题。我女儿说你总有问题,会问些义人从来想不到的事情。"她脸上带着奇特的热切。

"事情并不总是绕着问题转的。"伊斯多道,"再次向您表示慰问。"他从自己的笔记本上撕下一张纸,随手签个名,又附上一小段共同记忆。他把纸片递给女人,"请把这个转交艾洛蒂,作为我的道歉。恐怕她已经不再是我的粉丝了。"

离开时他忍不住吹起了口哨:谜题的整个形状他已尽在掌

握。他在心里伸出一根手指,抚过它的边缘,而它发出清亮的嗡鸣,仿佛半满的酒杯。

伊斯多在公园边上找了家小餐馆,吃了一客章鱼烩饭。他拿纸巾擦嘴,墨汁在纸巾上留下有趣的图案。他坐在餐馆里看公园里的人,看了半个钟头,同时在笔记本上写写画画,记录观察心得。然后他起身回到巧克力工厂,去发动他的陷阱。

生化智能机放他进门。不知什么时候,复活师已经带走了尸体。粉笔画的线和巧克力留下的污渍仍在地板上,但已经被隐私雾模糊,仿佛光线之蛇蜕下的一层皮。伊斯多在角落一张晃晃悠悠的金属椅上坐下等待。机器的声音带给他奇特的慰藉。

过了一会儿,他开口道:"喂,我知道你在。"

艾洛蒂从一台机器背后走出来,取消了隔弗罗的遮掩。她显得更成熟,流露出更多真实的自我。她的眼神硬邦邦的。

"你怎么知道的?"

"脚印。"伊斯多指指地板上的巧克力污渍,"不像上回那么谨慎。而且还迟到了。"

"附在留言上的共同记忆简直不知所云。"她说,"我费了好大劲才弄明白你是想在这里碰头。"

"我还以为你对侦探工作感兴趣呢。不过话说回来,第一印象有时很有欺骗性。"

"如果又是我父亲那档事,"艾洛蒂道,"那我可就走了。我还得跟男朋友见面呢。"

"这我相信。不过跟你父亲没关系,只跟你有关。"他将自己的话紧紧裹在隔弗罗里,只有他俩能听见,也只有他俩会记得这些话曾经被人讲出来。"我感兴趣的地方在于,这么做对你真的那么容易吗?"

"什么?"

"不考虑后果,把你父亲的私人隔弗罗密钥交给陌生人。"

她没说话,但她瞪着他,每块肌肉都绷紧了。

"他们许诺你什么呢?去太空?你一个人的天堂,就像王国的公主,只不过更美妙?你知道,不是这么回事。"

艾洛蒂朝他走近一步,缓缓张开双手。伊斯多坐在椅子里前后摇晃。

"然后呢,密钥没用,而塞巴斯蒂安——你的瓦西列夫男朋友,他们中的一员——很不高兴。对了,他其实并不是真的喜欢你。他们只是把另外什么人的情感注入给他,杂糅在一起。

"不过表面上看也够真实的了。他发火,也许还威胁要离开你。你想取悦他,而且你知道你父亲有一处受隔弗罗保护的地方、一处不会被人打扰的地方。也许他跟你一道来动的手。

"我不得不说你做得很聪明。巧克力的味道有一丝微妙的不同。你父亲就在裙子里,不是吗?他的大脑意识。你用造物机把它放进去的。他们刚刚做好那件原版裙子,你就把它融化掉,复制了一份。智能机把它送去了商店。

"所有数据编进巧克力的晶体里,随时可以买下来,再运到索伯诺斯特。谁也不会有任何疑问,也不必想方设法设立地下电台来传送盗版。整个意识,包在漂亮的巧克力外壳里,像复活节彩蛋。"

艾洛蒂盯着他,面无表情。

他说:"我只是不明白,你怎么下得了手。"

"没关系的,"她咬牙道,"他一声也没出,也不痛。我离开时他都还没死呢。谁也没有任何损失。他们会把他带回来的,他们总是把我们所有人带回来,然后把我们变成默工。

"这太不公平了。他们那个狗屁王国又不是我们破坏的。虎怖机也不是我们弄出来的。不是我们的错。我们应该像他们一样，真正地永生。这是我们该有的权力。"

【虎怖机：火星内战后散落的智能纳米机器，自我设计、自我繁衍了上亿个虚拟世界。对人类满怀恶意，不断攻击忘川，并破坏人类的地球化努力。**】**

艾洛蒂缓缓伸直手指。许多根头发粗细的纳米丝从指甲盖底下冒出来，一队眼镜蛇般扇形排开，向外延伸。

"啊，"伊斯多道，"上传触须。我正琢磨它们藏在哪儿呢。"

艾洛蒂迈着痉挛似的古怪步子朝他走来。触须的尖端开始发光。伊斯多这才头一次想起，今天的派对自己多半要迟到得狠了。

"你不该在没人的地方干这事。"她说，"你该带着你的义人一起。塞巴的朋友也会出钱买你的，也许比买他的价更高。"

上传触须瞄准他的脸，像光鞭一般突然向前弹出。他头盖骨上多了十个针孔，接着是怪异的麻木感。他失去了对四肢的控制，身不由己地从椅子上站了起来。艾洛蒂站在他面前，双臂张开，仿佛傀儡师。

"他是这么说的吗？说没关系？说反正他们都能把你父亲修好？"他的话结结巴巴地吐出口，"瞧瞧吧。"

伊斯多对她打开自己的隔弗罗，把来自下界的共同记忆交给她：在地下的房间，巧克力制作师尖叫、挣扎、一次又一次死去。

她瞪大眼睛盯着他，触须落下。伊斯多膝盖一软。混凝土地面真硬啊。

"我根本不知道，"她说，"他从没——"她盯着双手，"我到底——"她的手指收成爪子，触须跟上，朝她的脑袋飞过去，消失在她头发里。她摔倒在地，四肢抽搐。他不想看，可他没力气动弹，连闭眼都办不到。

绅士说:"我见识过不少叫人吃惊的蠢事,但你这次足可名列前茅。"

伊斯多虚弱地笑笑。脑袋上的医疗泡沫好似冰做的头盔。他躺在担架上,就在工厂外。黑袍的复活师与灵活的下界生化智能机从他们身旁经过。"中庸从来不是我的目标。"他说,"抓到那个瓦西列夫了吗?"

"当然。那男孩,塞巴斯蒂安,他去店里想买下裙子,说准备给艾洛蒂一个惊喜,让她高兴高兴。被捕以后就自毁了,他们都这样,同时狂喷费德罗夫主义[①]的口号。一个武器化的模因[②]差点打中我。接下来还得把他的隔弗罗网络连根拔起——我不认为受他蛊惑的只有艾洛蒂一个人。"

"她怎么样了?"

"复活师很厉害,只要有可能,他们会修好她。然后呢,我猜她大概要提前成为默工了,全看'民声'怎么说。不过那段记忆——你不该给她,对她打击很大。"

【民声:忘川的民主决议系统。】

"我做了必须做的事。她活该。"伊斯多道,"她是个罪犯。"巧克力制作师死亡的记忆依然在他脑中,又冷又硬。

绅士摘下帽子。帽子底下的面具不知是什么材料,反正总随他脑袋的轮廓延展。不知为什么,他似乎显得年轻了些。

---

①源于俄罗斯哲学家、未来学家尼古拉·费德罗夫(1928 - 1903),他倡导利用科技手段达到肉体永生,甚至死人复活。其信念后来被索伯诺斯特吸纳。

②Meme,某种信息,以传播为目的,在诸如语言、观念、信仰、行为方式等的传递过程中起作用,与基因在生物进化过程中所起的作用类似。在这里指塞巴斯蒂安自毁时所喷发的口号。(能造成实体伤害的口号,自然是科幻内容。)

"你的愚蠢也足以构成犯罪。你本该与我分享隔弗罗，或者换个地方和她碰面。至于说活该——"绅士停下不说了。

伊斯多道："你早知道是她。"

绅士没作声。

"依我看你从一开始就知道。关键不是她，而是我。你是想测试什么？"

"你肯定早就想到了，我至今没让你成为我们中的一员，必然有我的理由。"

"为什么？"

"首先，"绅士道，"过去在地球上，他们所谓的义人通常都是治愈者。"

伊斯多说："我看不出这有什么关系。"

"我知道你看不出来。"

"怎么，难道我该放她走？饶恕她？"伊斯多咬住嘴唇，"这样可解不开谜题。"

绅士道："的确。"

仅仅一个词，但伊斯多能感觉出里面包含着某个形状。并不坚实、并不确定，但确实存在，毫无疑问。愤怒促使他伸手去攫取它。

"我觉得你在撒谎。"伊斯多道，"说什么因为我不是治愈者所以不能成为义人，'缄默'就不是治愈者。真正的原因是你不信任我。你想要一个从未复活过的侦探，你想要一个能保守秘密的侦探。

"你想要一个可以去调查地下老大①的侦探。"

"那个词所指的人物，"绅士道，"并不存在。"他戴上帽子，站起

---

①详见后文。

身,"多谢你的帮助。"义人碰碰伊斯多的脸。天鹅绒的触感出奇地轻盈、柔和。

"对了,"绅士道,"她不喜欢巧克力鞋子。我替你备了些松露味儿的糖果。"

说完他便消失了。草地上躺着一匣巧克力,用红缎带绑得整整齐齐。

插曲 国 王

火星之王能看见一切,但有些地方他选择不去看。太空港通常就是其中之一。但今天他亲自驾临这里,为了杀死一位老友。

抵达大厅修成了老王国的风格:巨大、宽敞的空间,高高的穹顶。来自不同世界的各色人等堪堪将它填满。大家在陌生的火星重力下小心翼翼地行走,努力适应皮肤上访客隔弗罗的感觉。

国王行走在拥挤的外星人潮中。这里有化身[1],被来自虚无空间的虚拟意识所操纵;有干瘦的小行星带居民,其身体是美杜莎一般的外骷髅;有行动飞快的迅捷体;还有穿着基准人类身体的土星佐酷人。然而谁也看不见他,谁也听不见他。他在奥菲耳公爵的塑像旁停下,雕像曾被革命者玷污,面庞已然破裂。国王的目光越过雕像破裂的面庞往上看,透过高处的穹顶,他能看见豌豆茎[2]:那是一条不可思议的线条,直射入铁锈色的天空。假如你用目光追随它,它会变成令你头晕目眩的深渊。恶心反胃的感觉向他袭来:几个世纪之前,被粗暴的大手植入他体内的强制力量依然存在。

---

[1]Avatar,被人远程操纵的躯壳。在电影《阿凡达》中,男主角便是借助"化身",与潘多拉星球的原住民交流。而在这里,操纵者并非一般意义上的人,而是某种虚拟意识。注意,"化身"和小说中的另一个名词"分身"不是一回事。

[2]一种在太空科幻小说中很常见的运输管道。

你属于火星。那力量说,你再也不会离开。

国王捏紧拳头,强迫自己尽可能看得久些,借此撼动心中的枷锁。然后他闭上眼,开始寻找其他隐形人。

他任由自己的心灵在人群中游荡,透过其他人的眼睛看世界,寻找记忆新近被篡改的迹象,仿佛在树林里寻找被吹动的树叶。他早该这么做了。亲自来到这里,这一行动中包含了某种纯洁的东西。对于国王来说,这些年来记忆与行动几乎成了一回事,现实尖锐的滋味令他精神一振。

这个记忆陷阱很精妙。它存在于一个被虚拟意识所操纵的肉体身上,隐藏在它最近的外记忆里。透过化身的眼睛,国王发现了陷阱所在:记忆循环递归,一段关于记忆本身的记忆。它几乎将国王拖进一条由无穷无尽的既视感①形成的管道,仿佛那条让他眩晕的豌豆茎,将他往里拉拽。

然而记忆游戏正是国王的拿手好戏。他借助意志力将自己锚固回当下,隔离有毒的记忆,然后追踪到它的源头,一层层剥开外记忆,直抵现实的核心:一个瘦弱的秃头男人,太阳穴凹陷,穿着不合身的革命军装,站在几米远处,深色的眼睛盯着他。

"安德烈,"国王责备道,"你以为自己在做什么?"

对方面带挑衅,一段更早的记忆蓦地从国王心底浮现,一段真实的记忆:他们一同经过的腥风血雨。真可惜。

"我时常到这里来,"安德烈说,"看看我们的金鱼缸外面的世界。你知道,看看空气,看看外面的巨人。这种感觉不错。"

"但这并不是你来这里的原因。"国王轻声说。他语调温柔,如父亲般慈祥,"我不明白,我还以为我们已经达成一致,不再与他们交易了。可你又来了。你真的以为我不会发觉吗?"

---

①未曾经历过的事情或场景却仿佛在某时某地经历过的似曾相识之感。

安德烈叹了口气。"变化就在眼前,"他说,"我们活不了多久了。始祖之前一直很虚弱,但不会永远这样。他们会吃了我们,我的朋友,即便是你也无法阻止。"

"出路总是有的,"国王说,"当然这话对你并不适用。"

看在过去的情分上,国王赐予他迅速的真正死亡。佐酷量子枪一闪,一阵微风拂过外记忆,曾经的安德烈、他的朋友,此人的一切痕迹都被根除。他从安德烈身上吸收了自己所需的一切。周围的行人感受到突如其来的热量,不由身体一缩,随后便把这事儿给忘了。

国王转身准备离开,这时他看见了那对男女。男人穿着深色套装,戴蓝色墨镜;女人在重力下像老妪般弓着腰。自从来到太空港,国王第一次露出微笑。

4．窃贼与乞丐

地点：移动之城忘川，稳固大道。时间：明朗的清晨。目的：搜索记忆。

步行平台不断汇入或离开城市的主干道，城市的街巷也随之变动；但无论如何，这条宽阔的主干道总会再次出现。道旁种着樱桃树，有小街小巷通往迷宫区——许多隐秘所在的区域。这里有你一生只会偶遇一次的店铺，贩卖王国玩具，来自地球老家的老式金属机器人，或者从天而降、丧失了活力的佐酷珠宝。这里还有许多隐藏的大门，除非你说出正确的口令，或者头天吃了正确的食物，或者正在恋爱，大门才会现身。

"多谢你，"米耶里道，"多谢你把我带到地狱。"

我抬起蓝色太阳镜朝她微笑。重力显然让她很难受，她走动时活像老太婆——我们成为短期公民期间，她所有的强化能力都必须隐匿起来。

我去过许多地方，很少有比这儿更不像地狱的。头顶赫拉斯盆地的天空是深邃的靛蓝色，白色滑翔机仿佛一片片白云，用偌大的机翼紧紧抓住稀薄的火星空气。高耸的建筑物造型繁复，类似一战前的巴黎，只是没了重力的负担，红色的石头于是得以塑成无数螺旋状的高塔,表面布满通道和阳台。蜘蛛的士在建筑侧面攀爬,在房顶之间跳跃。在"尘区",城市的腿足扬起红色云团,仿佛一件大氅向上汹涌;佐酷殖民地闪亮的穹顶就在这儿附近。假如你站定了纹丝不动,还能感受到微微的摇晃,提醒你别忘记,这是一座移动的城市、被泰坦巨人扛在背上。

"说到地狱,"我告诉她,"有趣的人全住地狱里。"

她斜睨了我一眼。之前在豌豆茎太空港,她满脸无聊,一副见惯不惊的模样,一看就知道正在运行模拟界面,为后面的行动做准备。她说:"我们可不是来观光的。"

"咱们还真是来观光的。有一段相关记忆就在这儿,我得找到它。"我冲她挤挤眼,"说不定需要好一阵子呢,所以,尽量打起精神来。"

至少肌肉记忆已经恢复,让我可以拉开与她的距离。周围全是高大的火星人,约翰·卡特[①]似的迈着轻盈的大步:抬腿不高、步子平顺。我不动声色地融入他们中间,成为他们的一分子。

我不在的这些年,时尚变了。如今,无标识的衬衣、长裤少多了——那是模仿过去革命军装的式样——取而代之的是王国的帽子、荷叶边和飘洒的长裙。此外还有佐酷智能物质制作的抽象作品,不大像衣裳,更像几何学展示。这里几乎没人隐藏在彻底的隔弗罗隐私幕底下。毕竟这是大道,要的就是招摇。

当然了,唯一不变的就是命表。形形色色的命表,嵌在腕带、皮带扣、项链和戒指里。都在测量着时间:作为尊者的命时,作为人类的时间。一旦命时耗尽,你就必须成为默工,以压断脊背的劳作把它重新挣回来。我好容易才按捺住顺手牵羊的本能。

我在革命广场停下,等米耶里跟上。广场上有一处革命纪念

[①]电影《异星战场》(根据埃德加·伯勒斯的科幻小说《火星公主》改编)的主演。

碑,一块低矮的火山石,由默工刻下了几十亿从地球被带来这里的魂灵儿的名字——用缩微字体。它旁边有小型喷泉。我记得自己来过这儿,许多许多回。

可我那时是谁?来做什么?

火星葡萄酒带来了记忆,但毫无规律可循,只是让它们掠过我的大脑,仿佛飞溅的颜料。一个名叫蕾梦黛的姑娘,还有个不知什么东西,名叫提贝美斯尼尔。也许米耶里说得没错:我不该依赖过去的自我,指望它变魔术一样揭示接下来该去哪儿。我该用更系统的方式处理问题。我欠了债,欠她和她那位神秘的雇主,这笔债务越早解决越好。

我在广场边缘找了张熟铁长凳坐下,正好在公共区域的边界之外。忘川社会追求绝对的隐私,只有广场除外。在这里,你必须把自己展示给公众。从大道来到广场,人会本能地改变自己的行为:每个人都极端在意自己的步态,相互间点头致意。所有人都会记得这里发生的一切,所有人都有权访问。这是民主与公开讨论的地盘,在这里,你可以想办法影响忘川的E民主系统——"民声"。加密架构师也喜欢这地方:到处是公开的可用数据,它们有助于塑造城市的未来——

我怎么会知道这一切?来忘川之后,米耶里给我们买了命表,我们获得了临时公民身份,附带一小块外记忆——这些信息可能来自这里。但我知道不是这样:我并未瞬目——有意识地从忘川的共享数据库提取信息。这就是说,我以前肯定做过忘川的公民,至少做过一段时间。也就是说我曾经拥有命表。而在这里,拥有命表就代表拥有外记忆,一个保管你思绪与梦想的储藏室,当你在尊者与默工之间切换时,你就被保存在这个储藏室里。也许我该找的就是它:代表忘川那个我的命表。

　　我在脑子里把这念头转了几圈。不知怎么，总觉得太简单、太脆弱、不够优雅。过去的我会这样做吗？把秘密存在忘川身份的外记忆中？我发现自己对此毫无头绪，这让我浑身发凉。

　　我需要行动，做点儿让我感觉像我自己的事。我起身沿着广场边缘走，找到一个美丽的姑娘。她坐在公用造物机旁的另一张长凳上，正在穿滑轮冰鞋，偌大的圆形智能轮是刚刚才打印好的。她穿着白色上衣和短裤，裸露的双腿仿佛黄金雕塑，修长而完美。

　　"嗨，"我露出自己最迷人的笑容，"我在找革命图书馆，可他们说这地方没地图。也许你能给我指指方向？"

　　一小截晒黑的鼻子朝我皱起，她随即消失不见，一根灰色的隔弗罗占位符砰的一声出现在她所在的位置。再然后，那一团模糊沿着大道越飘越远。

　　米耶里道："你还真像个观光客啊。"

　　"换了二十年前，她肯定会朝我笑。"

　　"离广场这么近的地方？我看未必。再说，交换隔弗罗的事你也搞砸了：那句可笑的搭讪，本该设置成隐私模式。你真在这地方住过？"

　　"看来某人做了不少功课啊。"

　　她说："当然。"这我相信。她肯定正在检索各种虚拟与模拟界面，派出她的奴隶魂灵儿，利用临时隔弗罗在外记忆里尽可能挖掘信息。"信息少得让人吃惊。假如过去二十年你真在这里住过，要么你的模样与现在大不相同，要么就是你从没到过广场、没参加过公众活动。"她与我对视，前额有一层亮晶晶的汗水，"假如那段记忆是你伪造的，好借机脱身——你会发现我早有准备，而且结局你肯定不会喜欢。"

　　我重新在长凳上坐下，目光穿越广场。米耶里坐到我身旁，后背箭一样直,那坐姿绝不可能舒服。重力肯定让她难受,但她死也不会流露分毫。

"我没想逃,"我说,"我欠你一笔债。再说一切都那么熟悉——这就是我们该来的地方。但我不知道下一步是什么。关于提贝美斯尼尔,查不到也没什么奇怪的,这里本来就是一层又一层的秘密。"我咧开嘴,"我敢说,过去的我肯定就在什么地方,看着咱俩直乐呵。说实话,没准咱们加起来也没他一半聪明。"

"过去的你,"她说,"被逮住了。"

"有道理。"我看看自己的临时命表,它是一小圈银环,用透明的带子缠在我手腕上。我喷射少许命时到长凳旁的造物机里,发丝粗细的指针移动了一毫米。造物机吐出一副深色太阳镜,我递给米耶里,"拿着,试试。"

"为什么?"

"好掩盖你那格列弗①一样的神情。行星不是你的长项。"

她皱起眉,但还是慢慢戴上眼镜。太阳镜把她脸上的疤痕衬得更明显了。

"你知道,"她说,"我最初的想法是把你留在培蝴宁,让你暂时休眠,自己下来搜集感官数据,再把数据输入你的大脑,直到激活你的记忆。你说对了,我不喜欢这地方。噪音太响,空间太大,一切都太多。"她身体后倾,展开双臂,抬起双腿变成莲花坐姿。

"可他们的太阳很暖和。"

就在这时,我看见了那个赤脚男孩,约莫五岁,正从广场对面朝我挥手。他的面孔很眼熟。

---

①指《格列弗游记》里的主人公。这里是形容米耶里对行星上的生活十分生疏,好像来到大人国或小人国的格列弗。

米耶里朝窃贼微笑,同时告诉培蝴宁,你知道,等这事儿了结,我非杀了他不可。

不先拷打拷打?飞船问,你越发心慈手软了。

飞船在高空轨道,她们之间的中微子链接必须慎之又慎,才能躲过忘川疑神疑鬼的科技探测装置。这样一来,链接质量也就刚够满足正常交谈之需。

这不过是忘川的又一个让人烦躁的小缺点,比这更让她抓狂的问题还有的是:比方说持续的沉重感,再比方说松手之后物体固执地不肯留在空中。还有,尽管使用索伯诺斯特的强化技术令她羞愧,但她已经习惯了依赖它们,可保密也是任务指标之一,所以她别无选择。在豌豆荚太空港,外形像黑色甲壳生物的海关人员,一个默工,给了她临时隔弗罗外壳,同时附送一整套规定:严禁进口纳米技术、量子技术、索伯诺斯特技术,严禁携带足以储存基准大脑的数据存储器,严禁——她只好把自己的超脑皮质、量子石骨骼、摄魂枪和其他一切设为隐身模式,默默忍受各种不适。

公共外记忆数据有什么发现吗?她问,或者那位一直没现身的神秘联络人?

没有。培蝴宁道,魂灵儿正在全面搜索,但内容太多了。至于联络人,目前还没发现提贝美斯尼尔,也没有看起来像赌王的人。所以嘛,如果我是你,我会逼咱们的老男孩加倍卖力工作。工作换自由嘛。

米耶里叹口气,我指望听到的可不是这些。

到目前为止,唯一的好处就是人造阳光,它来自空中那个明亮的小点,那里曾经是火卫一。至少我在金星晒出的棕色皮肤很快就能恢复了。

"好掩盖你那格列弗一样的神情。"窃贼又说了一遍。

米耶里突然觉得晕头转向：一种压倒性的既视感压迫着她的太阳穴。该死的生物信号输入，佩莱格莉妮真的知道什么东西最能叫我抓狂。在奥尔特的时候，在她的柯多，她曾与另外两打人同住在一个冰洞里，那是颗挖空的彗星，居住空间比培蝴宁大不了多少。但那时的感觉也比现在这样强得多：通过量子脐带，随时意识到另一个人的思维与行动。她把大部分内容都过滤了，但时不时还是有想法和感受传过来。

她摇摇头。"好吧，"她说，"培蝴宁告诉我，这事儿我们只能用老式的笨办法：一直走，直到——"

她在对空气说话，窃贼已经不见踪影。她摘下墨镜盯着看，墨镜里肯定有什么鬼把戏，某种帮助窃贼溜走的现实强化功能。可那只是普通的塑料。培蝴宁！见鬼，他在哪儿？

我哪儿知道，我又没有他的生物信号链接。她几乎能听出飞船幸灾乐祸的语气。

"威屠。培克勒。撒阿塔纳。该死的黑神。"米耶里高声咒骂，"我一定要让他好看。"一对身穿革命白的夫妇拖着小孩从旁边经过，向她投来怪异的目光。她笨手笨脚地用意识操纵自己的访客隔弗罗界面，启动了私密模式。古怪的憋闷感表明，她在周围人眼中已经变成了占位符。

隔弗罗，当然了，我真蠢。她的记忆中有一道界线，分割开本地记忆体和外记忆。窃贼把几秒钟之前两人交谈的共同记忆传给了她，而她那原始的隔弗罗照单全收。我在跟记忆说话。

米耶里感到一阵强烈而尖锐的自我厌恶。很像她小时候得智能珊瑚感染那回，锋利的尖刺从牙齿里长出来、狠狠压进牙龈。卡尔胡不费吹灰之力就治好了她，可她总忍不住要用舌头去舔那些隆起。她咽下这感觉，精神集中到生物信号上。

这事儿并不简单,除非借助超脑皮质,但那样会被探测器发现。于是她努力集中注意力,关注自己的大脑与窃贼大脑相连的那部分。感觉仿佛试图与幻肢重新联结。她闭上眼、全神贯注——

"女士,行行好吧。"一个沙哑粗糙的声音道。她跟前站了个赤条条的男人,隔弗罗很周到地将他的私处模糊成一团灰色。他肤色苍白,没有毛发,眼圈发红,似乎哭了很久。他身上唯一的物件就是一只命表,厚厚的金属表带连接着清澈的水晶圆盘,挂在一只瘦骨嶙峋的胳膊上。

"行行好,"他说,"你从星星上来,只在这里度过些许奢侈的时光,随后便回到富饶与永生的世界。有福的人儿,请可怜可怜我吧。这一生我只余片刻光阴,很快就不得不开始赎罪。他们会拿走我的灵魂、将它掷进一台无舌的机器口中,让我连呼痛也不能——"

你还好吗?培蝴宁问,出什么事了?

米耶里想使用隔弗罗最基本的把戏——彻底隐私模式——将疯子从自己的视界中隔绝,同时也将自己从对方视界中隔绝,然而隔弗罗层却通知她说,她已经与另一个体达成隔弗罗合约,保证双方都能对彼此进行表面观察,持续时间为十五分钟。

她不知所措,只好告诉飞船:我面前有个赤身裸体的疯子。

他不是已经逃了吗?

"容我祈求你赐给我几秒钟,对于你只是无足轻重的一点点时间。我将向你揭露自己所有的秘密。我曾是国王宫廷中的伯爵,半点不假,真正的显贵。我并非你现在所见的模样,我曾拥有属于自己的机器宫殿,百万的魂灵儿供我差遣。革命时,我在萨希斯公爵麾下作战。你该看看真正的火星是什么样,老火星,只要几秒钟,我将让你看到这一切——"说到这里,苍白的长脸上淌下泪水。"如今我只剩几十个命秒,行行好——"米耶里骂骂咧咧地起身往前走。她纯粹是为了避开对方,却发现周围突然安静了——她来到了广场中央。

在这里,往来的火星人动作万分谨慎,大家都对彼此视而不见。游客则不一样,他们原本正通过飘浮的智能物质目镜阅读革命纪念碑上的名字,此刻纷纷扭头看她。

那人紧抓她的袍边:"只要花费一分钟,哪怕几秒钟,你就能知道火星所有的秘密——"广场里没有隔弗罗保护,他现在已是真正的全裸。她推开他的胳膊,只是正常人类的力量,而不是把那只胳膊连根扯断的超人力量。然而对方却发出尖利的惨叫,瘫倒在她脚边,一面呻吟一面依旧抓住她的衣裳不放。此刻她确信每个人都在偷看自己,虽说表面上大家都一脸若无其事。

"好吧,"她抬起自己的命表,那是她自己选的水晶型号,因为它的模样很像奥尔特珠宝。"十分钟。我要摆脱你怕也不止这点时间。"她用意识操纵设备,金色的指针略微转动。乞丐舔着嘴唇一跃而起。

"国王的鬼魂保佑你,女士。"他说,"难怪那个陌生人说你慷慨大方。"

"陌生人?"其实米耶里已经知道了答案。

"戴蓝眼镜的陌生人,保佑他,也保佑你。"他咧开嘴,笑容蔓延到整张脸。"给你一点忠告。"他拿出公事公办的口吻,"最好赶紧离开这广场。"所有人都在往外走,米耶里周围只剩下了游客。"血淌进了水里。你肯定明白的。"说完他就光着屁股跑起来,瘦巴巴的双腿把他带出了广场。

我要狠狠折磨那个偷儿,米耶里道,血和水?他什么意思?

在地球，培蝴宁道，有一种鱼名叫鲨鱼。我认为所有命时乞丐都会观看外记忆反馈信号，比如广场的反馈信号，因为这些地方没有隐私可言嘛。也就是说，他们肯定看见你把命时给了——

突然间，广场充满了赤脚奔跑的声音。米耶里面前赫然多出一支乞丐大军。

我穿过大道上的人流追赶那男孩。他一直跑在我前头，在人腿丛林里轻松穿梭。他的光脚动得飞快，像造物机的打印针似的模糊一片。我一面大声道歉一面撞开行人，在身后留下一长串愤怒的灰色隔弗罗。

在一处蜘蛛的士停靠点，我差点就抓住他了。大道在这里分裂成上百条小巷通往迷宫区，那些长腿的机器也在这里等待顾客。它们仿佛没有马的装饰性马车，待客时把黄铜腿蜷在身下。他站在这些机器前，着迷似的看着它们。

我从人群中缓缓向他靠近。相比周遭的一切，他的质地全然不同，更加锐利。也许是因为他脸上的泥，也许是他身上破旧的棕色衣服，也可能是那双与火星人迥然不同的棕色眼睛。只差几米了——

可他不过是在耍我。我向前猛冲，结果只远远听见响亮的笑声。他矮身钻到长腿的出租车底下。我块头太大，没法跟上去，只能在人群中穿梭、绕过车辆与等待上车的顾客。

那男孩就是我。我还记得身为他时的情形，在我的梦里。那记忆仿佛蝴蝶标本，被几个世纪的时光压扁，无比脆弱，轻轻一碰就分崩离析。记忆里有一片沙漠，还有一个士兵，以及一个住在帐篷里的女人。也许那男孩只存在于我脑中，也许他是过去的自我留下的某种构建。无论如何我需要知道真相。我高喊他的名字，不是赌王若昂,而是更老的那个名字。

我花了一部分心思读秒,看米耶里要多久才能处理好那个小小的麻烦,然后把我关闭,或者把我送进某个新式地狱。要想背着那位狱卒弄清男孩的真相,我大概只有几分钟。我瞥见他钻进一条小巷,进了迷宫区。我一边诅咒一边追赶。

城市中较大的平台和部件都在迷宫区汇合,在交接处形成好几百参差不齐的碎片。这些碎片不停移动,组成暂时的小丘和蜿蜒的巷道。走在这里时,巷道可能缓缓飘移,方向的改变非常平缓,只有通过地平线的移动才看得出来。这地方没有地图,只有萤火虫向导领着勇敢的观光客到处转悠。

我顺着一条坑坑洼洼的鹅卵石陡坡往下跑,步子越迈越大。可我从未真正掌握在火星奔跑的艺术。脚下的街道突然晃动,我跳得太高,落地失误,往下滑了好几米。

"你没事吧?"上方的阳台有个女人倚在栏杆上,手里捏着报纸。

"还好。"我哼哼一声。米耶里给我的索伯诺斯特身体应该挺结实,但擦伤的尾椎处传来模拟痛觉,仍然痛得货真价实。"有没有一个小男孩从这儿经过?"

"那一个吗?"

那坏东西离我不到一百米,笑弯了腰。我爬起来接着跑。

我们一步步深入迷宫区。男孩跑过鹅卵石地面、大理石地面、智能草坪和树林,总在我前面、总在拐弯,却从不让距离拉得太远。

我们跑过中式小广场,佛寺外墙上闪烁着红色和金色的龙;我们跑过临时市集,空气里弥漫着合成鱼的气味;我们跑过一群着黑袍的复活师,他们身后还跟着新出生的默工。

我们一路飞奔,穿过整条整条被隔弗罗模糊的街道——也许是红灯区吧。还有些街道空空如也,只有动作迟缓的建筑默工在打印色调柔和的新房子;这些有着黄色外壳的默工比大象还大。我迷失在巨大的嗡嗡声和那些大家伙古怪的海藻味里,差点跟丢了,好容易才发现他从其中一个默工背上朝我挥手,接着一跃而下。

一群溜冰的年轻人以为我们在玩某种街道游戏,尾随了我们好一阵。这些火星出生的男男女女穿着仿王国式样的紧身衣和伞裙,戴着扑粉的假发。衣服的花边都是智能物质,懂得避免干扰主人的动作,当主人踩着墙面弹跳、跃过房顶之间的空隙时还会自动弯曲。超大号的轮子能抓稳任何表面。他们大声鼓励我,而我真想拿命时跟他们买双冰鞋,但屁股上逐渐消失的幻痛让我不敢冒这个险。我只能继续奔跑。

我知道身体随时可能关闭,米耶里随时会出现。也不知她这回会想出什么花样来惩罚我。不过说实话,我还挺想看她气急败坏的模样。

跑到曾经的机器人花园时,我终于喘不上气了。我扶着膝盖气喘吁吁,汗水刺痛了双眼。这具身体严格限定在基准人类的参数之内,没法超频。我气得直骂娘。

"嘿,"我说,"咱们讲讲道理好吧。如果你是我大脑的一部分,那你一定是个讲道理的人。"可话说回来,我在他那岁数恐怕正好就是完全不讲道理。其实我在哪个岁数都一样。

很奇怪,花园竟十分眼熟。它属于老王国,是城市穿行火星沙漠期间从不知什么地方捡到、吞下的,而怪异的城市新陈代谢又把它带到了这里。它是迷宫区的一块露天空间,周围有一堆犹太教堂将它护在中央。地面铺着五平方米见方的黑、白大理石板,组成十乘十的网格。有人在这里种了树,还有花:绿色、红色、白色和紫色泼洒在整齐的单色边框之上。男孩不见了踪影。

"我没多少时间。那位刀疤脸的女士很快就会来找咱们了,而且她准要大发脾气。"

每个方块里都立着一台巨大的机器:中世纪的骑士、日本武士和罗马军团士兵,盔甲上雕刻着精致的花纹,头盔的护目镜敞开着,武器尖利吓人。铠甲历经风吹日晒,锈迹斑斑;有些空头盔还变成了花盆,海棠花和浅色的火星玫瑰从中探出头来。几个机器人定格在战斗中——只不过我一边喘气一边看,又觉得它们似乎在缓缓移动。我有种感觉,如果留下来看,它们会演出一盘缓慢的棋局,而发动棋局的玩家早已不在人世。

又一阵大笑。我转过身。一个红色机器人与其他机器人隔开一段距离,举着镰刀似的武器,男孩就挂在它胳膊上。我向前鱼跃,想一个熊抱抓住他,可他已经消失了。追逐戏开场以来,我第二次摔倒,正好跌进一片玫瑰花里。

我一面喘气一面缓缓翻过身来。玫瑰刺撕扯着我的衣服和皮肤。

"小混蛋,"我说,"你赢了。"

每隔八小时经过头顶的火卫一投下明亮的光线,正好射进机器人敞开的头盔里。里面有什么东西在闪光,银色的光。我爬起来,手脚并用攀上机器人的盔甲。火星的重力也有好处,至少爬高还算容易。我从头盔的泥里挖出一件金属制品。是命表,沉甸甸的银表带铜表盘。指针稳稳当当地停在"零"的位置。我飞快地把表揣进口袋里,准备稍后仔细检查。

不远处传来脚步声,还有急促的隔弗罗请求。我压根儿懒得躲。"好吧,米耶里,"我说,"我再也跑不动了,请别送我下地狱,我保证乖乖跟你走。"

"地狱?"一个粗哑的声音说,"他人即地狱。"我低下头,下面是个穿蓝外套的男人,不加雕琢的苍老面孔,一头蓬乱的白发,他拄着耙子盯着我。"你知道,这不是棵苹果树。"

然后他皱起眉头。

"见了鬼了,是你吗?"

"唔,我们认识?"

"你不是保罗·瑟九吗?"

5. 侦探与佐酷

【**佐酷**：后人类武士上载集合体,其中的每个成员都由多个意识构成,这一点类似其死对头索伯诺斯特。但与索伯诺斯特不同的是,成员各个意识之间地位平等,没有高下差别。】

伊斯多差点就赶上了。

蜘蛛的士在城市的房顶飞驰。这种交通工具要花掉他一百千秒的命时,可要想赶上派对,或者到得别太迟,除此之外别无他途。这东西活像蜘蛛、出租车和威尔斯的战争机器的杂种孩子,时而从房顶跃过,时而抓着墙面爬行。客厢也随之前后晃荡,他紧紧抓住安全带不松手。

巧克力匣子从他手里跌落,在车厢里弹来弹去,他骂出声来。

"你那后头还好吧?"司机是个年轻女人,按照出租车行业的传统戴着红底网格的半截面具。这座城市永远在变动,好多地方还被隔弗罗持续遮掩,而出租车司机的工作就是想出办法把你从甲地带到乙地。他们为此相当自豪。"别担心,会把你送到的。"

"我没事。"伊斯多说,"只管再快点。"

佐酷殖民地在城市头部附近的尘区,殖民地下方就是巨型默工加工火星沙、让它能够负担城市重量的地方。殖民地的边界非

77

常明显:红色沙云之下,宽阔的大道、旧巴黎式的店面和樱桃树让位给童话般的钻石城堡,后者的结构仿佛抽象的数学被赋予了形体。夜色在光泽的表面上折射、弹跳,五彩缤纷、炫人眼目。协议战争期间,佐酷人前来请求避难、建立殖民地,迄今已经二十多年;但也有传言说这片殖民地是一夜之间由一粒纳米种子长成的。从那以后,那个统治外行星的量子科技帝国就在火星上有了一块碎片。自从伊斯多跟琵可茜约会,他一直努力想理解佐酷人怪异的非阶层化体系,可惜始终不太成功。

【**协议战争**:太阳系内的一次战争,此战导致木星佐酷被摧毁。】

蜘蛛的士又完成了好几次让肠胃翻江倒海的跳跃,最后停在一座由玻璃和光构成的建筑跟前。它的外形类似大教堂,满眼都是塔楼、尖顶和外形很像有机体的哥特式拱顶,这些东西从各个侧面凸伸出来,彼此的间隔也不均匀。

"喏,到了。"司机说,"上头有朋友,呃?当心,脑子别被他们量子化了。"

伊斯多付了车费,满心沮丧地看命表指针向下猛跳。然后他捡起巧克力,评估损伤程度。匣子略有凹痕,但总的说来还算完好。反正地也看不出差别。他跳下车捧上车门,用力有点儿过猛。他开始爬楼梯,走向那两扇硕大无朋的大门。领结害他喘不过气,他紧张兮兮地调整半天,手直发抖。

"非请勿入。"声音仿佛来自地底。

大门上走出一头怪兽。门的材料很像竖直的池塘,表面在怪物巨大的身形周围荡起涟漪。怪兽穿着门卫的蓝制服,戴着帽子,差不多三米高,绿皮肤,脸活像梅干,眼睛小小的,一对偌大的黄色獠牙,其中一颗牙上嵌了一小粒清澈的佐酷宝石。它的声音低沉,带着非自然的回响,但又的确是人类的声音。

怪物伸出一只大手。它小臂上有几溜角状黑色隆起,十分锋利,还因某种液体而闪光。闻着像甘草。伊斯多咽口唾沫。

"我有请柬。"他亮出自己的缠结指环。怪物弯腰检查。

"派对已经开始,"怪物道,"访客信物失效。"

"听着,"伊斯多说,"我是迟到了一点儿,但琵可茜女士在等我。"

"哈哈。"

我在门口,他焦急地发送库扑特讯息。**确实迟了,我知道,但我来了。请过来让我进去**。没有回音。

"没用的。"怪物说,它清清喉咙,"缠结派对是一项重要传统,代表佐酷人的一致性与凝聚力,其历史可以追溯到古老的虚拟实境行会。在这个欢庆的日子,吾等仿效我们伟大的祖先。他们才不会打断派对,放迟到的家伙进门。"

"如果它真的这么重要,"伊斯多说,"你怎么不去参加?"

怪物露出羞怯的表情,看上去十分诡异。"资源最佳分配。"它嘟囔道,"总得有人看大门不是。"

"我说,如果你放我进去,最坏的结果能怎样?"

"或许被逐出佐酷,取消缠结,在外星独自求生。不好!"

"有没有可能,"伊斯多迟疑道,"你知道,贿赂你?"

怪物打量他。该死,我是不是侮辱它了?

"有宝石吗? 珠宝? 黄金?"

"没有。"**拜托,琵可茜,这也太荒唐了!**"巧克力行吗?"

"那是什么东西?"

"可可豆,用非常特别的方式加工。很美味。呃,至少基准人类很爱吃。这原本是送给琵可茜女士的礼物。尝尝。"匣子怎么也打不开，最后伊斯多失去了耐心，一把扯开盒盖。他把一粒做工精美的果仁巧克力扔给怪物，对方从半空将巧克力抓进手里。

"很美味。"说完它从伊斯多手里抢过匣子，匣子消失在它喉咙里，发出碎纸机一样的声音。"美味至极。能请你再给我一份临时简版[1]吗？虚无空间那些家伙肯定会爱死这东西。"

"就这么多了。"

"什么？"

"已经没有了。它是纯物质的物体，独一无二。"

"哦见鬼，"怪物道，"哦天哪。这也太过分了，我实在抱歉。我没想——听着，我觉得我可以把它呕出来，然后我们可以一起把它还原——"

"不用介意，真的。"

"这是条件反射，你知道，这具身体非得遵从各种描述性的刻板模式不可。但我肯定至少能整出个复制品来——"怪物嘴巴大张，一只胳膊从不可思议的角度往喉咙里猛塞。

"让我进去就行，好吧？"

怪物喉咙里发出汩汩的声音，"当然，当然，之前的事儿咱们就不提了。我简直像个混球，不是有意的，你明白吧？好好玩儿。"

双扇门应声而开，伊斯多走进门内，世界"咔嗒"一声变成了另一种东西。伊斯多一直讨厌尘区，就是因为这里老在对现实修修补补。佐酷人本可以把自己的秘密掩藏在平凡的外表下，可他们压根儿不讲体统，径直将各种把戏密密麻麻地抹在你的视皮层

---

①Spime，科幻作家布鲁斯·斯特林首创的科幻概念，由空间（space）和时间（time）两个词集合而成。指人类制造物的下一个阶段（此前分别是手工制品、机器制品等阶段）。到了这个阶段，人类的任何造物都是非物质化的信息集合。这里的信息，包括时间和空间两个方面，因此，在任何给定的时间或空间，其实体化呈现都只能视为该造物的一个临时简版。

上。一层又一层的临时简版和强化现实,你别想看清底下的真相究竟如何。再加上失去隔弗罗提供的界限,那种突如其来的开放感令他一阵眩晕。

室内没有什么钻石大教堂。他站在入口处,面前是一片巨大的开放空间,墙里有管道和线缆,天花板很高。热乎乎的空气中散发出臭氧和臭汗的气味。地板黏糊糊的,令人不快。这里有黯淡的霓虹灯,矮桌上放着粗笨的平板显示器,模样十分古老,画面要么是粗糙的动画人物,要么是抽象的舞蹈形象。到处充斥着响亮的音乐,鼓点响得让人头痛。

参加派对的人在桌子之间走来走去,彼此交谈。伊斯多有些吃惊,因为他们看起来都那么的……人模人样①。他们苍白的身体上套着自制的锁子甲比基尼,有些还佩着用纸板做的剑,另外一些人穿着纸板盒子。所有人都有一个共同点:要么背着带电线的匣子,要么在腰带上挂着电路板。

"嘿,想不想缠结?"

那姑娘一头粉色头发,活像胖嘟嘟的精灵。她戴着偌大的猫耳朵,浓妆艳抹过了头,T恤太紧,让旁人看着难受。T恤上还画了个大眼睛女人,正跟不知什么东西做些相当猥琐的动作。她背包里有一对完全相同的银色火箭,形状很像男性生殖器,用一根粗大的脐带线缆与她手里的触屏手机相连。

"呃,我倒是很乐意,只不过——"他把领结扯松些,"事实上我在找琵可茜。"

姑娘睁大眼睛盯着他,"噢噢噢。"

"对,我知道,我迟到了,不过——"

①佐酷人只是上载的意识,没有实体。出现的实体均是"穿戴"了人类的肉体,故有此说。

"没关系，还没正式开场呢，大家这才开始缠结。你是伊斯多，对不？太酷了！"她挥动双臂，差点就要上蹦下跳，"琵可茜老是说起你！所有人都知道你的事！"

"你认识琵可茜?"

"傻孩子，我当然认识她！我叫辛德拉，我是她的大坐骑！"她的手按在粉红色的衣料上，捏捏自己小小的左乳。"这化身很棒吧？伊苏，来自初版的Q部族！我买了她过去的生活流媒体，是跟——等等，我不该告诉你，你是玩儿那个'侦探'游戏的，对吧？抱歉。"

伊斯多想瞬目"大坐骑"，可在佐酷殖民地，忘川的外记忆系统悄无声息。拜托，但愿这只是个隐喻。

"那么，呃，能告诉我琵可茜在哪儿吗?"

"不行。"

"为什么?"

"傻孩子，你看不出来吗——这是化装舞会！我们得先搞清楚她穿的是什么。"不等伊斯多有所反应，辛德拉汗津津的手已经抓紧他的手，把他拽进了人潮中。

"你绝对想不到有多少人想见你。"她朝他挤挤眼，"你知道，我们都佩服极了。一个忘川男孩！你们两个拿你们的身体折腾的那些事儿。太邪门，哈哈，太邪门了。"

"她跟你说了我们——"

"噢，她什么都跟我说。来，他们肯定知道她在哪儿。"辛德拉把他引到一堆旧电脑跟前，电脑嗡嗡响着散发热气，周围散落着豆袋沙发。

电脑旁有三个人凑在一起。照伊斯多看来，琵可茜不大可能扮成这模样。首先,其中两个是男性,还长着胡子。第一个又高又瘦,黄斗篷、半截面具,穿短裤和红色战袍;另一个更结实些,戴着尖耳朵面具,披着宽松的蓝斗篷,斗篷边缘参差不齐。

第三个是女人,小个儿,年纪更老些,稀疏的金发,脸上布满皱纹,戴着眼镜,皮甲看上去不大舒服。她坐在那儿,一把剑横放在膝盖上。两个男人都随着音乐中尖细的爆炸声在椅子里前后摆动。

辛德拉猛拍瘦子的后背,在屏幕上引发了雷鸣般的爆炸声。"妈的,"那人扯下目镜,"瞧你干的好事!"

蓝斗篷往椅背上一靠,"你还是太嫩了,天才小子。"

伊斯多嘴巴发干。他早已习惯了隔弗罗握手协议——将姓名与面孔联系起来、建立社交背景;可这些都是货真价实的陌生人。

辛德拉问:"有人看见琵可茜没有?"

尖耳朵男人抱怨道:"嘿!保持角色形象!"

"噢,得了,"辛德拉说,"我这儿有要紧事呢。"

"她刚刚还在。"瘦子的眼睛死死盯着屏幕,右手抓着个白色小设备拼命动来动去。那东西发出咔嗒咔嗒的声音。

"她来的时候是什么扮相? 我们在找她。"

"我不知道。"

"我觉得她应该是麦高尼格①,"尖耳朵说,"在后头房间组织狼人游戏。可她的身体都没怎么改动。真挫!"

"好吧,"辛德拉对伊斯多说,"你留在这儿,我去叫她来。伙计们,这是伊斯多,他是——当当当! ——琵可茜的另一半,而且他也是玩家。"

"噢。"胡子男道。穿皮甲的女人向伊斯多投去探究的目光。

---

①美国游戏设计师。

"伊斯多,这些小丑是佐酷的长老。通常都比现在更懂礼貌些。德雷斯朵、瑟吉温,还有——"辛德拉向那个女人微微鞠躬——"大长老。他们会照看你,我去去就回。你能来真是太好了。"

"坐坐,来罐啤酒。"说话的是瑟吉温,也就是尖耳朵。伊斯多在豆袋沙发里坐下。

"谢谢。"他看着啤酒罐,不大确定该怎么打开,"派对挺有意思。"

德雷斯朵冷哼一声。

"这不是派对,是与时间同样古老的仪式!"

"抱歉,琵可茜没跟我讲太多。具体是怎么回事?"

"你来讲。"德雷斯朵看着大长老说,"你讲得最好。"

瑟吉温道:"她亲身经历过。"

"这是我们向传统致敬的方式。"大长老说。她的声音很有力,像歌手。"我们的佐酷是很古老的一支,源头可以追溯到大崩溃之前的游戏部落。"她微微一笑,"我们中的有些人还清楚地记得当时的情形。那还是上传蔚然成风之前的事呢,懂吗。竞争无比激烈,为了比敌对的公会多一点儿优势,你什么风险都得承担。

"那时已经有人开始尝试量子经济的合作机制,其中就有我们。起初只是物理实验室里两个疯疯癫癫的御宅族,偷来缠结的离子阱量子比特,把它们插入自己的游戏平台,用来协调公会的劫掠行动,在拍卖行大赚特赚。结果呢,大家发现缠结能做许多有趣的事。游戏变得奇怪了,仿佛囚徒困境中出现了心灵感应——完美的合作,游戏实现了新平衡。那时我们所向披靡,都快被金子淹没了。"

德雷斯朵道:"咱们现在也所向披靡。"

"嘘,不过这个魔法需要缠结才能生效。那时还没有量子通信卫星,于是我们就开这样的派对。大家带上自己的量子比特,把它们跟尽可能多的人缠结。"大长老笑笑,"再然后我们意识到,只要将资源最优化配置并与人脑/电脑界面相结合,还能有更多不可思议的效果。"

她轻敲剑柄。那儿嵌了颗鸡蛋大小的珠宝,有许多切面,通体透明,带一丝紫罗兰色。跟那身毫无光泽的皮甲放一起,宝石显得很奇怪。

"从那时起我们做了许多事:熬过大崩溃,在土星上建了一座城市,在战争中败给索伯诺斯特。我们时不时地就会举办一场这样的派对,让自己别忘记我们是打哪儿来的。这种做法很好。"

伊斯多道:"琵可茜从没跟我说过。"

"琵可茜,"大长老说,"比起从哪儿来,她更感兴趣的是要上哪儿去。"

"那,你也是玩家吗?"德雷斯朵问,"琵可茜经常说起你们在外头玩的游戏,你知道,在脏城。她说对她正在做的事很有启发,所以我一直想听听信息来源的说法。"

"我们在哪儿玩的游戏来着?"

"唔,有时我们管它叫脏城。"瑟吉温说,"开个玩笑。"

"明白了。恐怕你们把我跟别的什么人弄混了,我并没有真的玩什么游戏——"

大长老碰碰他肩膀,"我想年轻的伊斯多想表达的意思是,他并不把自己做的事情视为游戏。"

伊斯多皱起眉头。"听着,我不知道琵可茜是怎么说的,但我只是学习艺术史的学生。大家管我叫侦探,其实我只是能解决一些小问题罢了。"说这些话时,他再一次感受到了义人的拒绝带给他的刺痛。

瑟吉温一脸迷惑,"可你们怎么计算分数? 怎么升级?"

"唔,关键不在这儿,而在于……帮助受害者,抓住罪犯,确保他们受到审判。"

德雷斯朵朝啤酒里哼哼,吹了好些泡泡在他的戏服上。"真恶心!"他用手套抹抹嘴,"恶心透顶。意思是说你其实是某种模因僵尸,接触、传播的都是有毒的东西? 琵可茜还带你来这儿? 她还碰你?"他一脸震惊地看着大长老,"你竟然允许,真不可思议。"

"我女儿这一生,她想做什么都可以,想跟谁做都可以。再说了,我觉得这对我们有好处。我们应该接受现实:我们周围有人类社会,而我们必须与他们共存。在虚无空间里很容易忘记这些。"她微微一笑,"再说了,小孩子在泥里玩耍也有好处,能产生免疫力。"

"等等。"伊斯多道,"你女儿?"

"随便你。"德雷斯朵站起来,"我反正要走了,免得感染上'审判'。"

他离开后,剩下的人陷入别扭的沉默。

瑟吉温道:"你知道,我还是不明白你们怎么计分——"

大长老狠狠瞪了瑟吉温一眼。"伊斯多,我想跟你谈谈。"尖耳朵佐酷长老站起来,"很高兴认识你,伊斯多。"他挤挤眼,"来击个拳?"他比画出奇怪的姿势,类似半途而废的拳击。"好吧,别在意。"

"我替我的佐酷同伴道歉。"大长老说,"他们跟外界没什么接触。"

"很荣幸认识你。"伊斯多说,"她从没提过你,也没提过她父亲。他今天也在吗?"

"也许她不想把你搞糊涂。我喜欢说自己是她'母亲',但实际情况更复杂些。这么说吧,协议战争期间发生了一次事故,涉及我和一个被捕的索伯诺斯特战脑。"她看看伊斯多手上的缠结指环，"她给你的?"

"对。"

"有意思。"

"怎么?"

"可怜的孩子。她不该带你来这儿，你被彻底搞糊涂了!"她叹口气，"可也许她现在就需要这个，需要证明点儿什么。"

"我听不明白。"他努力解读女人的表情，然而他找不到隔弗罗提供的隐秘的线索。像个谜，琵可茜的这个特质总能吸引他。但在她母亲身上，他只觉得害怕。

"我想说的是，你不该对我女儿抱太大期待。你要明白，她已经与某种比她自己更大的东西有了联系。我之所以告诉你我们的故事，这也是原因之一。她在探索，这没关系，你也应该探索。但你们俩并未缠结。你永远不会成为整体的一部分。你明白吗?"

伊斯多猛吸一口气，"恕我冒犯，但要我说，我俩的关系用不着其他人指手画脚。我敢说她也这么想。"

"你不明白。"

"如果你想说我配不上她——"他双手在胸前交叉，"我父亲是王国的显贵，而且我一直以为佐酷是可以加入的。也许我会这么做，谁敢说我一定不会?"

"但你不会。"

"我不认为你有权这么讲。"

"噢，可我有。这是佐酷，我们是一体的。"某种神情从她眼里闪过，"别被这小小的化妆晚会蒙蔽，这并非我们真实的模样。你还没见过真正的她。我们创造了她，让她去你们中间、去了解你们，但在表面之下——"

大长老脸上泛起波纹,刹那间她变成一尊闪亮的雕塑,由上亿舞动的尘埃构成;美丽的面孔飘浮在中央,耀眼的宝石在它周围排成复杂的星群,都跟剑柄上那颗宝石很像。片刻之后,她又变回那个金发的中年女人。"在表面之下,我们并不一样。"

她拍拍伊斯多的手。"不过别担心,这类事情自会水到渠成。"她站起身,"我敢说辛德拉很快就会回来了。好好玩儿。"她走进人群,剑在臀部晃动,留伊斯多一个人盯着电脑屏幕上的像素雨发呆。

过了一会儿,伊斯多渐渐感到酒精的吸引力,于是尝了口啤酒。那味道跟马尿一样恶心,跟葡萄酒没法比,但他还是干掉了两罐,直到醉意袭来。一天的劳累开始发威,他看着屏幕,忍不住打起了瞌睡。两个客人坐下来玩游戏。男的挺年轻,女孩画了个尸体妆。玩了一阵,男人转身朝伊斯多咧开嘴,露出难为情的笑容。

"嗨,"他说,"你想试试吗? 我对付不来这位世界毁灭者小姐。"女孩翻个白眼,"看来你不是当战士的料,对吗,爱人?"

"完全正确。"男人比伊斯多略微年长,按火星年计算,大概十来岁。亚洲人的面孔,留着一字小胡子,深色头发梳成大背头。他的套装剪裁合体,还背了个皮革挎包。"你来试试?"

"我觉得我醉得太厉害。"伊斯多道,"你继续吧。"

"事实上,喝酒似乎是挽回颜面的绝佳法门。抱歉了,小姐,我们是你的手下败将。"女孩叹口气,"好吧,我去玩狼人游戏了。孱弱的人类。"她朝伊斯多飞了个吻。

男人问:"玩得开心吗?"

"说不上。"

"唔,真可惜。"他从桌上拿起一罐啤酒打开,"想来你已经发觉,这儿的啤酒实在恐怖。全是真家伙,你知道。"

"我没意见。"伊斯多也开了罐新的,"我叫伊斯多。"

"阿德里安。"从握手方式判断,对方显然来自忘川。可有了甜美的醉意,再加上隔弗罗失效后那奇特的自由感,伊斯多觉得自己并不怎么介意。

"那么,伊斯多,你怎么一个人坐在这儿,不去跳舞、缠结、搭讪佐酷姑娘?"

"我这一天过得古怪极了。"伊斯多说,"差点丢了性命,抓住了一个魂灵儿盗版者,也可能是两个。用的是巧克力。至于说佐酷姑娘,我已经有一个了。她母亲是女神,而且她恨我。"

"哦哦,"阿德里安道,"我本来以为会是我遇见了一个义人,或者昨晚我做了别人的梦之类的状况。"

"哦,义人也有一个。"

"哈,现在可像样了! 再多跟我讲讲。"

两人继续喝酒。讲述巧克力制作师的故事似乎再自然不过,言语轻松地倾泻而出。这让他想起了琵可茜。我们真正交谈的时间有多少? 没有隔弗罗限制他的想法和舌头,他感到自己仿佛在水面上跳动的石头,轻快又自由。

"你到底是谁啊,伊斯多?"听完他的故事,阿德里安问,"怎么会卷进这种事?"

"我也没办法。我忍不住要去琢磨自己不明白的事。过去我常在迷宫区溜达,撬隔弗罗锁,只是为了好玩。"

"可为什么呢? 你从中得到了什么?"

伊斯多靠在座椅里哈哈大笑,"我没法理解别人,只能推理。如果不专门思考,我就不知道人家为什么会说这句话、做这件事。"

伊斯多停下来抿口啤酒,阿德里安道:"棒极了。"伊斯多迷迷糊糊的,突然发现对方好像正在小本子上飞快地涂写。那是个老式本子,纸做的,它只可能意味着一件事。尽管脑子里云遮雾绕,伊斯多仍然意识到自己捅了娄子。

"你是记者。"动量耗尽,跳跃的石头被水吞噬。他的脑袋沉甸甸的。在拥有绝对隐私的世界,漏洞依然存在,而在忘川社会容忍的所有罪行中,报刊出版业是油水最足的一种。自从他第一次破获了顶级时装盗窃案,他们就盯上了他。可他们一直没能突破他的隔弗罗。直到今天。

"没错,我是。阿德里安·吴,《阿瑞斯先驱报》。"他从包里拿出一台老式相机——又一项绕开隔弗罗的技巧。伊斯多被闪光灯闪瞎了好几秒。

伊斯多朝对方挥拳,至少他尽力了。他跳起来用力出拳,可惜错过了目标。他两腿直打战,赶紧抓住最近的物体——桌上的电脑屏幕——然后连人带屏幕重重摔倒。他挣扎着想起身,伸手去抢阿德里安的照相机,"给我。"

"噢,会给你的。你和五万读者,明天。你知道,自从有人瞧见你和绅士在一起,我们就天天想着采访你。或许你愿意再跟我们谈谈那位女士的情况?"

"女士?"

"哦没错,"阿德里安咧嘴笑了,"你不是侦探吗? 小道消息,据说绅士是个女人。说到女人——今晚的女主角来了。"

琵可茜道:"嗨,小南瓜。"伊斯多被震惊、愤怒和酒精的迷雾笼罩,却依然因她的出现感到温暖。黑色的口红让她歪嘴微笑的嘴唇仿佛逗号,娇小的身体挤进一条格子花纹的紧身长裙里,皮肩带正好突出深色肩膀的优美形状。"辛德拉告诉我说你赶到了,我真高兴。"她吻了伊斯多,那吻带着潘趣酒的味道。

"嗨,"伊斯多说,"我给你带了巧克力。被怪兽吃了。"

"老天爷,你醉了。"

"比醉了更好,"阿德里安说,"他成了故事的主角。"他朝伊斯多微一鞠躬,然后消失在人群里。

接下来的一个钟头记忆很模糊,总之没多久他就把记者抛到脑后。室温很高,每个人说的每句话都超级好笑。琶可茜带他在一堆又一堆佐酷人中间穿梭。他俩跟围坐一圈的量子神灵讲话,听神灵争论他们中谁是狼人。肤色苍白的超级英雄穿着不合身的乳胶戏服,跟他打听义人的事。清晰的思考太过艰难,他唯一能想到的只有她的小手,暖洋洋地放在他的肩胛骨之间。

最后他说:"咱们去找个安静点儿的地方好吗?"

"当然。我正好想看缠结。"

他们在派对外围找到一处安静的地方,在沙发上坐下。缠结壮观极了。大家拿出自己的量子比特容器——喷射背包、射线枪、魔法剑,应有尽有,用光纤和线缆连接到巨大的鲁布·戈德堡①式设备上。设备很原始,缠结并不总能成功,但每次成功时特斯拉线圈都会释放电弧,再配上轰隆隆的音效和响亮的欢笑。空气中的臭氧味儿让伊斯多的脑袋稍微清醒了些。

"我觉得我更喜欢醉醺醺的你。"琶可茜说,"你那种眼神又回来了。"

"什么眼神?"

"你在推理。"

"我没有。"他想推理,可思考实在很难。燃着怒火的酒精在肚

---

①鲁布·戈德堡(1883-1970),美国发明家、工程师、漫画家。漫画中常以各种极端复杂的机械完成简单的任务。

子里一圈圈打转，不肯消停。

"跟我说说话吧。"琵可茜揉乱他的头发，"我来猜你的想法，如果猜对了，你今晚就要做我的奴隶。"

伊斯多把塑料杯子里的饮料一饮而尽——那东西类似潘趣酒，还加了瓜拉纳豆，过于甜腻，是他们拜访的最后一群人、那些穿水手服的年轻女孩给的。它带走了一部分醺醺然的感觉，却也让他神经紧张。

"好，"他说，"同意。"

"你在想你的义人。想让我嫉妒吗？"

"不是的。事情不顺利，我不会成为义人。不过我想的不是那个。"

"哦，天哪。"她脸上写满真诚的关切，"那混蛋还想怎样？你是天才。你破了那什么来着……反正就是案子，不是吗？"

"嗯，但还不够。别担心。我不想谈这事。继续猜。"虽然他矢口否认，但藏在心底的挫败感却仿佛张开大口的深坑。

"那好吧。"她抚摸他的手，用食指挠他掌心，"你在想怎么才能尽快把我弄上床？"

"不对。"

"不对？"她假装受了冒犯，"真要这样的话，你不如赶紧叫出租车来接你吧，侦探先生。你为什么不想这个？我就在想这个。"

伊斯多说："你还剩一次机会。"

"唔。"琵可茜一脸严肃，她将手指抵住太阳穴，闭上眼睛，"你在想……"

"不可以用库扑特或者隔弗罗作弊。"

"你开玩笑吧？我从不作弊。"她撅起嘴唇，"要我说，你在想阿德里安，还有我为什么邀请他来，以及我为什么让辛德拉把你拉到长老跟前出洋相,还有为什么我那可怜的缠结老母亲会恨你?"她露出甜美的微笑,"差得不远吧? 你以为我真是傻的吗?"

"对,"伊斯多道,"我意思是说不是。你猜对了。那么为什么?"愤怒在他胸口凝结成团。他的太阳穴突突跳。

"你迷惑的样子特别可爱。"

"告诉我。"

"奴隶没资格提要求。我赢了。"

"我现在没心情玩游戏。为什么?"

"好吧,首先,我想拿你炫耀。"琵可茜握住他放在她大腿上的那只手。

"炫耀? 刚认识五分钟我就惹恼了他们。而且,你母亲真的恨我。"

"缠结母。不,她不恨你,只是保护过度。你知道,火星上创造的第一个孩子啦,具有隔弗罗兼容性啦,两个世界之间的桥梁啦,等等等等。我跟你们中的一员约会,他们至今还在震惊。让他们震惊震惊也好。他们还以为有一天我们会回木星去,尽管那里只剩下了尘埃和吃尘埃的索伯诺斯特智能机。我们的家就在这里,可除我之外,谁也不肯承认这一点。"

"这么说,"伊斯多道,"你在利用我。"

"还用说么。我们玩的游戏就是这个,资源最优配置可不是开玩笑的。我们要做对彼此最有利的事,游戏的本质就是这个,我们不可能做别的。就眼下而言,稍微反叛就是最优选择。"

"那么这就不是真的反叛,对吧?"

"哦,得了吧,"她说,"你自己不也总这么干吗? 而且很内行呢。你以为自己为什么跟我在一起? 因为我是一道谜题。因为我不像他们,很容易被你解开。我见过你跟人交谈的样子,你跟他们说的那些话,并不是你真心的感受,只是你推理出的东西。别想让我相信对你来说这不是游戏。"

"不只是游戏。"伊斯多道,"我今天差点送命,有个姑娘残忍地杀害了自己的父亲。这类事情总在发生,也总得有人解开真相。"

"解开真相事情就变好了?"

"对我来说就是如此,"伊斯多轻声道,"你知道的。"

"对,我知道。而我认为其他人也应该知道。你做得很好,应该有人为你计分。所以我邀请了阿德里安,让他可以避开那荒唐的隔弗罗跟你交谈。他会让你出名。"

"琵可茜,那样不好。我会惹上许多麻烦。你以为你能决定我需要什么吗?我并不属于你的佐酷,这种做法对我行不通。"

"没错,对你行不通。"琵可茜说,"如果是对我的佐酷,我这么做是因为我别无选择,只能这么做。"她碰碰她的佐酷宝石,它嵌在她喉咙下方、锁骨交汇之处,"而对你,我这么做是因为我想这么做。"

他心底某个地方知道她在撒谎,可不知为什么,他并不介意。他还是吻了她。

"你知道,"她说,"打赌确实是你输了。来,我要给你看样东西。"

琵可茜拉起他的手,领他来到一扇朴素的房门前,一秒钟之前这扇门还不存在。他们走进门里,缠结电弧在身后再次闪耀。

门里门外是两个世界,让他不由得产生了片刻的时空断续之感。

门里是一片类似山洞的巨大空间,装满各种体积的黑色方块,从一立方米到一栋房子大小,堆得老高。天花板在很远很远之外,跟墙壁、地板一样,都是白色,闪着微弱的冷光。在这光线底下,连琵可茜都显得十分苍白。

伊斯多问:"我们在哪儿?"他的声音引起了诡异的回声。

"你知道我们是贪财之徒,对吧? 我们到处劫掠。喏,这就是我们存放财宝的地方。"琵可茜松开他的手,跑上前去碰了碰一个方块,方块立刻闪成透明状。里面是一头发光的怪异野兽,仿佛长羽毛的蛇,它被困在光的笼子里,在空中打旋。一个飘浮的临时简版泡泡告诉他这是一条兰屯虫,在虚无空间内较为原始的虚拟边区捕获,又被赋予了物质形态。

琵可茜大笑道:"基本上你能在这儿找到一切。"她转身到处摸摸,"来吧,咱们来探险。"

这里有玻璃蛋、古老的钟表、来自旧地球的糖果。在一块体积较大的方块里,伊斯多找到了一架古老的太空飞船,模样活像巨人脏兮兮的白齿,白色陶瓷表面沾染了棕色的污渍。琵可茜打开一个装满舞台服装的方块,哈哈笑着把一顶礼帽摁到伊斯多脑袋上。

伊斯多问:"我们来这儿,会不会有人不高兴?"

"别担心,奴隶。"琵可茜淘气地笑道,一面哼歌一面扯下方块里的戏服,扔到地板上,堆成厚厚的一堆,"我跟你说过的,我们追求的是资源最优配置。"她伸出胳膊环住他的脖子,用力吻他。她的衣服在她的碰触下消失不见。她把他拉到大氅和裙子筑成的小巢上。愤怒从他体内流逝,接着他再也没心思理会别的形态,只除了她。

插曲　善

又到了太阳日,雪雪照常来花园,朝红色机器人微笑。

地面的黑白大理石格子上,一群机器摆出战斗的样子,只有它独自远远站着。它的设计也有些不同:铁锈底下是跑车般流畅的猩红线条,头盔顶上还有一匹闪闪发亮的小马。

雪雪坐在小小折叠椅上,直视它头盔上那道深色的缝隙。她面露微笑,尽量保持静止。她的最高纪录是两小时。最难的是保持微笑的感觉。但今天还算好:今天在幼儿园,跟孩子们相处很愉快。忘川的小皇帝、小皇后都是父母花大笔命时换来的,娇惯的程度与之相符。但他们也有可爱的时候。或许今天她能打破纪录。

一个声音说:"打扰一下。"

雪雪用意志力压抑皱眉的冲动。她继续微笑,没有转身。

一只手碰了她的肩,她本能地闪躲。见鬼。她本该关闭自己的隔弗罗,可这样一来就会破坏微笑的效果了。

雪雪责备道:"我在努力集中精神呢。"

一个年轻人好笑地看着她。他头发乌黑,皮肤带着日晒的味道,厚实的眼睑之上有两弯深色眉毛。他穿着整洁的外套和裤子,看上去仿佛准备去参加派对。一副蓝墨镜帮他挡开了火卫一刺目的亮光。

"实在抱歉,"他声音里透着一丝笑意,"我打扰了什么活动呢?"

雪雪叹口气,"你不会明白的。"

"试试看嘛。"他摘下墨镜,用奇特的表情看着雪雪。他的容貌有些过于完美,与标准的忘川身体风格迥异。他在微笑,但眼里露出心不在焉的神情,仿佛在同时进行不止一场对话。

"差不多一年了,我一直对红色角斗士微笑,"她说,"每周至少一小时。"

"为什么?"

"唔,有一种理论说,这些机器人里运行着低速魂灵儿。"她说,"这是老王国的游戏。对于它们来说,这是激烈的战斗。它们在为自己的自由而战。你知道,如果你一直盯着它们看,就会发现它们在动。于是我想,它们肯定也能看见我们,只要我们保持同样的姿势不动。也许在它们看来,我们就像鬼魂。"

"明白了,"他眯眼看着机器人,"恐怕我是没这耐心的。那又为什么专挑了这一个?"

"我不知道。"她说,"它好像很孤单。"

年轻人摸摸机器人的胸甲,"你不觉得或许你会分散它的注意吗? 害它吃败仗? 永远无法获得自由?"

"王国已经消失,它们已经自由了快一个世纪。"她说,"我觉得该有人告诉它们。"

"真是贴心啊。"他朝她伸出手,"我叫保罗,似乎迷路了。这些街道老是动来动去。刚刚我就是想问问,你能不能告诉我出去的路。"

一股情感的细流渗出那人简陋的访客隔弗罗:不安、重负、内疚。雪雪仿佛看见大海老人正骑在他背上①。这种负疚之感十分熟悉。她突然觉得，比起对着机器人微笑，与陌生人交谈似乎更重要些。

"当然没问题。"她说，"但你能稍微停留片刻吗？是什么让你来到忘川？"她一面说一面在心里雕琢了一份隔弗罗合约，将它传给保罗。他眨眨眼，"这是什么？"

"我们接下来要说的话，谁也不会记得，谁也不会知道。"她说，"就连我也会忘记，除非你允许我记得。"她微微一笑，"我们这里就是这样。用这种办法，谁都用不着永远与他人隔绝，永远当个陌生人。"

"就好像便携式忏悔室。"

"有点儿像。"

保罗挨着雪雪坐到地上，抬头看机器人。

"你知道，"他说，"真正的利他主义者非常少见。很值得敬佩。"

雪雪微笑道："你不认为自己是利他主义者？"

"我老早就在进化的高速路上拐进了另外一条道。在恐龙和鸟中间的某个时间。"

"改变永远不嫌太迟，"她说，"尤其在这儿。"

"为什么？"

"这里是忘川，遗忘之地。在这里，你可能遇到王国的独裁者或者革命领袖，却不会知道他们的身份。你还可能坐到很可怕的人身边，比如我。"她叹了口气。

---

①典出水手辛巴达的故事。美国诗人埃德温·罗宾逊(1869-1935)曾在叙事长诗《加斯帕国王》中引用这个故事，诗中的国王为了黄金而背叛了朋友西伯伦，因此深深内疚。某日梦见西伯伦骑在自己背上，自称大海老人，把国王比作辛巴达。

他睁大眼睛抬头看她。她把自己的隔弗罗像洋葱一样剥开，传给他一段记忆。

雪雪贩卖永生。她专门光顾被地震和泥石流摧残的城镇，或者枯水旁的渔村。她用手机里的MRI扫描仪查探孩子们的大脑，跟他们的父母讲述没有肉体的生命。她给孩子们看来自天堂的视频：男女神灵自称代码的园丁，向观众吹嘘永恒的生命如何美好。孩子们指着视频欢笑，每个镇子都会有几个人愿意跟她走。在公司的智能机帮助下，她把这些人集合到自动卡车里，将他们带往"彩虹天堂入口"。

入口是奥多斯沙漠中仓促修建的营房，用迷彩布遮掩。厕所臭烘烘，行军床脏兮兮。

营地里有许多教官，绝大多数都只是一张脸，显示在遥控智能卫兵的显示屏上。开头两周，孩子们连一次淋浴的机会都没有。雪雪和其他教官会说这没关系，很快他们就会超越肉体的需求。

转化的第一阶段发生在教室里。孩子们戴上让人头皮发痒的贴骨头盔，这些头盔能告诉公司的机器他们在想些什么。雪雪监督他们接受严酷的训练：一小时接一小时编程，在脑中组成数据块和符号序列。头盔会刺激他们的大脑，成功时让他们感受到高潮般的快感，若是动作太慢或是失败，就要品尝地狱的滋味。课堂上没有说话声，只有因极度痛苦或狂喜而发出的阵阵叫喊。

通常情况下，他们六周之内就能准备就绪。剃光的脑袋上留下永久的灼烧痕迹，太阳穴凹陷，半睁半闭的眼睛像处于深睡状态般抽搐不止。然后雪雪会一个个带他们去见天国医生，告诉他们现在就能获得永生的奖赏。从没有人从医生的帐篷回来。到了晚上，雪雪会设置好与公司卫星通信的超密度数据链接，从年轻的大脑收割的千万亿兆字节会被传上卫星,成为新的魂灵儿,在云端软件农场里处理代码。

之后她会拿出廉价米酒和麻药仪,允许自己陷入短暂的遗忘,然后再度出发。

只要为公司工作十年,她就能拥有真正的永生。高保真莫拉维克[①]上传,意识不会中断,经过缓慢的手术,用人造模拟器一个个取代神经元。这是真正的数字化。在云端还会有她自己设计的虚无空间等着她。

她告诉自己,这很值得。

西方的微型无人机出现时,她正好带着一队新招募的成员回到营地。无人机如嗡嗡的云团般来势汹汹,烧毁了一切。有片刻工夫,一切似乎都是天意,她无动于衷地站在原地,眼看着这个天堂入口被摧毁。然后,死亡的黑色恐怖感染了她,她做了唯一可能的选择:跑进医生的帐篷。

她至今也记不起自己第二次出生的情形,只除了无数明亮的红点、环绕头骨的夹子以及碾磨的声响。

雪雪睁开眼。记忆如冷水般从她体内倾泻而出。保罗瞪大眼睛望着她。

他轻声问:"接下来又发生了什么?"

"很长一段时间里,什么也没有发生。"她说,"我同国王的上亿个魂灵儿一起被带到这里。醒来时我已经成了默工。革命对我是好消息,让我们真正做了点儿跟过去不一样的事。我们创造的这

[①]汉斯·莫拉维克(1948—),就职于卡内基梅隆大学移动机器人实验室。主要研究机器人与人工智能,著有《智力后裔:机器人和人类智能的未来》《机器人:通向非凡思维的纯粹机器》,对超人类主义理念多有阐发。

个地方,再没有那些小小的永生者。"她看了眼机器人,"我猜我还在继续为过去赎罪。永远都不够,但试试总是好的。一次一件事。"

"也许够了呢。"保罗朝她微笑,这次他眼里有真正的暖意,"谢谢你。"

"不必。"雪雪说,"我每周都在这里。如果你决定留下,欢迎你再来。"

"谢谢,"保罗说,"也许我会来的。"

他们坐在一起看着机器人。微笑一点儿一点儿回到她脸上。她听着年轻人的呼吸声,或许今天她能打破纪录呢。

6．窃贼与保罗·瑟九

"命时，只一点点命时就成，求您了，小姐——"

"我马上就要第三次变成默工，我已经还了债，请帮帮我——"

"我是手艺人、裁缝，只要一点儿命时你就可以拿走我的灵魂。肯定能卖个好价钱——"

米耶里在一大堆命时乞丐中间挣扎。其中一些浑身赤裸，另一些穿着打扮跟寻常路人无异，有些戴着面具和兜帽。但他们全都带着饥渴与绝望的神情。他们互相推搡，抢夺她身边的位置，汹涌的身体组成纠缠的圆环，在她周围收拢。她体内那些拥有较高自主性的防御魂灵儿正在苏醒。我得赶在身份暴露之前离开这儿。

她推开一个乞丐，用肩膀撞开另一个。那两人摔倒在地，落进一片肢体中间。她往外冲。地上的乞丐抓住她的腿。她摔倒了，胳膊肘撞上人行道，疼痛难忍。一只胳膊在她喉咙上收紧。一个声音在她耳边嘶嘶响。

"给我们命时，否则咱们等着瞧，看复活师会不会把你带回来，外星婊子。"

"救命！"她大声呼喊。她眼前一片漆黑，太阳穴剧烈跳动。她

103

的超脑皮质醒来,将痛楚钝化、将时间放缓,继而着手唤醒她剩余的系统。她可以把这群乌合之众摔开,就像甩开一堆布娃娃那么容易——

一阵风起,她喉咙上的压力消失了。有人在尖叫,飞奔的脚步声在广场中回荡。她睁开眼。

有个人飘在空中,手持一根手杖,身穿黑色和银色的衣裳,锃亮的鞋子离地两米。灵动的风在他周围起舞,那是热波,充满战斗功能纳米雾那种标志性的臭氧味儿。她暗想,他们这儿不该有这东西。

热气形成的手把那些戴面具的乞丐摁在地上。无数纳米构成看不见的结构,无限强化了黑衣人肢体的力量。其他乞丐奋力冲到广场的边界之外,化作一团团隔弗罗模糊效果,消失在人群中。

"你还好吧?"那人有着奇特的沙哑嗓音。他降落在米耶里身旁,鞋子落在大理石上,发出尖锐的啪嗒声。磨光的金属面具罩住了他的整个脑袋,米耶里基本肯定那是Q粒子泡泡。他伸出戴白手套的手。米耶里握住对方的手,任对方把自己拉起来。

义人。真见鬼。旅行期间她研究过索伯诺斯特的数据库,但关于忘川的这个义警团体,可用的细节少之又少。他们已经活跃了约莫二十年,而且显然拥有火星之外的技术。索伯诺斯特的瓦西列夫们——类似负责渗透的特工——与当地的魂灵儿盗版者合作多年,据他们推测,义人应该跟协议战争后在火星建立的佐酷殖民地有关联。

"我没事,"米耶里道,"只是受了点儿惊吓。"

天哪,天哪!培蝴宁说,这是谁?骑白马的英俊王子?

闭嘴,赶紧想想我怎么才能避免暴露身份。

"趁记者还没赶到,我们还是赶紧离开广场吧。"义人示意米耶里挽住他的胳膊。米耶里发现自己的双腿竟有些颤抖，于是接受了对方的好意，让对方把自己带回樱桃树的阴凉下，带回稳固大道的喧嚣中。附近有不少人围观，绝大多数是游客。义人挥挥手，米耶里察觉到两人回到了隐私模式。

"谢谢你。"她说，"你刚才说记者？"

"对，他们总是密切关注广场。就像我们，就像搜寻猎物的乞丐。最后这种人你已经见识过了。"他用手杖指指仍旧倒在地上的那些戴面具的暴徒。

"他们会有什么下场？"

义人耸耸肩。"取决于民声的决定。多半是提前成为默工，或者延长默工时限。不过他们反正也是这个下场。"呆板的声音里带着奇异的愤怒，"本地还是有不少好东西的，但恐怕这些渣滓就是为此付出的代价。"接着他脱帽鞠躬，"我应该向你道歉。我是绅士——这是人家给我的战名——愿为你效劳。希望你今天的心情还没被破坏殆尽。"

他在跟你调情呢。培蝴宁说，哎呀呀，绝对没错。

怎么可能，他连脸都没有。米耶里有些痒痒，说明义人正在扫描她。只是很简单的扫描，不会突破她隔弗罗底下的一层层伪装，但也足以提醒她，当地人可不是只有冷兵器。

我也没有脸，这可从来没妨碍我什么。

别胡扯了。我该怎么办？他在扫描我，我不敢接入偷儿的反馈信号。

他是个热心肠，请他帮忙。想想你的伪装，傻姑娘。好歹对人和气一回。

米耶里试着微笑，努力想象自己的假身份会怎么说话——她是游客，来自小行星带一个杂居的定居点。"你是警察，对吧？系统管理员？"

"差不多吧。"

"这些乞丐冲上来的时候，我跟朋友失去联系了。我不知道他在哪儿。"也许飞船说的没错：需要社会工程学的确实不止偷儿一个人。

"啊，明白了。而你又不知道该如何利用共同记忆给他发消息？你们没有分享隔弗罗，好掌握彼此的位置？当然没有。真是糟糕：海关的默工在禁止你们携带本土技术上非常严格，却从不曾好好教你们如何使用我们的技术。"

"我们只是想看看风景。"米耶里道，"奥林匹亚宫殿，也许再来一次狩猎虎怖机。"

"这样吧，"绅士道，"我们来看看广场的记忆——就像这样。"那感觉很突然，仿佛终于想起了那个明明就在嘴边却老是想不起来的字眼。米耶里记起自己从高处俯瞰广场的情形，细节极其丰满，她知道自己能回想起人群中的每张面孔。她清楚地记得偷儿跑向广场对面的样子。

"哎呀。"绅士说。他立刻传来隔弗罗请求，要求她忘记刚才的记忆。她接受了：反正超脑皮质会存储下来。她加上书签，以便过后仔细研究。有意思。

"我能做的，就是稍微通融通融，帮你找到他。我们义人有些……特殊资源。"义人拧开手杖顶部。一小团纳米功能雾冒出来，活像一团肥皂泡。它飘在米耶里身旁，开始发光。"应该可以了。你只需要跟着萤火虫，它会带你找到他。"

"谢谢你。"

"我的荣幸。别再惹上麻烦就好。"义人再次脱帽致意。热气将他包裹，把他带上空中。

培蝴宁道:瞧,不难嘛,是不?

"抱歉,"我说,"我不知道你说的保罗·瑟九是谁。"我拒绝了园丁的隔弗罗请求。至少我觉得我拒绝了。他们给游客的隔弗罗界面只有几挡粗略的设置,从彻底分享到绝对隐私,完全无法处理忘川日常交往中的各种细微差别。我还隐约记得真正的隐私感是什么样;相比之下,现在这东西就跟只能看见黑白两色差不多。

"给你们设计身体的人肯定都喜欢同一个电影明星。"园丁说,"过去有个男的常带女朋友来,你跟他长得可真像。那姑娘也漂亮。"

我缓缓爬下机器人。

他一脸迷糊:"可你爬上去干什么?"

"只是想把棋盘看得更清楚些。"我说。"我算是个棋迷。"我拍拍夹克上的泥,"花都是你在照料? 真美。"

"正是本人。"他把两根拇指卡在工装裤的背带底下,咧开嘴巴,"弄了好多年。小情人们总爱来这儿。我是太老了,干那事儿不行了——当几轮默工,那方面的想法就弄没了。不过我喜欢把这儿打理漂亮,给那些年轻人。你来旅行的?"

"没错。"

"好眼力。这地方好多游客都找不到。你女朋友好像也挺喜欢这儿。"

"什么女朋友——噢。"

米耶里站在一个大块头机器人的影子里,一只萤火虫向导在她头顶盘旋。她说:"嗨,亲爱的。"我浑身紧张,以为会被一把扔进地狱。可她只是像冰柱似的笑笑。

"你迷路了?"我问她,"想死我了。"我朝园丁挤挤眼。

"我这就走,让你们年轻人单独待着。认识你很高兴。"园丁开启模糊效果,消失在机器人废墟里。

"记得吗,"米耶里说,"不久前你还说什么职业素养来着。"

"我可以解释——"

我都没瞧见她挥拳,只突然觉得鼻子挨了一下,计算很精确,既能最大限度地制造痛苦,又不至于打断鼻梁骨。这一拳让我向后摔倒在机器人身上。紧接着又是一顿猛踢,把我钉在原地;我肺部的空气被挤空,腹腔神经丛仿佛燃起熊熊大火。最后是在我颧骨上一串点击,下颔也吃了一记,咔嗒直响。我的身体机能被残忍地牢牢固定在基准参数内,所以我只能大口喘气,同时体会那种古怪的灵魂出窍之感,仿佛从自己的身体之外看着米耶里速度惊人的动作。

"这就是我的职业素养。"她咬牙道,"在奥尔特,在我的柯多,我们对解释从来不感兴趣。"

"多谢,"我喘息道,"多谢你没按地狱键。"

"那是因为你有所斩获。"她的神情仿佛远在天边,表明她正在检查这具身体的短期记忆。最后她伸出一只手:"拿来。"

我把命表递给她。她若有所思地把它抛起,接住,"好吧,起来。这事儿我们以后再谈。观光结束了。"

我们搭蜘蛛的士回酒店,路上她说:"我知道你在琢磨把它偷回去。"马车式样的出租车伸开长腿,把我们带上了迷宫区的房顶。她似乎还挺享受。

"哦?"

"对,我已经能认出那些迹象了。你拿扒窃的把戏耍了我两回,不会有第三次了。"

"抱歉,本能反应。我猜是为了让生活更有挑战性。"我按摩刺痛的面颊,"这具身体要多久才能恢复?"

"我想让它拖多久就多久。"她舒舒服服地靠在椅背上,"说起来,到底有什么意思? 偷东西。"

"那是……"我想说那是本能,就像性爱。它的意义已经超出我的存在。它是艺术。但她不会理解的,于是我只把过去的笑话重新讲了一遍,"所谓尊重他人的财产嘛,我得先把它变成我的财产,才方便我好好尊重它啊。"

她没再开口,只是看着车外飞速后退的景色。

酒店是一幢硕大的建筑,靠近连接茎太空港的滑翔翼机场。我们的房间接近顶楼,十分宽敞,花费的命时也极为可观。但在我看来装饰风格不够华美,是赞西设计师喜欢的流畅线条和玻璃表面。至少这儿有造物机,我可以换下身上的衣服。

只不过米耶里没给我机会。她指指阳台前方的小桌和椅子,"坐下。"她把命表放在我跟前,"说话。以黑神的名义,在广场到底是怎么回事?"她的手指收紧又展开,我咽口唾沫。

"好吧。我看见了我自己。"她眉毛一扬。

"不是另一段记忆,跟船上那次不一样。肯定是某种隔弗罗构造,还有别的人也看见它了。它把我引到花园,所以很明显,我们有进展了。"

"也许。你就没想到跟我通通气? 我有什么理由再放你走出我的视线? 我为什么不向雇主建议,说咱们应该脱下丝绸手套,对你的脑子采取更加……更加直接的手段?"

"事出突然。"我低头看看命表,阳光从它表面折射出去。我又一次注意到侧面的镌刻,"感觉像是……私事。"

她抓住我的脸,把它往上扳。她的手指强壮得不可思议,她的眼睛一眨不眨地与我对视,眼里满是绿色的愤怒。

"我们合作期间,没有隐私可言。你明白吗?只要我有需要,你什么都得告诉我:童年的每段记忆、手淫时的所有幻想、年少时的每桩糗事。明白?"

"我也在想,"我说得很慢,万分小心,"是不是有什么东西影响了你的职业素养。而且希望你注意,越狱的时候,把事情搞糟的可不是我。我是帮咱们逃脱的功臣。"

她松开手,眼睛转向窗外。我起身从造物机里弄了一杯酒,王国时代的干邑。我没问她要不要喝。之后我继续研究命表。上面有黄道符号,置于七乘七的网格中,火星、金星、剩下的我不认识。下方有一行手书:给保罗,爱你。蕾梦黛。然后又是那个词:提贝美斯尼尔。是铜版雕刻的字体。

你能查查这些东西吗?我悄声问培蝴宁,你不至于也要先揍我才肯跟我说话吧?

犯不着揍你。飞船说,我有激光。我看看。它的语气异乎寻常地生硬,对此我并不吃惊。我告诉自己,脸上发烧只是因为喝了干邑的缘故。

"好吧,"米耶里说,"咱们谈谈你偷来的这东西。"

"我找到的。"

"随你便。"她拿起命表,"跟我讲讲。我手上的忘川数据显然已经过时了。"她的语调不带丝毫个人色彩。我忍不住想打破那层冰冷的防御,看看它有多厚,管它危险不危险。

"这是命表,一种把时间作为量子化现金储存起来的仪器。量子现金是无法伪造、无法复制的量子态,它有使用期限,带防伪功能,衡量的是忘川公民有权居住在基准人类身体里的时间,同时也是他们通向外记忆的加密频道。是非常私人的设备。"

"而你觉得它曾经属于你？它里面有我们需要的东西吗？"

"也许，但我们还缺了些东西。单独的命表毫无意义，你的大脑里还必须有一份公共密钥——隔弗罗。"

她用指甲敲敲命表，"原来如此。"

"它是这么运作的。外记忆存储忘川搜集的数据，所有数据都包括在内：环境、感知、思维，一切的一切。隔弗罗实时记录谁有资格访问哪些数据。这个系统不仅仅是一对公共/个人密钥，而是疯狂的嵌套式等级体系，一株节点树，每根树枝都只能被根节点解锁。你遇见某人以后，双方必须对可以分享哪些内容达成一致，包括对方有权了解你的哪些情况、之后你能记得哪些部分。"

"听起来很复杂。"

"的确复杂。火星人类有个器官专门负责这事儿。"我指指自己的脑袋，"隐私感。他们可以感觉到自己分享的内容，感觉到哪些是隐私哪些不是。他们还有一种名叫共同记忆的行为，只需与对方分享相应的密钥，就能分享某项共同记忆。我们拿到的只是婴幼版：他们给访客一点儿外记忆，再加上界面，也还算好使。但访客版本绝对无法领会那些微妙的差异。"

"他们为什么要这样？"

我耸耸肩，"历史原因吧。大崩溃之后这里究竟发生了什么，其实并没有多少确切的信息。被普遍接受的版本是某个人带着十亿个魂灵儿来到这里，进行他私人的地球化改造项目，然后自封为国王，直到魂灵儿造反。不过，索伯诺斯特之所以还没吃掉这地方，基本上就是因为他们的隔弗罗系统。这儿的一切都被隔弗罗加密了，要解密所有这些东西，实在太麻烦。"

喂，你们俩，培蜩宁道，抱歉耽搁了这么久，不想打断你们。那些都是占星符号。完全相同的排序只在一个地方出现过：吉乌利奥·卡米洛①的《记忆剧场》，那是文艺复兴时期的神秘学系统。提贝美斯尼尔是法国城堡，细节在这儿。她通过中微子频道发来一份临时简版。米耶里看了看，任它悬浮在半空，隔在我俩之间。

"好吧。"她说，"那么，这一切到底有什么意思？"

我不由皱眉，"我毫无头绪。不过依我看，我们需要的一切都在我过去的外记忆里。得想法子找到它。我觉得我得重新变成保罗·瑟九，不管那是谁。"

"那么你觉得你过去的身体在哪儿？他——你——离开时是不是带着它一起？这些记号又有什么用？"

"一起带走的可能性是存在的。至于说这些符号，我不知道——不过我向来偏爱戏剧效果。反正它们没带给我什么记忆闪回。"我对过去的自我略觉不满。干吗非得把事情搞这么复杂？然而答案显而易见：为了让秘密能继续成其为秘密。而把秘密藏在秘密里，正是最标准的技巧。

"也就是说，想通过命表拿到你的记忆，这事儿没法用简单粗暴的穷举式破解法来解决？也许我们可以用培蝴宁——"

"不行。这里的人有三件事比谁都拿手：葡萄酒、巧克力和加密技术。不过么——"我抬起食指——"偷盗隔弗罗还是可能的。这一系统太复杂，所以不可能完美。只要你能让某人在适当的时刻与你分享适当的信息，你就有可能触动整串整串的隔弗罗分枝。这就是所谓的社会工程学。"

"在你这儿，什么事说到最后总是一个偷字，对吧？"

"还能怎么说呢？强迫症。"我皱皱眉，"就连从哪儿找起我们都知道了：我在这儿有个跟我关系很密切的人。不过我们确实需

---

①吉乌利奥·卡米洛(1480-1544)，意大利哲学家。主要著作《剧场的理念》，包含了他关于记忆剧场的观点。

要趁手的隔弗罗破解工具,说不定还别的。单靠他们给的玩具隔弗罗,那就像在黑暗里拿砖头撬锁。我觉得你该联系你的雇主,就说我们需要跟魂灵儿盗版者搭上线。"

"你哪只眼睛看见我——"

"哦,得了吧。你的雇主来自索伯诺斯特,这事儿一眼就能看穿。也许是某个强大的拷贝部落,想在始祖心里加点儿分。也不知这些家伙现在拿什么代词指代自己,反正他/它/他们肯定跟这里的盗版者有联系。索伯诺斯特可是这些盗版者的主要客户呢。"我叹口气,"我自己对他们从来没什么好感,但既然你想挖宝藏,就得做好弄脏手的心理准备。"

她双臂交叠。"好吧,"她说,"让我提醒你——虽然肯定是白费口舌——关于我们共同的……恩主,你最好不要问东问西,或者妄自揣度。这样做既不明智,也无益于健康。"说到"恩主"的时候,她声音里透出一丝讥讽。"言归正传,我们能做的似乎是三件事:第一,弄清你为什么要把命表留给你自己;第二,找到你过去的尸体;第三,联系这个星球上仅有的比你道德更低劣的人。"

她起身道:"第三条交给我。这期间你和培蝴宁想办法解决第一条。在掌握更多情况之前,第二条先放着。还有,把你自己收拾干净。"她转身准备离开。

"等等。听着,逃跑的事我很抱歉。那是本能。我没忘记自己的债务。你得理解,眼下这种经历对我来说有点儿奇特。"

米耶里看着我,面露嘲讽的笑容,但并没说什么。

"干我这行,讲究的就是尽量别被过去束缚。如果我们要合作,希望你也能试试放开过去。"我微微一笑,"我不怎么跟人道歉,也很少被人逮住。所以你其实挺幸运的。"

"你知道吗?"米耶里说,"在我的家乡,我们是怎么对付偷儿的?"她微微一笑,"我们往他们肺里灌满维持生命的合成生化物,再把他们扔到室外。他们眼睛暴突、血液沸腾,但还能活上好几个钟头。"她端起我放在桌上的酒杯,"所以你其实挺幸运的。"

愤怒让米耶里异常清醒。对偷儿的愤怒是一种纯粹、干净的感觉。长久以来,她都将怒意掩盖、压抑,此刻这种直截了当的感觉很不错。她深呼吸,在自己屋里一圈圈踱步,就连对抗重力也觉得是种享受。可接下来,她吞下了偷儿喝剩的酒。它与她的情绪恰是完美的对照:初时尖锐,接着尖锐化为暖意,然而内疚接踵而至。我又受了他的影响。混蛋。

她松手让酒杯留在空中。酒杯落地,她张口咒骂。房间让她不自在:太过二维,而重力也让她想起监狱。不过至少这里有淡淡的玫瑰香。

真空的故事他会想上好久。培蝴宁道,干得漂亮。

我不介意被他当成残暴的野蛮人。他让我觉得自己就是野蛮人。米耶里把杯子放好,现在请让我安静一会儿,我需要联系佩莱格莉妮。

你确定自己能行?

我以前也干过的,记得吗?我们从太阳系另一侧去金星见那婊子。这次只是在脑袋里走几步,我觉得自己能应付。

好样的,姑娘。说完培蝴宁就消失了。

米耶里在床上躺下,闭目想象神庙的模样。玄武岩平原上升起一座盾形火山,神庙位于库那皮皮山的影子里。峡谷和深沟里的温度超过七百开氏度,冒出的金属烟附着在火山岩表面,凝结成一层薄薄的铅和碲。

神庙虽是石质,其实是个影子,是某个处于更高位面的物体的投影。它的几何形状十分奇特:沿着黑色走廊往前走,走廊尽头会突然出现巨大的洞穴,洞中布满角度怪异的石桥。但她来过这片迷宫,知道如何跟随金属花的图案前进。

正中央的位置是中轴,一个小小的奇点,被束缚于此,飘浮在圆柱形坑中,仿佛陨落的恒星悬挂在半空。这就是女神的居所。即使现在,米耶里依然记得自己当初的感觉:穿着厚重的Q服,来到物质世界的尽头,被重力不断往下拖,极度的疲惫让四肢产生了烧灼之感。

"米耶里,"女神道,"在这里见到你真让我高兴。"很奇怪,比起她主动现身那几次,她在这里倒更像人类,脸、脖子和眼角的皱纹都清晰可见。"让我看看你在哪里。啊,火星,当然。我一直很爱火星。等到'共同盛业'最终完成,我想我们会找个地方,把它保留起来。"

【共同盛业:索伯诺斯特的终极理想,建立一个拥有全新物理原则的新宇宙,人类在其中能复活死者,实现永生。】

她拨开落在米耶里前额的一缕发丝,"你知道,我真心希望你能不时过来,别只在需要帮助时才出现。对于为我效劳的人,我总是有时间的。为什么不呢?我并非单一的个体。"

"我犯了错,"米耶里说,"我让窃贼从身边逃了。我不够专注,不会再有下一次。"

佩莱格莉妮扬起眉,"让我看看你的记忆。啊。但你又找到他了?而且取得了进展?孩子,小小的失败,路上的坎坷,这些都没有关系,你不必每次都来向我倾吐。我信任你。你为我效力一直很出色。那么,这次需要什么?"

"偷儿想要工具,用来偷盗当地人称为隔弗罗的东西。他认为这里有人为索伯诺斯特效劳,他想联系他们,获取帮助。"

佩莱格莉妮看着中轴上的那个亮点,片刻之后她说:"通常说来这要求很容易满足,见了我的印章他们自然会服从。但我不能与你们的任务发生直接联系。我可以提供信息和联络人,但你们必须自己与他们协商。要找的是瓦西列夫,那些人有时很难缠。全都是帅小伙,而且他们也知道自己英俊非凡。"

"我明白。"

"没关系。我会把你需要的东西送到你那艘可爱的小飞船。你的进展我很满意,不必担心之前的失败。"

米耶里咽口唾沫,心里的疑惑脱口而出。

"这是对我的惩罚吗?"

"此话怎讲?当然不是。"

"那为什么我非要戴着天鹅绒手套跟那个贼打交道?战争期间,战脑会从囚犯心底挖出哪怕最微不足道的信息。他有什么不一样?"

"没什么不一样,"佩莱格莉妮说,"但他会变得不一样。"

"我不明白。"

"你不必明白。相信我,选你来执行这项任务,这是经过深思熟虑的。继续努力,很快你就能再来这里见到我,还有你那位朋友,活生生的。"

米耶里回到散发玫瑰香气的房间。她缓缓起身,给自己制了第二杯酒。

米耶里离开期间,我和培蝴宁研究命表。或者说她在研究,我基本上只是充当她的双手。米耶里似乎赋予了飞船一定的权限,让她可以接入我这具身体的感知系统。我拿着命表,细细的Q粒子探测器从我指尖爬出来,这种感觉十分怪异。

"我一直很喜欢命表。"我大声说,"把振荡器、机械跟缠结态配对,小与大完美结合。真美。"

唔。离你眼睛再近些。

培蝴宁继续分析,我则在外记忆中查找有关记忆宫殿的内容,同时用酒精对抗高速阅读带来的头痛。

"知道吗,我觉得过去的我肯定是疯了。居然用记忆宫殿这么古怪的手段。"

【记忆宫殿:一种复杂的记忆系统,目的是将地点和图像刻印在脑海中。其基本方法是用符号代表需要记忆的内容,并将这些符号放置在想象的宫殿里。古希腊演说家、中世纪学者和文艺复兴时期的神秘学家都曾使用这种技术,印刷术发展起来之后被淘汰。】

我气呼呼地摇晃命表,"你知道吗,我还以为藏东西的目的是让我能轻易找到呢。简直就好像我不愿我自己有所发现似的。"

别动。

"根本找不到保罗·瑟九的信息,公共外记忆里什么都没有,这倒不出所料。我真想知道我当时在火星上干吗,除了跟这个叫蕾梦黛的姑娘来往之外。"

偷东西,多半是。

"我喜欢这地方,但看看我之前的职业生涯吧,这儿根本没东西值得我出手。魂灵儿盗版的行当我是肯定不会干的。"

你确定?现在把它放回桌上。

"没错,我非常确定。你到底什么毛病?"

飞船叹气,那是种虚构的怪声音。我的毛病就是你。你也许自以为很有魅力,可你给我的朋友带来了痛苦。谜题、劫狱都不是她的菜。她甚至算不上真正的战士。

"那她为什么做这些事？为什么替索伯诺斯特效劳？"

任何人做任何事的理由能是什么？为了某个人呗。你的问题太多了，我要集中精神。这里头的离子阱很精细的。

"好吧。唔，赶紧破解它，咱们才好干大事儿。"

我感受着手里的物体。"提贝美斯尼尔(Thibe-rmesnil)"几个字比周围略高些。"啊哈！"我突然想通了。我恢复意识时曾做过一个梦，梦里有本书，书里讲述了一个故事《夏洛克·福尔摩斯来迟一步》[①]。秘密通道，开启的钥匙就是——

我用指甲按下字母H。一点点压力，字母转动。R和L也如法炮制。表面打开，里面是张照片，一男一女。男人是我，比现在年轻，黑发，面带微笑；女人一头红棕色头发，鼻子上还有一抹雀斑。

我说："啊，你好啊，蕾梦黛。"

---

①莫里斯·勒布朗(1864－1941)著，故事讲述银行家雇佣福尔摩斯保护自己的家(提贝美斯尼尔城堡)和家中的艺术品，但最终罗萍依然靠偷来的密道地图智胜福尔摩斯。

7．侦探与侦探的父亲

一大早,伊斯多对着来自火卫一的阳光眨眼睛。他嘴里的味道十分恐怖,脑袋嗡嗡响。他把脸埋进琵可茜的头发里,抓住对方的暖意不想放手。但很快他又强迫自己睁开眼,一点点把压在她身下的那只手抽出来。

早晨的宝库模样与昨晚不同。墙壁与其他表面透进日光,远处有条红线,那是赫拉斯盆地的边缘。感觉就像在户外醒来,在一片古怪的几何森林里。

昨晚仿佛一大堆杂乱无章的画面,他本能地想使用外记忆,好提醒自己究竟发生了什么。不用说,在这里他只找到一堵空白的墙。

他看看琵可茜的睡脸。她嘴唇翘起,化作一丝笑意,眼珠在眼睑下颤动。橄榄色的皮肤上,喉咙底部的佐酷珠宝在晨光下闪耀。我到底在干什么?他暗想。她说的没错,这只是游戏。

他花了不少工夫才从地上那堆戏装里找到自己的衣裳,还差点错穿上一条灯笼裤。这期间琵可茜的呼吸一直很稳定,直到他蹑手蹑脚离开也没醒。

日光下,宝库里的方块仿佛迷宫,尽管他在迷宫区生活,方向感极为敏锐,也很难分辨来路何在。缺少隔弗罗总让伊斯多觉得分不清东南西北,因此找到大门时他真是松了口气。肯定是这儿了。一道银色拱顶,完美的半圆弧,边缘有繁复的银丝细工装饰。他深吸一口气,迈进门里。时空断续之感比昨晚更加强烈——

"再来点儿葡萄酒吗,大人?"

——他身处宽敞的舞厅,看模样,只可能是奥林匹亚宫殿中的国王大厅。浑身闪亮的魂灵儿奴隶舞者站在高高的柱子上,表演缓慢、机械的杂技,嵌珠宝的身体扭曲成不可思议的形状。穿红色号衣的机器仆人给他端来酒杯,机器人的手臂活像动物的下颚。他发现自己穿着火星贵族的衣裳:Q材质的紧身上衣、斗篷、佩剑,周围还有不少人打扮得更加繁复精致。一扇巨大的窗户透进火卫一的光线,照亮整个大厅,窗外是奥林匹亚山斜坡的景致。拱形天花板在极远处,仿佛金色的天空。

一切都如此真实。他目瞪口呆,接过机器人送上的酒杯。

"跳支舞如何?"

一个戴威尼斯式半截面具的高个女人朝他伸出手,她的皮肤是醒目的赤褐色,衣带与珠宝构成的网络堪堪容纳下丰满的身体。他还没醒过神来,任由对方将自己领到人群中的一块空地。一个长了好多只手的魂灵儿吹着黄铜长笛,调子美得令人心痛。她动作轻灵,仿佛作家手里的笔,踮着脚跟随他的引导。他将手放在她臀部美好的弧线上。

她悄声道:"我想让我丈夫吃醋。"她身上有异域美酒的气味。

"你丈夫又是谁?"

"那上面,平台上。"趁旋转的工夫伊斯多抬起头,果然,平台上站着火星王。那是个身穿白色与金色华服的身影,被崇拜者与朝臣簇拥在中央。他转过头,想告诉红皮肤女人自己真的该走了。

就在这时,一切定格。

"你在做什么?"琵可茜胳膊交叉望着他,看样子已经完全清醒,身上是一套白天穿的佐酷常服。

"跳舞。"他把自己与变成雕塑的红肤女人拆开。

"傻孩子。"

"这是哪儿?"

"过去的虚无空间,我想是德雷斯朵拼凑起来的。他这人挺浪漫。"琵可茜耸耸肩,"不是我的菜。"她挥挥手,半圆弧再次出现在她身后,"本打算给你做早餐。整个佐酷都还在睡觉。"

"我不想吵醒你。"

这一次,时空断续感让他安心,将他和世界都带回到一定程度的正常。

"好吧。怎么回事? 昨晚过后,你为什么偷偷溜走?"

他没说话。羞愧爬下他的后背,留下冰冷的足迹。再说他自己也不完全清楚原因何在。

"只不过是义人那档子事。"最后他说,"我得好好想想。我会库扑特你的。"他四下看看,"该怎么出去?"

"想要就能得到。"琵可茜说,"想出去的话,想就行了。记得库扑特我。"她给他一记飞吻,但她眼里写着失望。

再一次时空断续感,他站到了殖民地外,朝明亮的阳光眨巴着眼睛。

他又叫了一辆蜘蛛的士,要司机送自己到迷宫区附近,还请对方开慢些。他胃里直翻腾;很显然,不管长老们的饮料里包含了哪些古老、有害的化学成分,火星的身体设计者都毫无应对方案。

的士一离开尘区,他立即产生了如释重负的感觉。隔弗罗在他心里嗡嗡响，万物又有了质地，石头、木头和金属都不再只是轻飘飘的几何图形。

他在街角一家以龙为主题的小咖啡馆吃了早饭，用咖啡和一小份中式稀饭驱赶疲劳。然而内疚始终挥之不去。

然后他看见了报纸。隔壁桌有位穿马甲的老绅士，黄铜链子挂着命表，正在读《阿瑞斯先驱报》。头条的标题十分惹眼：《义人男孩大开派对》。他颤抖着向餐桌提出要求，服务生智能机把报纸拿给他。报上有张活动照片，他在里面无所不谈：巧克力案件、琵可茜。

长期以来，我们一直享受着义人的保护，那些头戴面具的强大男女。而本报读者都知道，遇到困难的案件时，他们也一样需要帮助。不必我们提醒，相信读者都还记得斯基亚帕雷利城消失事件，以及林德格热小姐的情人失踪案。在这两起案件中，一位身份不明的人物起了关键作用。此人数次与绅士合作，解开困扰义人的谜题，大众只知道他是一个"讨人喜欢的年轻人"。

现在，《先驱报》终于揭开了这位无名英雄的面纱。他就是伊斯多·博特勒，建筑系学生，今年十岁[①]。昨晚，在尘区的高端庆祝活动中，您卑微的记者有幸采访到博特勒先生。年轻的侦探异常坦率。邀请他参加派对的是一位与他过从甚密的年轻女士——

报上有好几张佐酷派对上拍的黑白照片。照片里的他张着嘴，头发凌乱，面色苍白，眼神惊慌。事到如今，即便那些从未与他分享隔弗罗的人也知道了他是谁、做过什么。他想到这里，不由觉得肮脏。隔壁桌的绅士开始打量他，眼神锐利。他飞快地结账，将自己裹在隐私雾中往家走。

伊斯多住在迷宫区边缘一座旧塔楼里，与一个叫林的学生合

_____

① 指火星岁数。

租。公寓一共五间房,分布在两层楼上,杂乱的家具基本都是临时物质,剥落的墙纸按它自己的心情变换画面。他进门时,墙纸上泛起涟漪,变成黑白小鸟交错的图案,很有埃舍尔①的风格。

伊斯多冲澡、煮咖啡。厨房天花板很高,摆了一台造物机和一张摇摇晃晃的桌子,透过一扇大窗能看见迷宫区的房顶,还有大楼之间增加光照度的阳光竖井。他在窗边坐了一会儿,想理清思绪。林也在家。餐桌上堆满了她的仿真玩偶。不过她本人还算知礼,藏在隔弗罗背后没露面。

许多共同记忆都在拉扯他的潜意识,提醒他《先驱报》的那篇文章的存在,感觉就像害了头痛病。他想把这一切都忘掉。还好,与记者的交谈并未留在外记忆里,否则他准要像对待松动的牙齿一样,总去戳它、碰它。也算是小小的幸运吧。然后还有义人。回避这个念头难得多了。

他接到来自林的隔弗罗请求,不情不愿地接受下来,允许合租人看见自己。

"小伊?"林来自纳内迪峡谷的小镇,学的是传统动画。她的圆脸上写着关切,头发上还有颜料的污渍。

"怎么?"

"我读了报纸。我都不知道那些事全是你做的。我有个表亲就在斯基亚帕雷利。"

伊斯多没说话,他看着对方的表情,犹豫着是否应该弄清其中的含义,可这样做似乎并没有什么意义。

"真的,我一点儿不知道。不过你被弄上了报纸,我很遗憾。"她来桌边坐下,上身隔着桌子朝他倾斜,"你还好吗?"

"没事,"他说,"我得学习了。"

---

①M.C.埃舍尔(1898-1972),荷兰版画家,将数学概念大量运用于绘画中。

"哦。好吧,如果待会想出去喝一杯,你就叫我。"

"多半不会。"

"行。"她从桌上拿起一团布,里头裹着件东西,"你知道,昨天我想到了你,然后就做了这个。"她把包裹递给他,"你总是独处,我想你也许需要一点儿陪伴。"

他缓缓解开包裹布。那是个绿色的怪东西,挺卡通,跟他的拳头一般大。偌大的脑袋,外加大眼睛和触手。它在他手里动起来,一脸好奇。闻着略带点儿蜡味。白色的眼睛很大,瞳孔是两个黑点。

"我找到一份古老的化学-机器人设计,又往里面添了合成生化大脑。你可以给他起名字。还有,想喝酒了就叫我。"

"谢谢,"他说,"我很感激,真的。"今后我能指望的就是这些吗? 怜悯? 被误导的感激?

"别太拼命。"说完她就消失了,回到自己的隔弗罗背后。

伊斯多走回自己房间,把怪物放到地板上,开始思索平安京①对王国建筑的影响。在这里更容易集中精神,因为周围都是他自己的东西:他父亲过去的两尊塑像、书、一台偌大的临时物质打印机。地板和书桌上铺满三维建筑草图,有些出于想象,有些是真实的建筑,阿瑞斯大教堂的微缩模型矗立在草图上。绿怪物躲到模型背后。真聪明,小家伙。外头的世界又大又坏呢。

他的同学大都觉得学习让人泄气。外记忆尽管完美,却只能给你短期记忆。无论哪个科目,深层的学识依旧需要大约一万小时的付出,可伊斯多并不介意。状态好时,他会一连数小时沉醉在

---

①日本京都的故称,在公元794年至1868年间为日本首都。后文的大内里是平安京内的宫城。

纯粹的形态之美中,探索建筑的临时物质模型,用指尖感受每一个细节。

他唤出关于天台宗与大内里宫殿的课文,边阅读边等待现代世界从意识中消失。

你怎么样,爱人? 琵可茜的库扑特吓了他一跳。随之传来的还有一股极度欣快的强烈喜悦。**大好消息。所有人都觉得你很可爱,他们想让你再来。我跟母亲谈过了。我真心觉得是你自己疑神疑鬼——**

他用力扯下缠结指环扔出去。指环在火星建筑模型间反弹,绿怪物赶忙躲到床底下。他猛踢大教堂,教堂的一部分分解成惰性临时物质,空中升起白色尘埃。他继续破坏其他模型,最终地板上满是尘埃和碎片。

他在废墟中坐了一会儿,思考该怎么把它们复原。但他的手始终拿不稳东西,而且似乎再没有任何东西能拼到一起。

第二天是火星日,伊斯多照例去亡者之国见父亲。

他与其他哀悼者一起,默默走下反转塔漫长的旋转楼梯。一夜无眠,他的眼睛疼痛难忍。反转塔像水晶奶头一般挂在城市腹部,整个旅程期间都能看见城市的影子、看见城市的无数条腿以缓慢的上下起伏的节奏行走。每走一步,上方的平台都要移动、相互连结,将重量分布做优化处理。一切都被橘红色尘埃沾染。曾经是卫星、后来被内部的小奇点变成恒星的火卫一,它的光线给世界蒙上一层古怪的感觉,仿佛永恒的黄昏。

今早来的哀悼者没几个。伊斯多走在一个黑皮肤男人身后,简易太空服的重量压弯了那人的后背。

有时他们会在平台上遇见复活师,对方总是戴着面具,默默操控平台移动。下方默工的动作被尘雾掩盖，但卫墙却清晰可见。这些防护墙朝地平线延伸，界定出城市前进的路线，也将城市留在身后的新生命护在中间。城市过处，仿佛浓墨重彩的大笔划过，在它身后布满合成生化物和负责地球化改造的机械。与它的兄弟姊妹城一样，忘川也想将火星重新涂成绿色，到头来却总是逃不脱虎怖机的攻击。

反转塔底部有电梯等着他们。复活师发给每人一只领路的萤火虫，附带严厉的指示：必须在中午之前回到这里。一位复活师帮伊斯多穿好简易太空服。这套太空服是忘川自己的产品，用的虽说是现代可编程材料，却在时尚设计方面用力过头，采用了太多的黄铜与皮革，最后的成品仿佛古老的潜水服。手套太过蠢笨，他几乎拿不稳自己带来的鲜花。他们从气闸挤进电梯——其实不过是个平台，用纳米线吊着。电梯下降到橙色尘雾中，随着城市的步子前后摇晃。接下来，他们便到了火星表面，每个人都跟着自己的萤火虫，顶着大钟一样的头盔缓缓移动。

城市巨大的身躯高耸在头顶，仿佛更加笨重的第二层天空。平台交汇处有裂痕与缝隙，像发条机械一样缓慢移动。从这里能清楚地看见城市的腿，仿佛一大片多关节长杆，模样十分脆弱，似乎无法支撑城市的重量。天空坠落的想法让伊斯多很难受，过了一会儿，他决定把视线锁定在萤火虫身上。

他脚下的沙地已经被默工踩实——用它们的脚、履带和其他各种用于移动的部件。它们的身影无处不在。有的很小，匆忙从他脚边跑开，仿佛他是一座巨大的城市，正从它们的土地上大步跨过。那些从事地球化改造的默工却比成年男人还大，一群群集体行动，在藻类与浮土上辛勤劳作。一个巨型默工大步走过，大地在它脚下颤抖；它像长了六条腿的毛虫，比摩天大楼还高，大概是去纠正城市某条腿的平衡,或者确保城市落地时地面安全可靠。伊斯多远远看见一个空气厂默工,它仿佛自带轨道的工厂,本身就是一座小城市,周围是无数飞行默工,铺天盖地般将它围在中间。萤火虫不许他逗留,领着他快步穿过城市的影子,来到前方,他父亲修建虎怖机防卫墙的地方。

他父亲现在十米高,长着长长的昆虫身体。阵阵碾磨声中,他钻进火星的风化层,借助化学处理系统弄出化成粉末的石头,加入合成生化细菌后就有了造墙的材料。他喙一样的嘴里流出材料,一打又细又长的胳膊动作飞快,将材料塑造成型,一层一层地建造墙壁。他的甲壳带着金属的色泽,在橙色光线下仿佛生了锈。他腰上有一处凹痕,一条新胳膊刚从这里萌芽:那是最近一次与虎怖机战斗留下的纪念。

他与另外一百个默工并肩工作。其中一些爬到同伴肩头,把墙越砌越高。他父亲负责的那段墙明显与众不同:上面布满人脸、浮雕和各种形象。绝大多数几乎立刻就被毁掉了,因为块头稍小的机械默工要在墙上安装武器。但伊斯多的父亲似乎并不在意。

伊斯多说:"父亲。"

默工停下手里的活儿,缓缓转向伊斯多。他的金属甲壳迅速冷却,发出啪啪的呻吟。伊斯多照例因恐惧而颤抖:有一天,他也会进入那样一具身体里。父亲矗立在他面前的橘红色尘埃中,仿佛一株插满利刃的大树。安装在他手上的各种机械装置缓缓减速,最后停止了转动。

伊斯多说:"我给你带了花。"全是他父亲的最爱,纤长的阿盖伊百合。他仔细地将花束放在地上。他父亲万分小心地轻轻拾起。他的利刃重新转了一秒钟,负责塑形的、蛛腿似的胳膊一阵舞动,然后,默工将一尊迷你雕像放到伊斯多身前,是用造墙的深色材料捏成的:一个微笑鞠躬的男人。

伊斯多说:"不用谢。"

父子俩静静站了一会儿。伊斯多看着墙上不断瓦解的浮雕,他父亲雕刻的所有面孔和风景。有棵大树被细心地刻在石头里,树枝上站满大眼睛猫头鹰。也许艾洛蒂说对了,他暗想,这一切都太不公平。

他说:"我有点儿事想告诉你。"内疚紧贴在他的后背、肩膀和腹部,湿热沉重,像大海老人。被它抓住时,讲话显得那么困难。

"我做了蠢事,跟一个记者聊天。当时我喝醉了。"

他觉得虚弱,于是坐到沙地上,一手拿着父亲的小雕像。"实在不可饶恕。对不起。我遇上了些麻烦,或许你也会有麻烦。"

这次是两尊小雕像,大块头把手搭在小个子背上。

"我知道你相信我。"伊斯多说,"我只是想告诉你。"他起身打量浮雕:奔马、抽象图案、面孔、尊者、默工。刚刚打磨过的石头散发出火药味,有一丝渗进了简易太空服里。

"记者问我为什么喜欢解谜,我说了蠢话。"他停顿半拍。

"你还记得她的模样吗? 她把自己的模样留给你了吗?"

默工站起来,露出满身的棱角和金属。它的负责塑形的胳膊抚上一排空白的女性面孔,每一张都有微妙的差异,每一张都是为了捕捉某种他失去的东西。

伊斯多想起了自己不再记得母亲的那一天,她的隔弗罗关闭的那一天。突如其来的缺失感。那之前,他从不缺乏安全感,因为世上总有那么一个人,她永远知道他在哪里、永远知道他在想什么。

默工又用沙子做了个雕像。这次是个女人,没有面孔,为另外两尊雕像撑着伞。

"我知道你觉得她是为了保护我们,可我不信。"他朝女人一脚踢过去,雕像碎成粉末。他立刻懊悔了。

"我不是有意的。对不起。"他的目光回到墙上,看着父亲无尽的劳作。他们打碎它,而他又再做一个。只有卫墙会看见它。他突然觉得自己很傻,"咱们还是别说她了吧。"

默工像风中的大树一样摇晃,然后它又捏了一对雕像,手拉着手,十分眼熟。"琶可茜很好。"伊斯多说,"我……我不知道我们俩今后会怎样。不过等我们想明白了,我就再带她来看你。"

他重新坐下,背靠着墙,"跟我讲讲你最近做了什么好吗?"

回到城里,回到明亮的日光下,伊斯多轻松了不少,不只是因为脱下了简易太空服。他口袋里揣着父亲的第一尊雕像,它的重量令他安心。

作为对自己的奖励,他选了稳固大道一家高档意-中式餐馆吃午餐。《阿瑞斯先驱报》还在拿他做文章,但现在,他总算能把精力集中到食物上了。

"别担心,博特勒先生。"一个声音说,"宣传永远是好事。"

伊斯多吃了一惊。他抬起头,发现有个女人坐到了自己对面,却没在隔弗罗上激起哪怕半点儿涟漪。她拥有精心设计的身体,高挑、年轻,脸很美,是用心打造的非同一般的美:短发、强壮的宽鼻梁、饱满的嘴唇和弯弯的眉毛。她一身白色,改头换面的高档革命军装外面套了件赞西外套,耳垂上有两粒小珠宝向他眨眼。

她将两只纤巧的手放在报纸上,修长的手指像猫的后背一般拱起。

"出名是什么感觉,博特勒先生?"

"抱歉,我不曾有幸——"他再次提出隔弗罗请求,至少要知道对方的名字——他甚至不确定对方是否应该知道自己的名字,或者看见自己的脸。可她周围仿佛有一圈坚实的隐私墙,一面单面镜。

她挥挥手,"这不是社交性拜访,博特勒先生。只管回答我的问题。"

伊斯多看着对方的手,它们就放在报纸的黑白照片上。他能从她指缝里看见自己迷离的双眼。

"跟你有什么关系?"

"想不想破个大案子,赢得真正的名声?"她的笑容多少带着点儿孩子气,"我的雇主已经观察你好一段日子了。他从不会错过一个天才。"

伊斯多的头脑已经不再昏昏沉沉,他开始推理、查询外记忆。对方举止从容,说明她身为尊者已经很长时间——或许已经太久,不该显得这样年轻。说话间略带一丝不易察觉的缓行镇口音,不过掩饰得很好。或者说掩饰得恰到好处,让他能够察觉。

"你是谁?"

她将报纸对折起来。"如果你接受我们的提议,你就会知道。"报纸递到他面前,同时还有一小段共同记忆,"祝你愉快,博特勒先生。"她缓缓起身,又朝他露出那种孩子气的微笑。她离开了,化作人群中的一团隔弗罗模糊效果。

伊斯多打开共同记忆,有什么东西瞬间跃入他的意识层,仿佛一段老是想不起来的回忆。地点、时间,还有一个名字。

赌王若昂。

插曲　意　志

　　闯犹太教堂是艾萨克的主意,不过当然了,把他们弄进去的是保罗。他站在贝壳形状的白色大楼外,对着大楼的隔弗罗耳语,直到隔弗罗让自己的一扇门对他们现身。门上是高高的门拱,以复杂的石膏图案装饰。

　　"拉比,您先请。"保罗的脸红彤彤的,他夸张地鞠躬,差点儿摔了一跤。

　　"不不,还是你先。"艾萨克坚持,"哎呀见他的鬼,咱们一起进吧。"他一只胳膊搂住年轻人的肩膀,肩并肩、跌跌绊绊地走进犹太人的崇拜之地。

　　他们已经连续喝了十四个钟头的酒。艾萨克喜欢酒精在大脑里制造的原始混沌,远胜精细的麻药仪。大脑清醒的部分越来越小,但依然辨别出这种混沌其实与身体的物理状况关系不大,起决定作用的是模因:一千年的饮酒文化、对酒神巴库斯的崇拜,这一切都内置于忘川制造的身体内。

　　不管原因如何,重要的是酒精赋予世界一种古怪、扭曲的逻辑,让他的心脏在胸口猛烈跳动,让他想要站上卫墙、朝火星沙漠中所有的黑暗生物高声宣战。或者跟上帝本人干一架。进来之前他就是这么打算的。

但是，跟从前一样，寂静的圣所让他自觉渺小。约柜①的门上方，明亮的Q粒子小球不断燃烧，释放出永不熄灭的光芒。高高的蓝、金彩绘玻璃窗透进黎明的第一缕阳光，与光球的光线相互融合。

艾萨克在讲坛对面的椅子上坐下，从夹克口袋里拿出金属军用水壶晃晃。听起来似乎已经半空了。"喏，咱们进来了。"他告诉保罗，"你在想什么？说出来吧，不然的话，这么多好酒可就白白浪费了。"

"好吧。不过你先告诉我：为什么信宗教？"保罗问。

艾萨克放声大笑。"为什么喝酒？一旦试过，就很难放弃。"他拧开水壶喝了一大口，伏特加在他舌尖燃烧，"再说了，犹太教可是诸般信仰之冠，我的朋友。一千条斩钉截铁的规定，完全没道理可讲，只能乖乖接受。跟信了就能得救那套小孩子的玩意儿截然不同。你真该试试。"

"心领，不过还是算了。"保罗走向约柜的门，表情奇特。他嘟囔道："原来这就是触犯法律的美妙滋味啊。"说完他转过身，"艾萨克，我们为什么会成为朋友，你知道吗？"

"因为在这个火星小破城，我不像其他蠢货那么恨你入骨。"艾萨克说。

"因为你没有任何我想要的东西。"

艾萨克看着保罗。彩绘玻璃透进的光线，加上伏特加的迷雾，让他显得非常年轻。艾萨克想起了两人相识的情形：在一家异星客酒吧，一场争执，双方失控，艾萨克久蓄的怒意像咳嗽一样猛烈

①放置上帝与以色列人所立的契约的柜子。所谓契约，指的是先知摩西在西奈山上从上帝耶和华处得来的两块十诫石板。

爆发,最后化作斗殴。他非常高兴地发现,这个年轻的对手打架时居然没有躲进隔弗罗。

艾萨克沉默片刻。"我有不同意见。"他举起水壶,"连这个都不想?有本事就来拿呀。"他大笑了好一阵子,"说真的,你到底有什么心事?这种马拉松式狂饮的后果我很清楚。别跟我说又跟那姑娘有关。"

"也许,"保罗说,"我做了件大傻事。"

"不出所料。"艾萨克说,"想要我惩罚你吗?想要上帝惩罚你吗?我很乐意效劳。过来让我打你屁股。"

他想起身,但双腿拒绝合作。"听着,你这个愚蠢的混蛋。第一次见面时,我没有打烂你的脸,原因之一就是我看出你是瘾君子。我不知道让你上瘾的是什么,反正这东西你离不开。我上瘾的是模因:脑虫、宗教、诗歌、卡巴拉①、革命、费德罗夫的哲学、酒。你却是另外的东西。"艾萨克在夹克口袋里找水壶,但他的两只手好像变得又大又笨,像戴了连指手套,"不管它是什么,你似乎准备为它抛弃美好的东西。还是戒掉它吧,别像我一样。甩开它。"

保罗说:"我做不到。"

"为什么做不到?"艾萨克问,"只会痛一次。"

保罗闭上眼,"有这么一样……东西。是我造的,可它比我更强,它在我周围生长。我以为我能摆脱它,但我不能。每次我想要什么,它都叫我动手去拿。而我总能拿到。很容易。尤其是在这里。"

艾萨克哈哈大笑起来。"我不准备不懂装懂。"他说,"是异星的玩意儿,对吧?认知具象化、多个大脑多具身体之类的狗屁。好吧,我听着倒像是个玩具太多的小男孩在发牢骚。还是扔掉吧。

---

①Kabbalah,意为"接受/传承",与犹太教神秘学观点有关的训练课程。

如果不能毁了它们,就锁到某个碰一碰都会让你痛得钻心的地方。过去在地球,咬手指甲的毛病我就是这么戒掉的。"艾萨克往椅背上靠,结果却慢慢滑到木椅底下。他望着天花板上的狮子雕刻。"做个男子汉。"他说,"你比那些玩具更强。我们总是强过我们自己制造的东西。扔掉那些玩意儿。用你的生命制造些别的,用你自己的心和手。"

保罗坐到他身旁,眼睛盯着约柜门。接着,他从艾萨克的夹克口袋里掏出金属水壶喝了几口。他问:"这套理论用在你身上以后,结果似乎不怎么样啊。"

艾萨克搧了他一掌,没想到竟能打中,自己反倒吃了一惊。水壶从保罗手里掉落地上,他瞪着对方,一只手按着刺痛的耳朵和脸颊。水壶咔嗒咔嗒地在地上滚了几圈,剩下的酒全洒了。

艾萨克说:"唉,瞧你害我干了什么好事。"

8. 窃贼与盗版者

现代艺术博物馆藏在街面以下。一系列透明的管道、露台和回廊绕着城市的髋部蜿蜒,活像繁复的玻璃腰带。这般安排让博物馆里光线充足,此外如果你低下头,还能看见城市的腿在赫拉斯盆地慢慢画弧。

我们端着临时物质做成的咖啡杯,在一条条回廊间穿梭。我心情愉快。艺术总能让我平静,尽管好多当代最新作品都潜藏着暴躁、好斗的能量,随处可见喷薄的色彩和尖锐的边缘。米耶里一脸无聊。在看一系列水彩画时,她发出奇怪的哼歌声。

"对艺术不怎么热衷,嗯?"

她轻声笑了。"艺术不该是平面的、死的,"她说,"它应该被歌唱。"

"我相信这里人管那叫音乐。"

她给我一个凌厉的眼神,之后我就管住了嘴巴,满足于独自欣赏年代较早的抽象作品以及学艺术的女学生。

没过多久,魂灵儿盗版者出现了。

米耶里从她的雇主处拿到索伯诺斯特特工的公共密钥之后,给对方发送了共同记忆。在博物馆接头是我的主意。这里的隔弗罗结构很好：展品周围有足够的公共空间，也就是广场，既让人不至于有什么暴力举动，同时又允许完美的隐私，让人可以安静地交谈。不过我没料到他们会来这么多人。

一个小女孩正在欣赏一幅画，画面是一群大象在纳内迪峡谷优雅地觅食，她碰了碰自己的鼻尖；一对手拉手走过的情侣用完全一样的动作碰碰自己的鼻尖。情侣的步子与一个高挑的艺术女学生一模一样——女学生穿了件挺暴露的上衣，我忍不住盯着瞅了好几眼。整整一家子盗版者从旁边走过，红发逐渐稀疏的父亲哈哈大笑，与儿子的笑声恰好同步，感觉怪怪的。此外还有好多，人群里到处都是，把我们围在中间。他们分别在自己的隔弗罗上打开某些部分，标记自己的位置。奇怪的是，我对他们的做法很熟悉，这种熟悉来自遥远的过去，来自我作为人类在地球的日子。

"他们想赶我们去什么地方。"米耶里对我耳语，"这边走。"

最后我们来到一处大露台，玻璃门将它与博物馆主体分隔开。一大池浅水里立着三座喷水雕塑，用锯齿状的金属片和有机物拼成，很像图腾。一小段共同记忆附着其上，说明制作雕塑的材料是丢弃不用的默工身体部件。雕塑的缝隙间淌出涓涓细流：流水声本该让人放松，可惜却让我想起鲜血。

露台上站满了盗版者，也许有二十个。其中一队人牢牢把守住玻璃门，切断任何逃跑的可能。

出乎我的意料，米耶里好像挺喜欢那些雕塑，站在水池前一动不动。我只好碰碰她的胳膊，"我觉得时间到了。"

"好。"她说，"记住，由我来说话。"

"请便。"

一个大约六岁的黑人小女孩朝我们走来。她穿着一条耀眼的蓝裙子，两根马尾辫从脑袋两侧伸出来。她碰碰自己不起眼的小鼻子,那动作已经太过熟悉。"你们是异星客?"她问,"你们从哪儿来? 我叫安娜。"

"你好,安娜。"米耶里说,"不必再演了,在场的都是朋友。"

"小心无大错。"说话的是个长了一双美腿的艺术学生。她站在我们身后,眼睛一直盯着自己的素描本。

"给你们一分钟。"这次发言的女人穿了条万花筒一样的裙子,与一个年轻男人手牵手站在露台的栏杆边,"说清楚你们是怎么找到我们的。"

安娜补上结语:"一分钟过后,我们就要自己动手找答案了。"

"你们总不至于想在这儿搞什么名堂吧,"米耶里说,"周围到处是广场。"

安娜微笑。"我们总是跟广场打交道。"她说,"五十秒。"

"我的雇主效力于你们的拷贝父。"米耶里道,"我们需要协助。"

年轻的红发父亲一面安抚哭泣的宝宝一面说:"拿印章给我们看。"

"我们很乐意效劳,"艺术学生说,"但你们得先拿印章给我们看。"露台上突然一片肃静。表面上有些人依然谈笑风生,但所有的目光都落在我俩身上。

"共同盛业需要保密,这点你们比我更清楚。"米耶里道,"我们找到了你们,这难道还不足以证明我们的身份?"

"亲爱的,这还不够呢。我们是瓦西列夫。对于共同盛业,我们的激情无人能及。"安娜伸出一只小手,抓住米耶里袍子边缘,"你多半是为哪个微不足道的非始祖部落卖命吧,你这种单体别想指挥我们。"她微微一笑,露出一排不平整的、形似方糖的牙齿,"时间快到了。也许我们该看看你那漂亮脑袋里都藏着些什么东西。"

"我们所需不多，"米耶里说，"只是工具。用于模拟隔弗罗的工具、火星身份——"

"你们是竞争对手吗?"红发父亲问，"我们为什么要答应?"

米耶里浑身绷紧。事情要糟。协商不是索伯诺斯特人的长项——所有行动都由拷贝部落的模板支配，留给创造力的空间自然不多。当然，这也是我喜欢他们的原因。我开始回忆自己在哪儿见过那微笑、那动作、那语调。地球，好几个世纪之前，一间酒吧，跟黑客们拼酒、争论政治。还有谁在? 啊，没错。马特杰克，一个愤怒的矮子，最后变成了索伯诺斯特的神祇。

【马特杰克·陈：索伯诺斯特始祖之一。】

我改变姿态，好像明知自己很矮，却尽量想显得高些。我双肩向后展开，把脸扭曲成义愤填膺的怒容。

"你们可知道我是谁?"

恐惧像水波一般，在这群瓦西列夫脸上扩散开来。艺术学生的素描本啪一声落到水池里。成了。

"我的仆人不必向你们解释，相信我也不必解释。共同盛业要求信仰，而你们显然有所欠缺。"米耶里瞪大眼睛看着我。只管看我眼色行事。我在反馈信号里低语，等会儿再跟你解释。

"你们需要印章和符号才能知道一位始祖来到了你们中间吗? 我需要工具。我在此处有任务。共同盛业将我们带到了出乎意料的地方，因此我并无准备。你们要提供我所需的一切，马上。"

安娜紧张得嗓音发尖："可是——"

"我带着一条龙的片段。"我的声音嘶嘶作响，"也许你们想成为它的一部分?"

瓦西列夫们沉默了一秒钟，随后数据潮水般涌向我。我的索伯诺斯特身体开始甄别、分类存储。人格模板、隔弗罗感官模拟器、整套的工具——在忘川维持虚假身份所需的一切。老天爷，竟然成功了——

安娜突然打了个寒战，两眼翻白。数据流停止，与开始时同样突然。我维持姿态不变，目光四下一扫，努力投射威风凛凛的不悦气息，"这是什么意思？难道我的话还不够清楚？"

"清楚极了，赌王先生。"瓦西列夫们异口同声，"现在请别动。我们有几个朋友想跟你谈谈。"

妈的。

我把目光转向米耶里，想告诉她东西已经到手，她该带咱们开溜了。不等我完成这个念头，焰火已经绽放。

看着偷儿使出绝招，米耶里惊诧不已。她见过马特杰克·陈，偷儿把他的声音和肢体语言模仿得惟妙惟肖。眼前这些人，虽然用着偷来的火星身体，却是如假包换的索伯诺斯特大脑；对他们而言，这就仿佛神圣的存在出现在自己面前。不过，等到他们发动攻击时，也会像真正的信徒对待渎神者一般凶猛。去他的低调。我要解决他们。

超脑皮质上线。她放慢时间，让自己可以从容思考。面纱拉开，战斗孤独症露出真容。

培蝴宁，扫描。

太空高处，飞船向露台喷发出一股弱交互力奇异粒子。米耶里眼前出现了瓦西列夫的骨架。她的超脑皮质开始模式匹配，辨识敌人隐藏的武器。摄魂枪。索伯诺斯特武器，子弹能控制你的大脑。该死。意念一动，她命令自己的系统上线。

她右手包含一把Q粒子手枪，这是一种线性加速器，发射半自主相干弹头。她的左手有一把摄魂枪，配备纳米导弹阵列，每一枚纳米导弹里都有一名战争魂灵儿,时刻准备入侵敌人的系统,用自己的拷贝将对方淹没。她表皮之下的那层可编程物质变成了盔甲,她的指甲比钻石更加坚硬。她右大腿骨里的核聚变反应堆开始运转。超脑皮质纳什引擎选定了一组最佳目标,同时还为偷儿挑了个隐蔽点。

她命令培蝴宁:火力掩护。等我指令。

我得改变轨道。飞船说,轨道默工准要找我麻烦。

行。

米耶里感受到了死亡迫近的刀锋。她是单体,只有有限的生命——违反这一点就是对祖先的背叛。如果失败,她不会有第二次机会。有时候,这一点正是她的优势,是决定胜负的关键,跟索伯诺斯特作战时尤其如此。

魂灵儿盗版者也在加速行动。但他们是渗透者,合成生化身体没进行过如此高级的军事强化。不过他们也有摄魂枪,植入眼睛、手和躯干。十毫秒之后,他们发射了第一轮弹药。纳米导弹发射时,星星点点的红外光在他们脸上明灭,宛如闪烁的妆容。在米耶里眼中,房间顿时化为矢量和弹道轨迹织成的致命蛛网。

她抓起偷儿,把他扔向中间那尊雕像的基座,蛛网在那里有个缺口。与此同时,她发射了一连串 Q 粒子。粒子束就像在空中画出的手指画,每一画都留下一道闪光的痕迹。每个 Q 粒子都是一个玻色-爱因斯坦凝聚,满载能量与量子逻辑。它们变成她大脑的延伸,仿佛没有具象化的手臂。其中三个被她当成连枷般挥舞,打偏敌人的导弹,撕裂致命的蛛网,给自己辟出活动空间。另外两个Q 粒子飞向瓦西列夫,准备爆炸成相干光。

瓦西列夫的导弹做出回应,将她锁定。另一些导弹改变轨迹,画出弧线朝偷儿飞去。瓦西列夫人群散开,想躲避射向自己的 Q

粒子,可惜动作太慢。光点绽放成白色的镭射太阳,点亮回廊内部,融化了玻璃、合成生化身体和无价的艺术品。

她向前跳跃,空气仿佛油腻的液体。即便隔着一层战斗孤独症人格,自由活动的感觉也令她兴奋不已。她在导弹中间迂回躲闪,在水里留下冻结的脚印,还一时兴起般一拳打穿了艺术学生的小腹。

然后他们扑了上来。安娜、阖家出行的那家人、穿万花筒裙子的女人,还有另外三个。他们手指里冒出反汇编触须,一条条颤动的毁灭飞向她,其中一条抽中她的后背。她的盔甲即刻反应,烧掉受感染的那一层。刹那之间,她仿佛长出了烈焰翅膀。

偷儿需要更多保护。于是她往自己的摄魂枪里编入简单的防护程序,向对方射击:一发、两发、三发。有两发击中目标,摄魂魂灵儿掌管了瓦西列夫的大脑,将他们的身体变成人肉护盾,甩到瞄准偷儿的导弹飞行轨迹上。

她扯下万花筒裙子的反汇编胳膊,朝安娜挥去。分子手指撕裂女孩的细胞,她的身体爆炸、化为齑粉。米耶里将最后一发Q粒子射进红发男人眼睛里。几个瓦西列夫开火还击。她的盔甲在摄魂枪的冲击下尖叫。她咬紧牙关,一把抓住一粒子弹。子弹里有瓦西列夫大脑的拷贝——稍后有的是时间提问。

他们同时向她冲来。一大团身体将她压住,化作协调一致的合成肌肉大山。她的拳打脚踢毫无效果,仿佛对手只是雾气。她的头骨被压在地板上。她向培蝴宁发送一组坐标。瞄准。

从天而降的火力像医生的手术刀,将露台从城市臀部割下。金属发出呻吟。头顶,培蝴宁的翅膀洒下一片刺目的灼热光芒。

突如其来的失重感给了她一种回家的感觉。她在血雾与纠缠的身体中导航,找到偷儿。抓住偷儿之后,她张开了自己的翅膀。

这个过程好像花苞从肩膀里绽放开来，跟往常一样，让她仿佛回到了童年，在自己柯多那冰雪的森林中飞翔，与类蜘蛛赛跑。如今她的翅膀更加强壮，再造的翅膀足以支撑偷儿和她自己，即便是在这么一座沉甸甸的城市。

两人一道冲破回廊天花板。残余的露台扭曲、燃烧，与瓦西列夫一道朝城市的腿部坠落。

她暗想：雕像可惜了。

爆炸、身体、血肉的焦味儿，世界一片混沌。眨眼之间，我被扔到了石头上。断断续续的霹雳声震动我的头骨。我撞破玻璃、米耶里抱着我、我们在飞。我们脚下有火焰，空气嗖嗖响，仿佛身处风道中，挤干了我肺部的空气——

我尖叫，然后下坠——在火星的重力环境中坠落了一米。我后背着地，耳朵嗡嗡响，眼前闪过各种颜色，肺里的空气全跑光了，但我仍然张嘴尖叫。

"闭嘴。"米耶里跪在几米外，一对翅膀缓缓收进后背，仿佛两株精巧的银色大树，印着薄如蛛丝的纹饰，绷着微光闪烁的透明薄膜。这种材质类似培蝴宁的翅膀，转眼工夫就不见了。

我缓过一口气，然后说："操。"我们在一片微微倾斜的房顶上，靠近城市边缘。地平线上的大火与烟柱明白无误地标明了我们之前的位置——仅仅几秒钟之前。一群义人正赶往战场，活像从天而降的乌鸦。"操、操、操。"

"我叫你闭嘴。"米耶里站起来，她的袍子已经变成破布，露出大片光滑的棕色肌肤。她注意到我的目光，转身背对我，衣服开始自行修复。

"操——"我呼哧呼哧地深吸一口气，切断自己的话，"混蛋。

"你肯定明白,这具身体,你不能只给我享受疼痛的特权吧。得让它能做点什么。如果我需要创造一个新身份,这具身体就得有点儿活动能力才行。哪怕只是要找这个叫蕾梦黛的姑娘,需要的也不只是眼睛和耳朵。更别说还得模拟隔弗罗知觉、还得保命——说不定我们还会再遇上之前那位能用不同的声音表达自己心意的瓦西列夫朋友呢。"

她两手对搓,仔细审视我。手上的皮肤开始自我清洁,凝固其上的薄薄一层血痂雪花般落下。

"噢,差点忘了,多谢你救了我的小命。"我往目光中加进些许暖意——绝大部分是真心实意的——又朝她露出自己最迷人的微笑,尽管我知道这纯属无用功,"你得给我机会报答一二才是。"

米耶里皱眉道:"好吧,回去以后,我看看能做点儿什么。现在就走。我们应该没在隔弗罗之外留下公共痕迹,但义人似乎并不遵守一般人的规则。我可不想跟他们也杠上。"

"飞回去?"

她紧紧抓住我的肩膀,把我拖到屋顶边缘。街道在我之下一百米开外。"愿意的话你可以试试。"她说,"不过你这具身体可没有翅膀。"

那晚在酒店,我给自己做了一张新脸。

我们开启隔弗罗全面隐私模式,绕了差不多半个城溜回酒店。简直是过度被害妄想症。按理说有了全隐私隔弗罗,谁也不可能认出我们,可米耶里非要这么干。她还设了某种防御网:小光点从她手里钻出来,在门窗处来回巡视。

她毫无必要地提醒我:"别碰它们。"之后,她使出了货真价实的魔法,让我高兴得差点儿亲她一口。本来确实想亲的,只不过我脑子里还在闪回之前的画面:她扯下年轻姑娘的胳膊,用它打死了三个人。言归正传,她闭眼几秒钟,我脑袋里咔嗒一声。不是什么大手笔,不像我对抗阿尔肯时感受到的那种完全的自由,但已经很不错了。自我意识和控制感大大增强。现在我知道这具身体的皮肤底下有Q粒子网络,而Q粒子是人造原子,能模拟一切物质特性。也就是说,我可以模拟出各种颜色、形状和外观的表皮了。

米耶里宣布自己的系统需要充电,还有些损伤部分要再生,所以提前休息了。培蝴宁继续沉默,多半还在躲避轨道巡逻兵,或者黑进人家系统里伪造可信的借口,以解释她为什么从它们眼里消失了一段时间。所以自从越狱以来,我头一次独自一个人。

这感觉很好。有一阵子我什么也不干,只在阳台上看城市的夜景,边看边喝酒。喝的是单一麦芽威士忌。对我来说,威士忌就像内省:抿上一口,之后是片刻的安静;余味挥之不去,邀请你仔细思忖舌尖上的滋味。

我在脑子里把工具一件件摆出来。

隔弗罗并不完美,里面有回路。在这些地方,代表某段记忆、某个事件或者某个人的节点有不止一个父节点。也就是说,当你分享无关痛痒的记忆、味道或者亲密瞬间时,有可能会凑巧解锁一大片外记忆。魂灵儿盗版者提供了描绘隔弗罗树的软件,能在对话中扫描关键节点。

此外还有中间人攻击软件,用于截获命表与外记忆之间的量子通讯——但这种事需要大把蛮力,还得加上量子计算能力。这方面,我得跟培蝴宁谈谈。我还找到一个完美的隐私感官模仿器,真想立刻就动手试运行。最后是一组公共/个人密钥和空白外记忆,任我挑选。我不愿去想它们是怎么来的,但至少脏活已经有人替我们干了。传输中断造成了少许碎片,好在目前说来,手头的部分已经够了。

马上就要变成另一个人,这感觉很刺激,无尽的可能性在我肚里挠痒痒。过去的我肯定曾在各种身份间切换:后人类、佐酷人、基准人、索伯诺斯特人。这让我想要再次做回窃贼之神,这欲望强过所有一切。

我弹开表盖,又看看照片。蕾梦黛啊,我该为你变成谁呢?之前我曾为你扮演过谁?她的笑容里没有答案,于是我合上盖子,喝完酒,从浴室镜子里打量自己。

那张面孔——厚重的眼睑、夹在头发中的一丝灰——让我再次想起米耶里的雇主。无论她是谁,她肯定很久以前就认识我,她属于监狱从我身上夺走的那部分过去。我看着镜中的形象赏玩半晌。我并不自恋,但我喜欢镜子,它们能帮你界定自己。最后,我开始测试身体对我的服从程度。变年轻些,我命令道,再高些,颧骨增高,头发加长。镜中的形象如水般流动,我腹中的兴奋变成了狂喜。

"你喜欢这样,对吧?"我的目光离开镜子,扫视屋内。可屋里空无一人,而那声音则十分耳熟。

"我在这儿。"镜中的形象说。是照片上那个年轻的我,黑发、帅气,正咧嘴微笑。他微微歪头,从镜子里打量我。我伸手去摸,镜子里的我却并未模仿我的动作。这次也跟在广场看见小男孩时一样,有种非现实的感觉。

"你在想她。"他说,"也就是说,你准备再去找她。"他略显伤感地叹口气,"有几件事该让你知道。"

"没错!"我吼道,"我的记忆在哪儿?为什么要玩这些把戏?那些符号——"

他不理我。"我们那时真的以为就是她了,命中注定的'那一个'。她象征着我们的救赎。在一小段时间里，她也确实是。"他从他那一边碰碰镜面，仿佛是我之前动作的映像，"你知道吗，我真的嫉妒你。你有机会再次尝试。但别忘了，上一次我们待她很坏。我们不配拥有第二次机会。所以别害她心碎；或者，如果你让她心碎，确保有人能把它拼回去。"

然后，玩世不恭的笑容回到那张脸上，"我敢说你现在有点儿恨我，至少一点点。本来就不该让你轻易找出真相。我故意让这个过程这么艰难，不是为了对付你，而是防备我自己。就像酒鬼把酒锁在地下室，然后扔掉钥匙。

"但你来了，说明难度还不够。还有什么可说的呢。代我问候她。"

他拿出一只命表瞅了一眼，跟我手上的是同一只。"唔，该走了。祝你开心。别忘了，她喜欢热气球。"

他消失了。在镜中，取而代之的是我的新面孔。

我坐下来，开始制造新的形象，为第一次约会做准备。

9. 侦探与信件

那晚晚些时候,伊斯多跟随意-中式餐馆那个白衣女人给他的共同记忆到了乌龟公园。它带他走上一条窄窄的沙路,穿过松树与榆树林。树丛背后有座城堡。

除了奥林匹亚宫殿,伊斯多从未见过如此规模的王国建筑,竟有这样的东西被隔弗罗隐藏在公众视线之外,实在令人吃惊。两座高塔升向空中,像东方的匕首般左右弯曲,黄昏的最后几缕阳光从它们表面折射出去。城堡在一大片花地上投下蓝色的影子。花的布置带着几何的精确性,形成颜色各异的三角形和多边形,仿佛园丁在证明欧几里得定理。过了一会儿伊斯多才意识到那是达里安日晷①的形状,较高的那座塔的影子就是指针。

前方是大门和高高的铁围栏,一个默工站在门后等待。它很不寻常,是个正常的人形,不比一般人更高大,穿着绣银线的蓝号衣,戴着金色的面具和手套。伊斯多不由想起了王国模拟环境里

---

①1965年,太空工程师托马斯·甘格尔(Thomas Gangale)提出了一种火星使用的计时系统,以自己儿子达里安的名字命名为达里安历。在达里安历中,火星每个白天的时间与地球近似,每周大致七天,但每个火星年则是24个月。因此火星年比地球年长一倍左右。一周中的七天被命名为太阳日、月亮日、火星日、水星日、木星日、金星日和土星日。

那些嵌珠宝的假人。自然,它不会主动向他打招呼,但伊斯多觉得一言不发似乎不太礼貌。

"我是伊斯多·博特勒,"他说,"有人在等我。"

它默默打开门,领他朝城堡走。小径从大片玫瑰、百合中间穿过,还有好多异星花朵,伊斯多得靠瞬目才能认出来。花香醉人。

傍晚的阳光在一片空地上洒下一片金色。空地里立着佛塔似的小亭子。一个发色浅淡的年轻人坐在亭里读书,身旁放着空茶杯。他几乎还是个孩子,按火星年大约六到八岁。一件朴素的革命军装松松垮垮地挂在身上,精致的面孔圆嘟嘟的,还带着婴儿肥,两道窄眉因精力集中而挤作一团。默工仆人停下脚步,摇响银色的小铃铛。那人缓缓抬起头,又以绝对精确的动作站起身来。

"亲爱的孩子。"他伸出手。伊斯多感到对方的指骨活像陶瓷。这人比伊斯多高些,但稍嫌瘦,将火星人对瘦长体态的爱好发挥到了极致。"你能来真是太好了。喝点饮料吗?"

"不用,谢谢。"

"坐,坐。你觉得我的花园如何?"

"令人赞叹。"

"没错,我的园丁是个天才。非常谦逊,却天资非凡。当然了,这种品质在其他拥有罕见才能的人身上也很常见。比方说你。"

伊斯多静静看着对方,努力平复隔弗罗里的波动。这种波动不是尘区那种隐私的缺失,而是一种不确定性,仿佛隐私随时可能被撕裂。

年轻人微微一笑,"你的天才能否看出我的身份?"

"你是克里斯蒂安·安如,"伊斯多说,"千年富翁。"

答案并不好找,却正好让他在下午剩余的时间有事可做:搜索外记忆、与白衣女人给他的共同记忆做比较。即使按忘川的标准,安如——不知这是不是他的真名——也是个特别注重隐私的人。他的名字通常只出现在报纸上：社会活动、商业合同。很显然，他拥有的命时比上帝还多。

"你个人拥有一大笔命时，靠的是民声几年前才批准的隔弗罗中介买卖。另外，显然有什么事情让你担心。怕魂灵儿盗版？"

"哦，不。我一直很谨慎，除了积攒的大量命时，我在其他各个方面都非常正常。算是一种防御机制吧。不，让我担心的是这个——"

安如递给伊斯多一张便条。细密的亚麻纸，没有任何标记。上面用优雅流畅的字体写着：

> 亲爱的安如先生：
>
> 　　针对你那未曾送出的请柬——我很乐意于24××年弗利矢卡月的第28日①参加你的及时行乐派对。我将携一位客人出席。
>
> 　　　　　　　　　　　　　您恭顺的仆人，赌王若昂

整个下午，伊斯多都在想赌王的事。忘川的外记忆没有多少他的资料。最后他付命时给收费昂贵的数据代理，对方深入忘川认知圈之外的虚无空间，最后带回来的只是事实与传说的混合体：没有确切的记忆与人生投影，连音频视频都没有，只有大崩溃之前的片段、网上关于犯罪高手在伦敦与巴黎作案的猜测。外加各种离奇的故事：索伯诺斯特被盗的太阳挖掘厂、被突破的固伯尼亚大脑、虚无空间里虚拟不动产的地下交易。

---

①按照达里安历，弗利矢卡月是一年的第二十四个月，弗利矢卡月的第二十八日即当年的最后一天。

所有这些不可能都是同一个人的手笔,也许是某个拷贝部落吧。或者是模因——这个词在太阳系的不同区域有不同含义,但对罪犯来说,它只有一个意思:为自己的罪行签名。所以,不管这张便条是什么来历,它只可能是恶作剧。伊斯多将便条递还对方。

"你的及时行乐派对?"他问,"那是一周之后吧。"

安如面露微笑,"对,这些日子,千年的命时也能很快用光。我会把大部分命时送人,还有一些留给我的合伙人管理——奥黛特,你在餐馆已经见过她了。

"我知道,这种做法在我们这代人里很罕见——我不是想借此指责制度不公,但我算是个理想主义者吧,对忘川的理念坚信不疑。我在这具身体里度过了充实的八年,我已经准备好去承担做默工的责任。不过当然了,我希望漂亮地谢幕,直到轮到我重新登场。尽情狂欢,只在那一晚。"他声音里透着怪异的苦涩。

默工仆人将精美的陶瓷茶杯递给两人,安如津津有味地品茶。"再说了,有限的生命让一切都更加激动人心,你不这样想吗?我认为这就是开国元勋们的初衷。我想体验这一切。可是,这张便条出现了。"

"它是怎么来的?"

"我在图书室里找到的。"安如道,"我的图书室!"冷硬愤怒的线条出现在孩子气的脸上,很不相称。他放下茶杯,杯子与杯托发出咔嗒的碰撞声,"博特勒先生,我从不允许任何人进我的图书室。那是我内心的庇护所。而且,除了我最亲密的朋友,其他人连前来城堡的隔弗罗密钥都没有。你自己最近也与媒体打过交道,我敢说你能理解,我感到……受了侵犯。"

伊斯多打一个寒噤。他想象有人不请自来、进入他的私人空间,甚至不必访问他的隔弗罗。这念头让他浑身起了鸡皮疙瘩,

"你不认为这或许只是某人的恶作剧？"

安如双手合掌。"当然，我考虑过这种可能性。"他说，"你肯定想得到，我彻底检查了城堡的外记忆。结果一无所获。昨晚七点到八点半之间，便条凭空出现。信上的笔迹我从未见过，纸来自大道一家文具店。除了我自己的DNA，没有明显的DNA痕迹。奥黛特能挖掘的信息到此为止。我坚信里头运用了异星技术。但是，这种行为模式与我们对此人的了解完全吻合——为自己的罪行预告日期和时间。

"其实我并不特别吃惊。异星客一直把这里当作蛮荒之地，当作游乐场。而不知为什么，这个……这个贼选了我做他的玩具。如果我去找民声或者义人，他们只会拿同样的话应付我：恶作剧。所以我才找到你，博特勒先生。"安如微微一笑，"我希望得到你的帮助。希望你弄清这张便条是怎么进入我的图书室的，弄清他准备做什么，并且阻止他。或者，假如他成功，替我夺回属于我的东西。"

伊斯多深吸一口气。"恐怕你高估了我的能力。"他说，"再说我还不能确定这就是真正的赌王。就算是真的，你怎么会认为我能跟这样的家伙一较高下？"

"我说过，我是个理想主义者。"安如道，"我很熟悉你的成就，事实上我自认是你的拥趸。另外，尽管这个贼的行为深深冒犯了我，但想到将有一场智力大战伴我辞世，我依然觉得很有趣。当然了，对你付出的努力，我们总可以找到合适的方法予以补偿。你怎么说？"

抓贼。伊斯多心想，纯粹、简单、干净。哪怕最终发现这只是个玩笑。

"好吧，"他说，"我接受。"

安如拍拍手，"好极了！博特勒先生，你不会为自己的决定后悔的。"他站起身，"现在，咱们去找奥黛特，看看犯罪现场。"

城堡十分宏伟，仿佛佐酷殖民地所模拟的王国景象：高高的天花板，地上铺着大理石，走廊两侧排列着一套套黑色亚光机械盔甲，墙上挂着大幅画作，画的都是老火星的风景：红色峭壁、水手号峡谷，还有穿着白金两色衣裳、笑容满面的国王。

奥黛特等在图书室，就是之前那个白衣女人。两人进门时她朝伊斯多略一点头。

"做得很好。"安如对她说，"看来你的魅力征服了博特勒先生，他同意协助我们解决那个小小的难题。"

"我就知道。"她说，"我想你会感兴趣的，博特勒先生。"

图书室的天花板很高，天窗透进充足的光线，还有几扇大窗对着花园。沙发看上去十分舒适。深色橡木书架上整齐摆放着一排排书，有模拟本也有临时简版，总共好几千，由一台大树一般的合成生化智能机打理。房间中央的深红色地垫上放着巨大的黄铜星象仪——一个金属框，里面是火星与周围太空的实时图像。

安如抬起一只手，智能机的黑色树枝手臂蛇行至高处的架子上，递给他一本大部头。"这是伊斯迪斯伯爵的人生投影。伯爵参加了一个小小的阴谋集团，革命之前的几年，这些人曾企图驱逐国王。当然，他们失败了。但革命前那段岁月实在令人着迷。在那个时期，历史完全可能转到截然不同的方向。当然，因为脉冲爆发的缘故，记录中难免留下很多空隙。你一定看出来了，有段时间我对王国很感兴趣。"他声音里透着一丝空虚。

"总之，发现那封信时我正在研究这本书。它就在这边。"千年富翁指指一张小书桌，"位置选得很巧妙，只要我坐到自己最喜欢的椅子里，就一定能看见。"他把书留在书桌上，走到一把椅子跟前坐下，"谁也没有这里的隔弗罗，除了我、我的三个默工仆人和奥黛特——现在还有你。"

"这里有其他保安措施吗？"

"还没有，不过我很愿意让你做主，你需要什么都可以安装，黑市的技术也没问题。细节由奥黛特负责，只管告诉她。"安如朝伊斯多笑笑，"另外，建议你再跟她去稳固大道逛逛。参加派对总得有衣裳嘛。"

伊斯多这才注意到自己皱皱巴巴的仿革命军装，不由咳嗽几声，"介意我四处看看吗？"

"当然不介意。接下来的几天，我猜你会在这里度过相当长的时间。我已经给了你访问外记忆的权限——当然某些隐私部分除外——请你尽管探索。"

伊斯多随手拿起安如放下的书。令人眼花缭乱的图片、视频和文字倾泻而出，飘浮在他周围。主角视角的视频、声音与噪声、一闪而过的优雅面孔和宏伟的大厅——

安如一把夺过书，动作突然变得很粗暴。他双眼凸出，苍白的脸颊上现出小块小块的红色。"我希望，"他咬牙道，"我希望你避开图书室里的东西。这里的许多书都……来之不易，而我对它们很有些独占欲。"他把书递给图书室智能机，对方将它放回书架。

伊斯多脉搏加快、满心震惊，想必表情中也有所流露，因为安如晃晃脑袋，朝他窘迫地笑笑，"抱歉，请理解收藏家的激情。我说过，这里对我是非常私密的地方。如果你的调查不涉及……学术追求，我将不胜感谢。"

伊斯多点点头，又眨了眨眼，赶走刚才的画面；他心脏仍在剧烈跳动。奥黛特脸上突然闪过冷硬的表情。伊斯多轻声道："我对历史从来没什么兴趣。"

安如哈哈大笑,笑声很古怪,像咳嗽。"也许我们都该多关注现在,对大家大概都有好处,对吗? 事实上,接下来的几天我正打算这样做。最后关头,我还有几件……人类的事务需要打理。"他再次握住伊斯多的手,"我对你有信心,博特勒先生。希望结果不会让我失望。"

伊斯多说:"我也希望如此。"

安如离开,伊斯多拿出放大镜开始检查。各种信息覆满房间表面:DNA痕迹、地毯的磨损模式、指纹和油渍、分子与微量元素。同时他接入房间的外记忆,在脑中打开一座由过去的瞬间构成的高塔,无止无尽。他快速瞬目,得知昨晚八点三十五分信已经出现,但几秒钟之前还不见踪影。而无论之前还是之后,屋里都没有人。他将记忆扩展到整座城堡:一个永远沉默的仆人站在这儿,另一个在那儿——还有一块阻断,藏起安如的卧房不让人看见。

他又看看信。没有自体组装的痕迹,这是真正的手工纸,或者完美的纳米技术仿品。即便是先进的异星技术,也很难想象大团如云雾般的纳米材料在几秒钟内凭空造出这封信来。再说这类行动需要极大的能量,肯定会在城堡的外记忆中留下许多痕迹。

"这些最明显的思路我们都试过了。"奥黛特坐在一把椅子的扶手上,她看着伊斯多,露出小女孩似的笑容,"我怀疑你的佐酷玩具能找到什么我错过的东西。"

伊斯多充耳不闻,他的所有精力都集中在图书室的地板和墙上。如他所料,它们都是混合了流积岩的玄武岩,十分坚固。他闭眼坐下。之前那本书的图像在眼前闪烁,让这个谜题更加扑朔迷离;他内心的一部分希望把它们也并入谜题,但最后还是作罢,集中关注那张便条。密室、神秘出现的物件——感觉几乎过于符合既定套路了。

他问奥黛特："你上一次为安如先生购物是什么时候？"

她用指尖碰碰嘴唇，"大概三周前。怎么？"

"我在想特洛伊木马。"伊斯多道，"有没有可能他买到了某种经过伪装的装置，里面包含微型智能机或者别的什么，能把信放到安如先生跟前？不过这么说的话，那装置也可以是很早之前就买到的，一直放在这里，直到被激活。"

"我看不大可能。"奥黛特说，"克里斯蒂安对自己购进的每样东西都非常小心，有专家帮他一起核查。再说就算有某种装置，肯定也会出现在外记忆里。"

"没错。"伊斯多好奇地看着她，"那么，你对此事有什么想法吗？"

"人家雇我可不是为这个。"奥黛特道，"但如果真要问我……嗯，这么说吧，在我受雇于亲爱的克里斯蒂安期间，他干过不少怪事，给自己写信根本不算什么。"她又笑了，这次的笑容比之前的显得苍老些，也更邪恶。"他很容易觉得无聊。为了你好，博特勒先生，希望你制造谜题的本领与解谜一样出色。也希望你当侦探的本事强过你穿衣打扮的本事。你的衣柜实在需要改进。"

那晚回到家，伊斯多还在想信的事。新的谜题像地图般在脑中缓缓展开，他发现自己太想念这种感觉了。

林肯定还没睡，厨房里亮着灯。他这才意识到从午饭到现在还没吃过东西，于是命令厨房造物机赶紧弄点儿烩饭。

造物机的胳膊在盘子上起舞，用原子波束绘制米粒。他一边看一边想着安如。有些东西不太说得通。奥黛特暗示说这是一出精致的闹剧。表面上看这理论似乎与所有事实相符,但它的形状又太不自然,无法接受。

他盯着热气腾腾的盘子看了几眼,最后决定保留饥饿带来的敏锐思维。他把盘子留在厨房的餐桌上,回到自己房间。

"今天很辛苦?"

琵可茜盘腿坐在他床上,正逗着绿怪物玩耍。

"你在这里做什么?你是怎么进来的?"过去几天,他特意将琵可茜排除在自己的隔弗罗之外。感觉就像局部麻醉,用麻木掩盖疼痛。

琵可茜拿起缠结指环。她的外表带着模糊的颗粒感,于是伊斯多明白她是纳米功能雾造就的影像。"你知道,这不仅仅是个通信工具。"她说,"我腻味了猜猜你男朋友在想什么的游戏。不过你能想出这么一出,也算是挺有创意了。"

"你——"

"开玩笑?对。换了别的佐酷人,多半会把这事儿看得挺严重,一定的。我喜欢这家伙,他有名字没有?"

"没有。"

"真可惜,应该有一个才对。也许从洛夫克拉夫特[1]的书里找一个吧。长触手的讨厌鬼,这屋里又不止他一个。"

伊斯多没接茬。

琵可茜问:"我猜你是太忙了,没时间说话?"

"也许我只是腻味了谈谈你心里什么感觉的游戏。"

琵可茜瞅他几眼。"明白了。本来我还替你设计了新的计分系统呢。每次你说一句真话就加一分,真实的情感流露则会解锁新

---

[1]霍华德·洛夫克拉夫特(1890-1937),美国恐怖、科幻与奇幻小说作家。触手怪是他的作品中经常出现的恐怖怪物。

成就。看来是白费了工夫。"她双臂在胸前交叉，"你知道吗，我其实可以请德雷斯朵帮忙，让他建一个小小的情绪反应模型，很容易就能知道驱动你的究竟是什么玩意儿。"

一个可怕的念头击中了伊斯多。"你跟这个赌王事件没关系吧？"他想描述安如的任务，可他的舌头不听使唤，隔弗罗不允许他进行这种程度的共享。不过凭他的感觉，这正是琵可茜会做的那种事：设计复杂的谜题来重建他的信心。他惊恐地意识到，这一假设有相当的可能性，绝非那种可以随手抛弃的臆测。

"我不知道你在说什么，"她说，"但你显然忙着重要的事。我来是为了告诉你，无论你在跟我玩什么游戏——而且相信我，无论什么游戏，我肯定都比你强——轮到你出招了。"

她消失了。缠结指环和绿怪物砰一声落到床上。小怪物仰面朝天，无助地挥舞着触手。

伊斯多说："我完全理解你的感受。"

他把它捡起来放正，怪物睁大眼睛，露出感激的表情。他躺到它身旁，盯着天花板看。他知道自己应该想想琵可茜，想想怎么补偿她，可他的思绪不断回到那封信上。信是物质体，它有来源。有人写了它，外记忆不可能不记录它的来历。也就是说，肯定能在外记忆里发现它的来龙去脉。除非——

除非外记忆本身就有缺陷。

这念头让他直眨眼。就好像说重力不是恒定保持在0.6g，或者明天太阳也许不会升起。但无论这想法如何奇特，都与谜题的形状吻合。非但如此，它似乎还仅仅是某个更大的形状的一部分；那形状潜伏在黑暗中，正好在他够不着的地方。排除不可能的情形，剩下的假设无论多么匪夷所思，一定就是真相。

有个冰冷的东西碰了碰他的脚趾，他不由得小声尖叫。原来是绿怪物在探索他毯子底下的世界。他把它捡起来,气哼哼地瞪它一眼。它无辜地挥舞触手。

"你知道吗,"伊斯多说,"我想我要管你叫夏洛克①。"

按照约定,奥黛特帮他挑选参加派对的服饰,两人在稳固大道花去了半天工夫。一个手指灵巧的店员为他量尺寸。庆祝的主题是命时,为伊斯多选定的服装以月亮日为基调,那是达里安历每周的第二天:黑色与银色。

奥黛特描述这套服装的基调时,伊斯多抗议道:"月亮不是女性吗?"

"克里斯蒂安考虑得非常周到,"商店将各种设计投射到伊斯多瘦削的身体上,奥黛特一面皱眉一面跟他说话,"我可不会跟他争论。我还从没能说服他呢。试试别的衣料,比如天鹅绒。"她微微一笑,"月亮也象征谜与直觉。或许这就是你对他的意义,也可能不是。"

那之后,伊斯多不再说话,乖乖接受裁缝温柔的折磨。

购物之后,他回到城堡,开始排除不可能的情形。他提出一系列假设来解释那封信的出现,每一种都比前一种更加复杂:从自体组装的纸到极端先进的隐形雾,足以愚弄无所不在的外记忆探测器。但一切都让他回到那个匪夷所思的结论上:外记忆本身有问题。

默工仆人给他送来清淡的午餐,他独自吃饭。对那位千年富翁来说,这是他在尊者身体里的最后一周,显然有很多事要忙,顾不上在已经启动的事情上花费太多命时。

①指福尔摩斯。之前那句"排除不可能的情形,剩下的假设无论多么匪夷所思,一定就是真相"就是福尔摩斯的名言。

下午,伊斯多考虑外记忆被篡改的可能性。他不停瞬目,过量的技术信息让脑袋抽痛不已:分布式普适通讯、量子公共密钥加密法、拜占庭将军问题[①]、共享的秘密协议。外记忆无处不在,它微小的分布式传感器存在于所有智能物质与非智能物质中,什么都逃不过它们的记录,从事件到气温起伏到物体移动到思想,而对它的访问完全由隔弗罗控制。但外记忆从一开始就设计成只读模式,还带有巨量冗余。侵入外记忆进行编辑,所需的纳米技术和计算资源远远超出了任何忘川公民的能力。

这念头将一股寒意送入伊斯多的脊柱:也许真的有某种外星力量瞄准了安如。

他到花园散步——花园里有个穿蓝外套的白发男子在侍弄安如的花,一个默工仆人给他打下手。之后他浏览了城堡里自己能够访问的所有外记忆,寻找其他漏洞。他坐在图书室的椅子里回忆。过去的一年安如生活规律,几乎像个隐士,只不时举办小型派对。偶尔还有蛇街的异国名妓到访,让伊斯多不由好奇,不知道阿德里安·吴会怎么报道自己这位新雇主。但绝大多数时间,安如都一个人过日子:接待古玩商人,独自用餐,在图书室度过无数个小时,沉浸在自己的研究中。

他几乎已经准备放弃了——细节太多、无法一次吸收。就在这时,他想起了安如正在读的书《伊斯迪斯伯爵人生投影》,决定将它的记忆做个交叉检索。安如最后一次读它是在四周前,而在记忆中——

他花了好几秒钟才回过神来,然后一跃而起,去找奥黛特。她正在城堡东翼一间小办公室里检查派对的准备情况。一大堆临时简版邀请函环绕在她身边,仿佛一群凝固在时间中的小鸟。

[①]一个涉及计算机和网络算法的经典难题。

"我要见安如先生。"

"恐怕不可能。"她说,"克里斯蒂安只剩几天时间了,除非有他的指示,否则这段时间他都要按自己喜欢的方式度过。"

"我有些问题要问他。"

"博特勒先生,如果我是你,我会在他这出戏里好好扮演自己的角色,别再横生枝节。"她碰碰空中的一张虚拟资料,它变成年轻女人的面孔。奥黛特端详着那张脸,笔尖轻触自己的嘴唇。"人生投影艺术家。"她说,"我觉得这个人选不搭调。有时我觉得我该去学音乐。组织派对很像谱曲:考虑不同的乐器如何互为补充。在我眼里你也是乐器,博特勒先生。克里斯蒂安让我做他最后一天的指挥。所以拜托你,把你的惊人发现留到派对上。我经常听说喜剧的关键就在于时机。"

伊斯多两臂在胸前交叉。"我也听过一个说法。"他说,"悲剧是我踩了香蕉皮,而喜剧是你掉进洞里摔死了。我很好奇,如果多花点工夫调查你,我会有什么发现?"

奥黛特与伊斯多对视良久,最后她说:"我没什么可隐藏的。"

伊斯多微微笑着,一言不发。她首先转开了视线。

"好吧,"奥黛特道,"来点轻松的娱乐,对他大概也没坏处。"

安如在城堡的诸多画廊之一里接待他,穿的是晨衣,神色阴沉。伊斯多看见有人沿走廊离开,隔弗罗的模糊效果全开,也不知自己打断了千年富翁的什么活动。

"博特勒先生,听说你有所发现?"

"对。我确信你的担忧是有根据的,某种异星力量在捣鬼。我会帮助你,为派对做足准备。"

"你不认为是我自己写了那封信? 我猜我该感谢你没有赞同

奥黛特的观点。"安如道,"还有吗?"

"没了。本地的外记忆被篡改过,只不过我还无法确定对方是谁、用了什么手法。但我想跟你谈的不是这个。"

"噢?"安如扬起眉毛。

"我检查了外记忆,寻找漏洞,结果发现你经常研读《伊斯迪斯伯爵人生投影》,于是我回到了它第一次出现的时候。我明白这或许是滥用了你给我的权力,但我感到必须这样做:从所有可能的角度去研究案子的每一个要素。"

"当真。"

"我注意到了你对文本的……反应。"当时的安如尖叫着将书扔向房间对面,还把书架上的其他书扫到地上。暴虐从他单薄的身躯中向外喷涌,驱使他将星象仪掀翻在地,最后他瘫倒在自己读书的椅子里。"据我推算,之后不久你就决心提前成为默工。当时你看见了什么?"

安如叹口气,"博特勒先生,或许我该澄清一件事:你要进行的不是普遍的调查。我并未授权你窥探我的私生活,或者打探我行为的原因。我感到有威胁,而你只需保护我的财产和我本人不受它伤害就行。"

"你雇佣我是因为你希望解开一个谜,"伊斯多说,"而我认为那不仅仅是那封信。我还瞬目了伊斯迪斯伯爵。"

"那么,你发现了什么?"

"我一无所获。外记忆里没有伊斯迪斯伯爵。对于大众来说,他并不存在。"

安如走到画廊的大窗前,向外眺望,"博特勒先生,我承认我对你并不完全诚实。我内心有一部分一直期待你能像现在这样,靠自己的力量发现某些事。"他将苍白的手放在玻璃上,"只要一个人变得非常富有，就会发生一件怪事，哪怕在我们这种财富几乎完全是虚拟的社会里。你会发展出一种唯我论：世界臣服于你的意志，一切都变成你的映像。一段时间过后，当你看着自己的眼睛，你只会觉得无聊。"

他叹口气，"于是我希望寻找更加坚实的土壤，在过去、在我们的起源与历史中寻找。我们这代人里，恐怕没几个人像我一样，为了王国与革命的研究花费如此多的心力。

"起初，这是完美的逃避。历史比我们如今的平淡存在丰富多了：真正的挣扎、真正的邪恶、理念战胜压迫、绝望和希望。比如密谋反抗暴君的伊斯迪斯伯爵。戏剧、阴谋，还有革命！我向命时乞丐购买了他们的记忆，所以我记得自己身在现场，身处哈马基斯峡谷，用钻石的爪子撕裂王国显贵的身体。

"但很快我就发现事情不对劲。越往深处挖掘，不一致的地方就越多：黑市商人出售的人生投影中出现了我从未听说的人、彼此相互矛盾的记忆……伊斯迪斯的人生投影是我第一次恍然大悟，而你……你看见我当时是什么反应了。"

安如双手捏成拳头。

"我丧失了对过去的信心。过去有问题，我们所知的东西有问题。所以我才不愿你研究图书室里的文本。我不愿任何人遭遇我经历的这种幻灭感。或许早先的哲学家说对了：我们所在的仅仅是个模拟世界，我们不过是超人类神祇的玩物罢了。或许索伯诺斯特早已赢了，费德罗夫的梦是真的，我们只是记忆而已。

"如果你不再能相信历史，你还有什么理由在意现在？我不想再理会这一切了，还是当默工去吧。"

"肯定有合理的解释。"伊斯多说，"或许你遇到了赝品，或许我们应该调查你图书室里那些文本的来源——"

安如意兴阑珊地挥挥手，"已经没关系了。等我离开以后，你自己决定怎么处理我告诉你的这个情况吧。我只要最后一刻的完美，然后结束。"他微微一笑，"不过我对赌王的看法没错，真是太好了。这次的遭遇想必会极富趣味。"他碰碰伊斯多的肩膀。

"我很感激，博特勒先生。我一直想跟谁谈谈。奥黛特对我很重要，但她不会理解的。她只活在眼前这一刻，其实我也该尽量这么做。"

"谢谢你的信任，"伊斯多说，"但我还是觉得——"

"这事儿咱们不再提了。"安如坚定地说，"现在你只需要操心派对和我们的贼。说到这儿——有什么安保措施需要奥黛特安排的吗？"

"我们可以要求客人在入口处彻底打开隔弗罗，或者在花园设置一系列广场——"

"多么粗鲁！绝对不行！"安如大皱其眉，"被贼偷是一回事，没风度绝不可以。"

10. 窃贼与第二次初次约会

我们再度初遇时,蕾梦黛正在游乐场旁吃午饭。乐谱摊开在她大腿和长凳上,她一面研究一面咬苹果,动作有些凶猛。

我说:"打扰一下。"

她每天都来这儿,从小小的临时物质袋子里拿出食物、匆忙吃掉,就好像不能允许自己享受片刻的安宁,否则就会内疚似的。她看着孩子们玩耍:大孩子跟猴子一样,在高处复杂的攀爬架移动;学步的小孩儿在沙坑里,玩着圆滚滚、五颜六色的合成生化玩具。她坐在凳子边缘,优雅的长腿用不舒服的姿势交叠着,仿佛随时准备跳起来逃走。

她皱眉看看我,隔弗罗打开一点点,露出棱角分明的骄傲脸庞以及脸上冷峻的神情。不知为什么,这让她显得更美了。

"什么事?"我们交换隔弗罗问候,简短而疏远。得自魂灵儿盗版者的分析引擎开始扫描,搜寻突破口,不过并无收获。暂时。

之前,我和培蜩宁在广场和外记忆里不断搜索她,过了好几个钟头,总算找到了,鲜明的记忆蓦地出现:一个女孩,穿着整齐的白色短裙和衬衣,迈着果断的步子穿过广场。她脸上没有火星人在公共场合那种面具式的表情,她看上去很严肃,沉浸在自己的思绪中。

前一天,我偷了她一张乐谱,用的是另外一张脸。现在我举起乐谱。

"这应该是你的吧?"

她迟疑着接过乐谱,"谢谢。"

"肯定是你昨天丢的,我在地上捡到了。"

"真巧。"她还在戒备,她的隔弗罗甚至没有透露她的名字。假如我不是早就认识她,谈话结束后我就会忘记她的脸。

她住在尘区边缘,工作跟音乐有关;她生活很规律,衣着简朴,而且保守。我觉得奇怪:这一切都跟那张照片上的笑容不符。不过二十年间可以发生很多事。不知她最近当过默工没有——这种经历常常促使年轻的火星人过于积极地囤积命时。

"很不错。"

"什么意思?"

"音乐。乐谱是模拟版,所以我忍不住读了。"我提供了一点点隔弗罗,她接受了。好。

"我叫拉乌尔。抱歉打扰你,不过我一直想找个借口跟你讲话,已经很久了。"

培蝴宁耳语道:这招没用。

当然管用。女人对好故事向来没有抵抗力。公园长椅上的神秘陌生人,她不喜欢才怪。

"唔,很高兴你找到了。"她说。又一点儿隔弗罗:她有男朋友。该死,不过咱们等着瞧,看那家伙能制造多少麻烦。

"有人资助你吗?"隔弗罗阻挡,"抱歉,我无意刺探,只是想知道你的乐谱是什么内容?"

"歌剧,关于革命的。"

"啊,这就说得通了。"

她站起来,"我要见一个学生去了。很高兴认识你。"

瞧见没有,培蝴宁道,完蛋了。

她的香水带着一丝松树味,直接刺激到我的扁桃体,引发了对一段记忆的记忆:肚皮区的一家俱乐部,在玻璃地板上与她共舞到天明。那是我第一次见到她的时候吗?

"清唱部分有点儿问题。"我说。她迟疑了。"如果你跟我共进晚餐,我就告诉你怎么解决。"

她从我手里拿过乐谱,"我为什么要听你指点?"

"不是指点,只是建议。"

她在打量我,我露出新版的最迷人笑容。我在镜子前练了好久,让它适应这张新脸。

她把一缕黑发拨到浅色的耳垂上,"好吧,只要你能说服我。不过去哪儿吃饭由我定。"她给我一段共同记忆,是革命纪念碑附近的一个地方。"去那儿等我,七点。"

"成交。你说你叫什么名字来着?"

"我没说。"她起身穿过游乐场,鞋跟咔嗒咔嗒敲打人行道。

偷儿去城里寻爱时,米耶里强迫自己审讯瓦西列夫。

摄魂枪子弹不比大头针的平头大,里面的计算能力也就刚够容纳人类等级的大脑。

她用宝蓝材料做了个盒体,让它陷入沉睡状态,然后拿在手里掂量,把它抛起又接住。重力于她依然陌生。即使这样一个小东西也沉甸甸的,仿佛失败。手心不断传来轻微的撞击感,一次又一次。

这是战争。她告诉自己,他们挑起的。我还能怎么办?

酒店房间似乎太小、太憋闷。她发现自己走出了酒店大门,手里依然捏着子弹。稳固大道她已经很熟悉了,她在下午懒洋洋的空气中闲逛。

或许烦躁源于偷儿的生理信号。自从偷儿企图逃跑,她就不敢再压抑它——尤其是现在,自己勉强同意了他改变面孔和精神构造。于是她不得不随时体会他的激动,这感觉就像幻想中的痒处,怎么都搔不到。

她停下来吃饭。火星的食物味道厚重。为她服务的是个年轻男人,不停地朝她微笑,抛给她饱含暗示的共同记忆。最后她只好用隔弗罗把自己包裹起来,这才清静了。她吃的东西叫砂锅炖肉豆,吃完她觉得肚子鼓胀、沉甸甸的。

她问培蝴宁:"那边进展如何?"

飞船道:他刚刚说服她同意跟他第一次约会。

"好极了。"

你听起来不够激动啊。你的职业素养呢?

"我得单独待会儿。帮我看着他。"

没问题。其实你该自己跟着他,挺好玩的。

米耶里切断了链接。好玩。她继续散步,努力模仿那个白衣火星女人轻快的步伐,同时暗自希望自己能再度飞行。过了一阵,天空似乎变得太过辽阔。离她最近的建筑像是座教堂,她走进去寻求庇护,以躲开天空。

她并不认识这里崇拜的神祇,也不感兴趣。但天花板的拱顶很高,让她想起奥尔特伊尔玛塔神庙的开阔空间,想起空气与空间女神以及女神的冰洞。她感到似乎应当轻声吟唱一曲祷词。

空气母亲,赐我智慧,
天空之女,予我力量。

助孤儿找到回家的路，
领迷失的鸟儿前往南方之地。
原谅手上沾染血污的孩子，
原谅毁损你造物的可怜人，
那丑陋的行为、与更加丑陋的念头，
那玷污了赞歌的创口与伤痕。

　　不断重复的忏悔让她想起家乡，想起席丹。于是，接下来要做的事显得容易些了。她静静坐了一会儿，然后回到酒店、拉上窗帘、拿出摄魂枪的子弹。
　　她命令瓦西列夫大脑："醒醒。"
　　这是哪儿？啊。
　　"你好，安娜。"
　　是你。
　　"对。始祖的仆人。"
　　瓦西列夫大脑笑了。米耶里给了它声音，不是孩子的声音，而是瓦西列夫的声音，男性，低沉平滑。这也能让事情更容易些。大脑说："那个人根本不是始祖。他很机灵，骗过了我们。但他不是陈，不是契特拉古波塔。"
　　【萨沙·契特拉古波塔：索伯诺斯特始祖之一灵魂工程师的本名。】
　　"我指的不是他。"米耶里轻声道，"你完了，"她说，"因为你阻挠了共同盛业。但出于仁慈，我给你一次机会，在永恒的遗忘之前凭自己的自由意志回答我的问题，以此赎罪。"
　　瓦西列夫再次大笑，"我才不关心你为谁效劳，你只是个可怜的仆人罢了。想找到我大脑里有什么，干吗浪费言语？只管动手好了,别拿你的唠叨浪费始祖的时间①。"

米耶里满心厌恶地关闭了那东西的声音,从自己的超脑皮质拉出外科医生魂灵儿,下令动手。医生先用沙盒②将瓦西列夫困住,然后开始切割:将各种较高级的意识功能分离开来,施以奖赏与惩罚。这个过程就像雕刻的邪恶变种:不是寻找隐藏在石头中的形象,而是将石头打成碎片,再将碎片重新组合成别的东西。

医生魂灵儿刺激神经元群,进而联想学习,最后输出冰冷的读数。过了一会儿,她关闭了输出,刚奔进浴室便吐了出来:尚未消化的午餐,散发着恶臭。

之后,她回到瓦西列夫处,满嘴酸味。

"你好啊亲爱的,"它用古怪的、欣快之极的语气道,"能为你做点儿什么?"

米耶里说:"首先,告诉我关于赌王若昂的一切。"

蕾梦黛不但迟到,还特意跟一个男人手牵手穿过小广场。那人高大帅气,一头狮鬃似的头发,比她年轻些。他给了她一个道别的吻,那以后,她才朝我挥手。她坐下时我起身为她拉开椅子。她略有些倨傲地接受了这个姿态。

我一直坐在餐馆的取暖器旁。她选的这家小餐馆挺奇怪,外面是光秃秃的玻璃门和不起眼的招牌,里面却色彩斑斓,摆满各种舶来品:玻璃眼珠、装在罐子里的异星动物标本,还有艳丽的油画。我一直在回放我们上次见面的场景,分析她对什么有反应——不是神秘感,而是斗嘴取乐。于是我微调了我的外貌,让自己

---

①瓦西列夫是始祖之一的拷贝,故有此言。

②计算机术语,用于运行可能出现问题的程序的模拟环境。作者在此借用了这个概念。

显得更淘气。变动不剧烈,完全可以归结于隔弗罗的敞开程度。这应该能让她笑容的温度再升高些。

"课上得如何?"

"不错。一对年轻夫妇的女儿,很有潜力。"

"潜力就是一切。就像你的音乐。"

"不全是。"她说,"我一直在想,你不过是吹牛罢了,那段音乐根本没问题。告诉你吧,这里是忘川,而我是个美貌的姑娘,也就是说搭讪的事随时都有。"她昂起头,任头发披散下来,"神秘的陌生人、偶遇。开什么玩笑,太老套了。"

她飞快地向侍应智能机点了菜。

我说:"菜单我还没看完呢。"

"看什么看,点照烧斑马,味道棒极了。"

我两手一摊,"好吧,我还以为这里的人就是这样接触姑娘呢。那你为什么答应跟我见面?"

"也许是我看上你了。"

"也许。"

她从装开胃菜的碗里挑了枚橄榄吃了,朝我挥舞牙签,"你很有礼貌,你的隔弗罗操作不当。所以,你显然是别处来的。这种情形总是很有意思。我答应赏脸吃饭,所以你现在欠我个人情。有人欠人情债总是件好事。"

见鬼。我查询盗版者的引擎。它还在努力寻找她隔弗罗上的裂缝,没什么成果。她的本领显然比它强。

"我认罪。我的公民身份是买来的。我来自谷神星,在小行星带。"她扬起了眉头。火星的公民身份很难买到,通常需要民声裁决。但魂灵儿盗版者似乎为这个身份设置了无懈可击的背景故事,还在各处外记忆里做了布置。

"有意思。为什么选这儿?"

我指指周围,"你们有天空,你们有整个星球。你们在这里做出了了不起的事情,你们有梦想。"

她看着我,眼神跟看午餐苹果一样淡漠。有片刻工夫,我还以为我会落个午餐苹果一样的下场:咬一口尝尝,然后扔掉。"很多人都这么想。不过别忘了,之前还有一场可怕的内战,我们杀死了奴役我们的奴隶主,还弄出了能自我复制的杀戮机器虎怖机,它们摧毁了那些奴隶主的地球化改造的所有成果。"她微微一笑,"话又说回来,梦想总是有的吧,在什么地方藏着呢。"

"你知道,至今还没人告诉我虎怖机攻打得是否频繁——"

"你是说攻击卫墙?那要看情况。大多数时候,你根本意识不到它们的攻击,就算知道,也不过是远处的隆隆声罢了。那些事儿自有默工负责。当然,有些孩子会搭滑翔机去看热闹。我年轻时也去过,很壮观。"

她给我的共同记忆让我猝不及防:智能物质滑翔机,雪白的翅膀;下方是满地的雷与火,橙色尘埃中炫目的激光轨迹;雪崩似的黑色物体突破了默工部队;震得人头晕眼花的爆炸。还有人跟她在一起,爱抚她,吻她的脖子——

我深吸一口气。魂灵儿盗版者的分析引擎抓住这段轻佻的记忆,开始用力搅动。

"怎么了? 你好像很迷惘。"

我发现食物已经上桌,香喷喷的气味把我从记忆中拉出来,让我因感官过载而喘息不已。侍者是个深色皮肤的男人,一口闪亮的白牙,满面堆笑。蕾梦黛朝他点点头。

我说:"这里本来就是个叫人迷惘的地方。"

"有趣的地方大都如此。那篇被你诸般挑剔的音乐,我希望也能这样。"

"你想让听众心脏病发作吗?"

她哈哈一笑,"不,我意思是,我们自己也很迷惑。革命的梦想、重建地球、应许之地,所有这些都很美好,其实却没这么简单。梦里还混杂了许多内疚。而年轻一代的想法又有所不同。我当过默工,一次已经够受了。而那些比我更年轻的火星人,他们看见佐酷人来到这里,还有你这样的人。他们不知道该怎么想。"

【内疚:火星人认为唯有自己还保持了相对自由的生活方式,只有他们作为人类幸存下来,所以感觉幸运的同时,也会觉得内疚。】

"那是什么感觉? 当默工?"我尝尝食物。斑马肉确实很棒,肥美多汁。她的品位不错,也许是跟我学的。

她把一片面包弄碎在盘子里,沉吟半晌,"很难解释。非常突然:命时耗光,转变就发生了。复活师只是过来带走你的身体,但你的人已经过去了。就好像心脏病发作。突然间,你大脑的运作方式改变了,你的身体改变了,感官也变了。

"不过震惊过后其实也还好。精力完全集中在自己的工作上,集中注意力总是很愉快的。你与生俱来的一切都变了。你不能讲话,但你有许多白日梦,可以与其他默工分享。而且你很强大——当然,这要看你最后被装进哪种身体。那种感觉……令人陶醉。"

"默工有性生活吗?"

"你自己去发现吧,异星小子。"

"反正听起来不算太糟。"

"这个体制大家一直争论不休。许多孩子认为这种争论只是出于内疚,因为民声从未收到希望推翻默工系统的提议。你完全可以问为什么:为什么我们当初不能换个方式? 为什么不能用智能机来完成所有的工作？[1]

"但事情没这么简单。你回来之后，有段时间状态会很糟。你照镜子，看见的是另一个自己。你想念那个自己。你们永远不会真的分开，就像连体双胞胎。"

她端起酒杯——酒也是她选的，道谷苏维翁。我隐约记得它有些催情的作用。她说："为迷惘干杯。"

酒味香浓厚重，透出丝丝缕缕的桃子和忍冬气息。它还带来一种怪异的感受，像怀旧与初生的爱恋的混合物。在某个地方的镜子里，过去的我想必正在微笑。

"他们想要他。"瓦西列夫热切地说。每次回答问题，医生魂灵儿都会刺激它的快感中心。这种做法也有其缺点：它回答时会故意拖延时间。

"谁想要他？"

"幕后推手。他们统治这里。他们承诺用灵魂跟我们交换他，我们想要多少都行。"

"他们是什么人？"

"他们通过其他的嘴跟我们说话，跟始祖有时候的做法一样。我们说好啊，可以啊。干吗不跟他们合作呢，反正到最后，共同盛业会把他们全部吞掉，所有人都会匍匐在费德罗夫的祭坛前。还有，我们可以回博物馆去看大象吗？"

"给我画面。"

但瓦西列夫死机、瓦解了。米耶里一边咬牙切齿，一边载入之前的版本，命令医生从头开始。

---

[1]幸存者的内疚随时折磨着忘川人，所以他们选择默工的方式，亲身从事苦工。

晚餐发展到甜点，又发展到乌龟公园散步。我们一直在交谈，她的隔弗罗一点点敞开。

她来自卡塞谷的一个缓行镇。年轻时疯得很，大把浪费命时，最后才安定下来（跟一个比她大得多的男人）。她对我那笔人情债记得很牢，逼着我跟一个穿白围裙的姑娘买冰激凌，口味还得由她挑。那是种怪异的合成味道，我连名字都叫不出来。有点儿像蜂蜜加西瓜。她分享的点滴小事，我都尽量先品味片刻，然后才扔进盗版者分析引擎饥饿的大嘴。

我们拿着甜筒到王国风格的喷泉边坐下。她说："我想写歌剧，写点儿大场面。革命、忘川都很大，却没人正面描写它。我要某种宏伟的东西，要有魂灵儿盗版、佐酷、反抗和噪声。"

"忘川朋克。"我说。她莫名其妙地看我一眼，然后摇摇头，"反正我想做的就是这个。"从这里我们能看见公园对面的蒙哥菲区①，那边全是系绳索的气球住宅，像五彩水果般撒在地平线上。她望着它们，满脸渴望。

我问："你想过离开这里吗？"

"去哪儿？ 我知道，可能性是无限的。我当然想过。但在这里，我是小池塘里的大鱼，我喜欢这样。在这里我可以稍微改变世界。在外头——我不知道。"

"我明白这感觉。"奇怪的是我真的明白。留在这里、在人类的水平上做点儿什么、创造点儿什么，这念头很有吸引力。他来这儿时肯定也是这样想的吧。或者也可能是她让他这样想的。

"当然，我还是会好奇。"她说，"也许你能让我看看那里是什么样，我是说你来的地方。"

———————————
①蒙哥菲兄弟是热气球的发明者。

"恐怕它并不十分有趣。"

"来嘛,我想看。"她抓起我的手捏了一下。她的手指温暖,粘了冰淇淋有点儿黏糊糊的。我扫描自己破碎的记忆,寻找图像:奥尔特的冰城堡,彗星加上聚变反应堆,闪闪发亮,还有长翅膀的人在后面追逐它;超限城,建筑物的体积堪比行星,拱顶、塔楼和窟窿向天空升起,与土星环交汇;小行星带,野生的合成生化物覆盖其上,到处是珊瑚色和秋天的颜色;还有内太阳系的固伯尼亚大脑,一个个装饰着始祖面孔的钻石球体,极度复杂的内部充斥着不死的生灵。

很奇怪,与她一同坐在阳光下,假装弱小的人类,这片刻的光阴似乎比那一切都更加真实。

她闭眼品尝我的记忆,"我不知道是不是你瞎编的,"过了一会儿她说,"但应该给你一点点奖励。"

她吻了我。刚开始我还想分辨她的冰淇淋是什么口味,然后就迷失在与她唇舌相触的感觉里。她传给我一段挑逗的共同记忆:她眼中的这个吻,翻转的视角。

魂灵儿盗版者的分析引擎在我脑中发出兴奋的呼喊:它找到了一段回路,一段关于我的回忆,相当于她的隔弗罗上出现了一个漏洞,通向无穷无尽、似曾相识的既视感:另一个吻,很久以前,叠加在这个吻上——现在与过去嵌合。但我不理会盗版引擎胜利的咆哮,只管回应她的吻——在过去,也在此刻。

"跟我讲讲义人。"米耶里说。她本可以把任务交给魂灵儿医生,但这种手段实在太下作,她至少应该亲自承担起这份责任。她有这个勇气。

"畸变体,"瓦西列夫伤心地说,"我们最可怕的敌人。佐酷技术。幕后推手和佐酷殖民地在暗中争夺权力，义人就是武器。量子技术。作秀。这里的人信任他们。我们逮到机会就暗杀他们，不过他们的警戒做得不错。"

"他们是谁?"

"缄默、冷酷、高效、未来主义者、极速、调笑①。"瓦西列夫显然十分兴奋，抛出一连串生动的名字和图像：一个披蓝斗篷戴面具的人、一团红色的模糊效果、行动速度跟金星上的迅捷体一样快。推测的身份、可能的目标、广场的画面和破解的外记忆。

"绅士。"戴银面具的男人。而在面具背后——

"哦，不，不，"米耶里悄声道，"愿黑神把我逮了去。"

她赶紧联系偷儿，生理信号链接却默然无语。

过了很久，我们终于回到她的公寓，一路哈哈大笑、跌跌撞撞，有时停下来，裹在隔弗罗的模糊效果里接吻，有时就在光天化日之下拥吻。情欲混合了内疚，混合了怀旧，这杯情感的鸡尾酒让我沉醉，推动着我，让我像一颗子弹一样向前飞驰。而在弹道尽头，我会一头撞上坚硬而无情的现在。

她的住处在城市表面以下，是那种倒转的塔楼。搭电梯下楼时，我吻她的脖子，两手伸进她衬衣底下，抚摸她光滑的腹部。她在笑。而盗版引擎抓住我们允许彼此记得的每次碰触、每次相互分享的爱抚，朝她隔弗罗深处无情地挖掘。

进了屋，她从我怀里挣脱出去，一根手指贴上我的嘴，"既然我们决定要记住这一刻，"她说，"那就要让它真正值得回忆。随便坐，我去去就来。"

我坐在沙发上等她。公寓的天花板很高，架子上既有火星艺

---

①和下面的绅士一样，都是义人的代号(战名)。

术又有老地球的工艺品。看起来很眼熟。一个玻璃匣子里放了一把老式手枪,左轮手枪。我不由得想起了监狱,顿时浑身不自在。屋里还有书和一架旧钢琴,桃花心木表面,与满屋的玻璃和金属呈鲜明的对比。她允许我看见并记住所有这一切。我能感觉到魂灵儿盗版者的分析引擎渐渐逼近临界点,几乎马上就能吸取她的全部记忆。

音乐响起,起初仿佛耳语,之后渐渐响亮。是钢琴曲,美丽的调子,不时被故意制造的不谐和音打断。

"那么,告诉我,拉乌尔。"她换上了黑丝睡裙,端着两杯香槟坐到我身边,"我的音乐到底有什么不妥?"我们脚下,好几千默工在蓝色的夜里移动,大大小小的柔和光点仿佛倒转的星空。

我说:"妥当极了。"我们碰杯,她的手指轻抚我的手。她又吻了我,故意放慢速度,她的一只手碰碰我的太阳穴。"我想记住这一刻。"她说,"我要你记住这一刻。"

柔软温暖的身体落在我身上,她的香水仿佛松木林,她的头发撩着我的脸,就好像——

雨,同艾萨克拉比喝醉了酒,在雨里唱歌,半夜晃回家,把她拉到门外跟我一起看云,雨水打湿了她的头发。

音乐在我们周围旋转,我记起了——

她第一次为我弹奏的模样,我们刚做了爱,她赤裸身体,黑白琴键上的手指轻盈而舒缓。

她的手指描绘我胸口的线条——

地图与绘画、建筑、契合的形状、无数个小时;她拾起一张草图,告诉我说它们就像音符。

她说:"告诉我。"

我告诉她做贼的故事,告诉她沙漠里那个想当园丁的男孩的故事,告诉她我想创造新的生活,而让我吃惊的是,她没有逃走,只是笑了。

很柔和。

就像在花哨的帽子里跳舞的猫,猫爪那么轻柔,穿靴子的猫[1],就像来自梦中,在一座城堡的走廊里——

蕾梦黛尖叫:"该死的混蛋。我简直不敢相信,你这该死的混蛋!"

"现在"是一瓶香槟,撞碎在我头上。我昏迷了片刻。视觉恢复时,我躺在地板上。她站在我身旁,握着一根旧手杖。

"你到底!知不知道!自己做了什么?!"

她的脸是一张银色面具,她的声音变成了另一副沙哑的嗓音。正想找警察呢,义人就来了。这个迷迷糊糊的念头刚刚浮出脑海,米耶里破窗而入。

米耶里用自己的翅膀敲碎了仿真玻璃。碎片在房间里以慢动作翻滚,宛如雪花。超脑皮质源源不断送来信息。偷儿在这儿、义人在那儿,后者柔软的人类血肉内核被一片战斗功能雾所包裹。

寻找偷儿的时候,她再也顾不得保持什么低调。她命令培蝴宁再次冒着被发现的危险,运行WIMP[2]扫描,找到生理信号丢失的地点。之后她隐藏在隔弗罗里冲天而起,一面飞一面浏览飞船提供的档案。寻找真相所花的时间似乎永无止境,但最后,她发现那女人带偷儿回家了。这个结果并没让她吃惊。

她想抓起偷儿赶紧离开,但义人的纳米功能雾速度更快:它用一层厚实的凝胶包裹了她的翅膀,还想挤进她肺里,堵塞摄魂枪的

---

① 《穿靴子的猫》,法国作家夏尔·佩罗的童话作品。

② Weakly interacting massive particles,大质量弱相互作用粒子,目前还是一种理论假说,暗物质很可能由它构成。

枪眼。米耶里用失明/眩晕模式发射了一颗Q粒子。Q粒子爆炸，仿佛微型太阳。但功能雾仍在前方。它变成不透明的白云，包裹住了微型太阳，从中溢出的光线不比一盏灯多。米耶里翅膀的废热辐射器也被堵塞了，她只能重新回到慢速时间模式。

义人的攻击打中了她。经过功能雾增强以后，这一击的感觉就像奥尔特彗星的撞击。米耶里撞穿了一整面玻璃架子和其后的墙壁。穿墙而出时，石膏和陶瓷的触感仿佛湿漉漉的沙子。她的盔甲在尖叫，一根经过强化的肋骨居然折断了。超脑皮质将痛楚钝化，她从一片废墟中站起身来。这里是浴室，浴室镜子里映出义人的形象：一个穷凶极恶的天使，恶狠狠地瞪视着她。

新一轮攻击。她竭力阻挡，但凝胶流动着缠住了她的胳膊。义人站在她够不着的地方，其意志由纳米功能雾延伸开来，形状变幻莫测。米耶里仿佛在跟鬼魂搏斗。她需要空间。她从大腿的核聚变反应堆导出能量，注入翅膀里的微型风扇。猛烈的大风开始咆哮，功能雾随风飘散。她抓住一把雾气吞下肚子里，命令一个魂灵儿来处理。很好。过时的战争功能雾协议。魂灵儿需要些时间才能找到正确的反制手段。

翅膀的废热辐射器清理完毕，她抛掉大量废热，让自己进入快速时间模式。现在的她闲庭信步般接近义人，功能雾触须悬在空中，在她经过强化的眼睛里仿佛一缕肥皂泡。她低头闪过这些静止的触须。义人仿佛戴银色面具的雕像。米耶里挥拳，专门选了人类脖子底部那块柔嫩的地方，力道正好让对手昏迷——

但拳头穿过的仅仅是一幅功能雾构成的影像。

哥德尔[1]攻击，像一百二十分贝的扩音器抵住耳膜。基因算法

---

[1]库尔特·哥德尔(1906－1978)，数学家、逻辑学家和哲学家，维也纳学派成员，提出了哥德尔不完备定理。

病毒大举入侵她的系统,企图绕过机械部分直达人类的大脑。反制雾气的魂灵儿哼哼着说了句什么,她将它发射到纳米功能雾里,随即关闭自己体内的所有系统。

突然降为脆弱的人类,这种感觉活像重感冒。有片刻工夫,她被功能雾触须抓住,毫无抵抗之力,翅膀软绵绵地耷拉在背上。但紧接着,反制手段一口咬下,功能雾爆炸成惰性白色粉末。她摔倒在地,血肉之躯喘息着,咳嗽着。

彻底的毁灭统治了房间,到处是破碎的家具、玻璃和失去生命的纳米功能雾。义人握着手杖站在中央,但现在的她也只是人类而已。她的反应速度倒是值得赞赏:她迈着剑道士那种小碎步,高举手杖朝米耶里冲过来。

米耶里并不起身,顺势给对方一记扫堂腿。戴银色面具的女人只是轻轻一跳,在低重力环境下高高跃起,手杖朝米耶里挥出一击。米耶里滚向一旁,继而一个筋斗翻身起来。她朝义人挥拳,却被手杖狠狠挡开——

"住手!你们俩都住手!"偷儿叫道。

他拿着武器。原始的金属武器,太大了,拿在他手里显得十分可笑。但它显然很危险,而且他瞄准时的神情也十分坚定。当然,他在监狱有大把时间练习使用火器。义人的攻击之后,她的系统全面瘫痪,对他身体的遥控也一并完蛋了。不出所料。

"我建议大家都坐下——如果你们还能找到坐的地方。然后我们可以像文明人一样,好好谈谈这个问题。"

蕾梦黛说:"其他义人很快就会赶到。"

我的脑袋嗡嗡作响,还得努力压抑咳嗽的冲动:屋里的粉尘实在呛人。就算这样,虚张声势我还是听得出来的。"不,不会有人来。我猜米耶里干掉了你那可爱的功能雾,而你也把她打了个稀里哗啦——因为我还能走路说话。说实话,既然她没法控制我了,我应该撒腿就跑,只是我那该死的荣誉感偏偏不同意。"米耶里冷哼一声,我挥挥手枪,"找地方坐下。"

有支香槟杯奇迹般地躲过了毁灭的命运,我一面监视米耶里,一面抿了口香槟。喉咙稍微好受了些。我在一块墙面的碎片上坐下。米耶里和我的前女友互相打量片刻,各自慢慢坐下,选的位置都是既能监视对方,又方便监视我。

"那个,有女人为我打架,实在让我受宠若惊。不过请相信,我这人不值得。"

蕾梦黛道:"至少在这一点上我们意见一致。"

你知道,培蝴宁说,我虽然在大约四百公里的上空,但如果你不扔掉那把枪,我照样可以烧掉你的手。

喔。

拜托。这是古董,多半根本不能用。我只是唬唬她们。请别告诉米耶里。我想解决问题,不想让任何人受伤。拜托,拜托?

飞船是高速思维的魂灵儿,可这么简单的请求它竟考虑了老半天,害我心惊肉跳。好吧,最后它说,一分钟。

又是时间限制。你比她还难缠。

"蕾梦黛,这是米耶里。米耶里,这是蕾梦黛。我和蕾梦黛曾经是一对儿;米耶里呢,总是把我当对手。不过我欠了她一笔口头债务,所以我并不抱怨。不经常抱怨。"我深吸一口气,"蕾梦黛,这跟私人恩怨没关系,我只是想找回过去的自我。"她翻个白眼。现在的她是那么眼熟,熟得让我心痛。

我转向米耶里,"说真的,拼个你死我活,真有那个必要吗?一切都尽在我掌握呢。"

蕾梦黛说:"那会儿我正准备拧断你的脖子呢。"

"好吧,看来我不记得的东西实在很多,叫停的暗号也是其中之一。"我叹口气,"听着,忘了你和我之间的事吧。我在找东西,你能帮我。你是义人——顺便说一句,真的很酷——所以我敢打赌,我们也能帮上你的忙。比如给你们一大批魂灵儿盗版者,许许多多,拱手奉上。"她俩都瞪着我,我觉得战斗又要打响了。

"好吧,"蕾梦黛说,"那就谈谈。"

我长舒一口气,把枪往地上一扔。感谢神明它没走火。

"也许你可以给我们点儿私人空间?"我望着米耶里说。她的模样糟糕透顶:袍子又变得破破烂烂,翅膀仿佛两根光秃秃的树枝,凹凸不平。但她依然威胁感十足,不必开口就能让我明白她的意思。"当我没说。"

蕾梦黛站在破碎的窗户跟前,双手缩进睡裙的袖子里。"那时出了什么事?"我问她,"过去的我是谁? 我去了哪儿?"

"你真的不记得了?"

"真的。"至少目前还不记得。新的记忆正在我脑中重组,数量太过庞大,眼下还没工夫领会。我感到一阵奇特的头痛正与它们结伴而来。

她耸耸肩,"反正不重要。"

"我留了东西在这里:秘密、工具、记忆。不仅是外记忆,还有别的什么,更重要的东西。你知道在哪儿吗?"

"不知道。"她皱眉道,"但是有些猜测。不过要想我帮忙,光魂灵儿盗版者可不够。还有,你的新女朋友欠我一套新公寓。"

插曲 智 慧

从死亡回到生界不过几步之遥。前方有光,但每一步都好像浸泡在水里,缓慢而沉重。巴蒂尔德感到自己正往上漂,从穿着简易太空服的身体中升起。她低头向下看,自己的身体仍在向前挣扎,黄铜头盔闪闪发亮。不知为什么,一切似乎都合情合理。她任由身体远远坠落,自己朝上方的光明上升。终于,她心想——

——然而她只是走进了黄昏的火星,还差点跌倒,幸亏两只强壮的胳膊挽住了她。她眨巴着眼睛大口喘气,然后回头望向"生死玄关":那是由建筑默工打印出的矩形建筑,又矮又长,建在一条浅沟里,距城市前进的路径一英里远,位于真正的火星沙漠中。其实所谓生死玄关不过是细菌黏合剂粘起来的碎石和沙子,上面还有窄窄的缝隙和观察孔。与旁边高大雄伟的卫墙相比,它仿佛孩童的积木。但在里面——

巴蒂尔德吸了一大口气,"老天爷。"

"那么,你怎么想?"问话的是这次短暂死亡的设计师,保罗·瑟九。他温柔地扶起她,引她离开出口。其他晕乎乎的客人也正一个个往外走。在头盔的玻璃背后,她的保护者露出胜利的微笑:"看样子你需要喝上一杯。"

"噢，没错。"保罗递给她装在Q粒子气泡里的香槟杯，她接过来一饮而尽。芬芳的酒香在头盔内部干燥的空气中弥漫开来，让她欣喜不已，"保罗，你真是天才。"

"这么说，你不后悔资助我啰？"

巴蒂尔德笑了。在他们周围，派对刚刚开始。这次公关宣传大获成功：玄关内部极度强烈的感受被制作成共同记忆分享给大众，结果大受欢迎，飞速传播开来。另外，把地点设在卫墙之外堪称神来之笔，给整个过程平添了一丝危险的气息。

"半点不后悔。我们一定要取得民声同意，把这类体验包容进来，让它永久性地成为城市的一部分。肯定对我们大有益处。你到底是怎么想出这么个好点子的？"

保罗深色的眉毛向上弯起，"你明知道我最恨人家问我这个。"

"哦，得了吧，"巴蒂尔德说，"你最爱谈你自己了。"

"好吧，如果你非要知道的话——给我灵感的是野口勇的广岛纪念碑。出生与死亡，我们已经忘记该如何面对它们了。"

"有意思。"巴蒂尔德说，"那边的马塞尔——"她指着一个黑人青年，那人正满脸不屑地看着玄关黑洞洞的大嘴，"他几个月前跟民声提过一项建议，内容跟这个差不多。"

"想法不值钱，"保罗道，"关键在执行。"

"的确。"巴蒂尔德说，"又或者是你的新缪斯帮了忙。"不远处有个穿深色简易太空服的红发女人，正抚摸着玄关粗糙的表面。

保罗垂下眼睛，"有点儿吧。"

"别浪费时间跟老女人说话了，"巴蒂尔德道，"去庆祝吧。"

保罗朝她咧嘴一笑，她看了那笑容几乎反悔，自己当初为什么决心跟他只谈公事？"待会儿见。"说完他朝她微微鞠躬，走进身穿简易太空服的人潮，立刻成为所有人关注的焦点。

巴蒂尔德的目光回到玄关。外表如此朴素,可在内部,角度、光线与形状完美组合,能在所有以人类大脑为蓝本的大脑中引起共振,诱发皮质反应机制,模拟类似死亡的体验。结构的魔法。她回想自己无数次的死亡与降生,这才意识到自己从未有过类似的经历。货真价实的新体验。她暗自微笑:上一次有新体验是什么时候来着?她摸摸保罗送给自己的命表手镯,指尖抚过表上蚀刻的"智慧"二字。

红发女孩说:"嗨。"那才是真正的青春:从未被死亡碰触,连暂时的死亡都不曾经历。

"你好,蕾梦黛。"巴蒂尔德道,"为男朋友骄傲?"

女孩羞涩地笑笑,"你绝对无法想象。"

"我清楚得很。"巴蒂尔德说,"很不容易是不是?眼看他们做出那样的成就,然后开始怀疑自己是不是真能配得上他们。对吗?"

女孩望着她,哑口无言。巴蒂尔德摇摇头,"抱歉,我是个尖刻的老女人。我当然为你们高兴。"她碰碰女孩的手套,"你本来想说什么来着?我们这些老年人就爱打断人家,因为我们自以为同样的话早听过了。我很快就要再次成为默工,值得期待——正好强迫我闭上嘴巴,听别人说话。"

蕾梦黛咬咬嘴唇,"我想……想听听你的建议。"

巴蒂尔德哈哈大笑,"如果你想听关于生活的苦涩真相,好几个世纪的浓缩经验,你算找对人了。想知道什么?"

"关于孩子。"

"想知道孩子的什么?我自己就有过:麻烦透顶,但却是值得的。外记忆里有你需要知道的一切。找个复活师帮你做基因组剪接,如果野心更大,去黑市找异星设计。找到干货,再兑点水,噗,成了。"她用双手比画膨胀的模样,蕾梦黛的表情让她很开心,不过她责备自己不该如此。

"我想问的不是这个。"蕾梦黛说,"我指的是……是他。保罗。"她闭上眼,"我读不懂他。我不知道他是不是准备好了。"

"跟我来。"巴蒂尔德领她绕过玄关,朝卫墙走去。头顶的天空渐渐黯淡下来。

"我能告诉你一件事。"巴蒂尔德说,"跟保罗说话时,他让我想起很久之前我认识的一个人,那人害我有点儿心碎。"她哈哈笑起来,"不过放心,我受了伤,也伤了人。"她碰碰玄关的外墙,墙面已经开始剥落。"我们有些人活了很久很久,"她说,"这些人学会了不去改变,无论发生什么都不变。肉身、魂灵儿不断转变,但我们总有些部分保持不变。这才是进化。否则的话,每次形体改变,我们不就等于死了吗?生命通道的尽头也不会有光,时间会一点点将我们蚕食殆尽。

"不管保罗是怎么跟你说的,他也是我们这种人,这一点我能肯定。所以你要自己决定,真正的那个他——不是那个笑嘻嘻的建筑师——你是不是愿意让他做你孩子的父亲。

"不过,至少他在努力尝试,而且是为了你而努力。"

"原来你们在这儿,"保罗说,"我最心爱的两位女士。"他拥抱蕾梦黛,"你进去过了吗?"

蕾梦黛摇摇头。

"去试试吧。"巴蒂尔德说,"只是刚开始显得有点儿可怕。好好享受。"

两人从另一头走进玄关。巴蒂尔德望着他们,想起了在奥林匹亚宫殿的时候,她与国王共舞的时光。那段记忆就像流动的水彩。她那时的眼神也跟现在的蕾梦黛一样吗?

11．窃贼与义人

义人团体跟我设想的不一样。我想象中是某种秘密巢穴，也许还摆满过去的战利品；会议室里有圆桌与高背椅，每把椅子都是量身定做，配上每位义人的个人标志。

结果会面的地点是缄默的厨房。

未来主义者好不耐烦地摆弄自己的玻璃杯，把杯座在木头桌面上滚来滚去。她是个红发女人，怎么都静不下来，身体线条流畅得仿佛人类与古老汽车的杂交品种。

"好吧，"她说，"拜托谁来告诉我，我们在这儿干吗？"

缄默住在蒙哥菲区，房子仿佛一艘小小的齐柏林飞艇：泪滴形状的气袋下吊着一艘刚朵拉，系在城市上。他的厨房不大，但高科技味儿十足，除造物机外还配备了传统厨具：刀、罐子、平底锅和各种镀铬的金属器具，我连名字都叫不上来。缄默这人显然对食物很上心。我们这边两个人，再加上六个义人，挤得堪称亲密无间。我挤在米耶里和一位黑衣高个的骷髅脸中间——那是"主教"，他瘦骨嶙峋的膝盖狠狠顶着我的大腿。

主人手腕一拧，打开红酒瓶，动作灵巧。他和绅士一样，也戴着没有任何标志的面具，只不过是深蓝色，再加上纳米功能雾斗篷，看起来仿佛一团活生生的墨渍。他个子很高，话虽不多，却显得很有分量。他很快为我们斟好酒，然后朝蕾梦黛点点头。

"谢谢你们能来。"蕾梦黛用的是她的义人人格那沙哑的嗓音，"我带来了两位异星访客。两个晚上之前，我跟他们闹了点儿……误会。我有理由相信他们对我们的使命抱有同情。也许你可以自己来解说，若昂。"

"谢谢。"米耶里同意让我负责推销，不过也提前说好，如果事情搞砸了，立刻把我关闭，没有商量的余地。"我是赌王若昂，"我说，"愿意的话你们可以瞬目。"我停顿片刻，可惜观众都戴着面具，很难读懂他们的反应。

"过去的一次生命里，我曾是忘川公民。我和我的这位朋友来寻找我留下的某些财产。你们这位义人同伴，我们过去……打过些交道，她说她能帮我。作为回报，我们也愿意向你们提供帮助。"我尝了尝红酒。有年份的巴德克·索拉兰奇奥。缄默品位不错。

"我不知道这场交谈有什么意义。"未来主义者说，"为什么我们要把第三方拉进自己的事情里？而且，看在上帝分上——这娘们儿身上塞满了索伯诺斯特技术，难道只有我闻出来了？"她的目光从蕾梦黛刷地转向缄默，"唯一要打的交道就是审问他们，这是最起码的。如果你跟这些东西有什么私人恩怨，你自己解决。没必要把我们其他人牵扯进来。"

"不用说，这一切我承担全部责任。"蕾梦黛说，"但我相信他们有能力帮助我们。对付地下老大我们一直没有进展，现在机会来了。"

"你不是在训练你的宠物侦探干这事儿吗？"妖妇说。她的着装比其他人更暴露些：紧身连衣裙，威尼斯式半截面具下露出性感的大嘴，金色的卷发自由飘散。换个时间地点，我的所有注意力都会集中在她身上。

蕾梦黛沉默片刻，"那是另外一码事，跟眼前的讨论无关。"她说，"再说我们也不能局限于一种方案。我想说的是，我们一直在处理症状，比如异星技术、比如魂灵儿盗版，可我们自己也会被引发症状的疾病所感染，就像那些我们努力保护的人一样。"她倾身向前，"所以，当我发现合作的机会、发现有外人可以帮忙解决这个问题，我就提出来供大家讨论。"

"代价呢？"鼠王问。他身体粗笨，声音却年轻、高亢。惹人发笑的啮齿类面具没有遮住下巴，长了一天的胡子楂探出头来。

蕾梦黛说："代价就让我来操心好了。"

未来主义者疑虑重重地打量我，"他们究竟有什么我们没有的本事？"

我对她甜甜地一笑，"这个咱们待会儿就会说到，迪亚兹夫人。"我看不见她的脸，但震惊令她浑身颤抖，暂时变成一团模糊的红色。这样的效果实在令人满意。

蕾梦黛花了两天时间安排会面，这期间我没有闲着。米耶里给了我一个数据库，里面有关于所有义人身份的线索，相当可靠。我没敢问这东西是哪儿来的。稍微四处打听，再加上一点点隔弗罗小偷小摸之后，其中的大部分情况都得到了证实。现在么，尽管还不清楚他们的宠物叫什么名字，最喜欢的体位又是什么，但我掌握的情况已经够多的了。

"但在那之前，我们也许应该先弄明白，你们究竟想达成什么目的？"

"三个目的。"蕾梦黛说，"维护忘川的理念；保护它的人民不受魂灵儿盗版者和其他外来势力的伤害；找出谁在暗中真正统治这里，然后消灭他们。"

【**忘川的理念**：保持基准人类的身体，反对意识与肉体分离，重视隐私。】

"事情要从民声说起。"听了蕾梦黛的话，我飞快地瞬目，了解关于忘川民主系统的细节：民声是专门的共同记忆，起投票和公共政策决策的作用，由市长办公室和默工公仆贯彻执行，"我们从决策中发现了许多很……奇怪的模式：对外星世界开放、给予异星客公民权、削弱针对外星的技术限制。

"不久之后，出现了第一批魂灵儿盗版事件。缄默就是最早的受害者之一。"她碰碰高个义人的手，"引进外部力量会破坏本地系统的稳定性，而默工又无法应对技术破坏，所以我们决定负起这个责任。像我们这样的人，现在已经有了好几百，遍布各个城市。还有更多的人正在接受训练。我们找到了支持者，他们当然有自己的算盘，但他们的利益与忘川正好一致。

"我们做得还算不错。但每当我们发现规律、发现更彻底地解决问题的方法——比如消灭一个偷偷上传盗版的电台、摘除某个被污染的隔弗罗网络——好多东西就莫名其妙地消失了。还有，魂灵儿盗版者知道如何挑选目标、接近目标，他们干这个很拿手。很明显，有人在帮助他们。

"我们早就知道外记忆被破坏了。有人在篡改它，或许不止一个人。可规模如何？用了什么方法？目的何在？这些我们一无所知。我们管这些人叫地下老大，隐身幕后的统治者。或者按照未来主义者的说法，是该死的混蛋。

"我们信仰那场革命的理念：属于人类的火星，可以把它改造成又一个地球，却没有老地球的缺点，每个人都拥有自己的心灵，每个人都是自己的主人。但假如帷幕背后有人提着线，这一切就都成了空话。"

蕾梦黛看着我，"所以，这就是我们的出价。帮我们找到地下老大，我们就把属于你的东西给你。"

"当然了，"主教说，"前提是绅士对你的好评并非完全离谱。"

"雷韦特先生，"我咧开嘴，露出最像鲨鱼的笑容，"我花了两天时间就弄清了你们的身份。那些地下老大——他们对你们了如指掌。事实上，我认为他们特意留着你们。你们很适合他们创造的系统，你们帮助系统保持稳定，而这正是他们需要的。"

我一口喝干杯中酒，舒舒服服靠在椅背上，"你们从不使用肮脏的手段。你们是一帮备受赞美的警察，而你们本该成为革命家，成为罪犯。这方面正好我能帮上忙。酒还有吗？"

"来自外星、自以为比我们强的家伙。"未来主义者说，"要我说，这正是我们应该抵制的东西。"她环顾房间，"我建议把他们踢出我们的星球，把注意力拉回到真正要紧的事务上。而绅士也应该为自己的行为接受申饬。"

桌边的各位纷纷点头，我诅咒自己没能正确地解读这群人。尽管有魂灵儿盗版者的分析引擎，我对隔弗罗的使用依然比不上土生土长的火星人。这事儿恐怕没法善了。

就在这时，米耶里开口了。

米耶里道："我们并非你们的敌人。"

她起身望着义人，"我来自远方，我的信仰也与你们不同。但请你们相信我：无论偷儿做出哪些保证、无论我们达成何种协议，我会确保这些保证和协议真实有效。我是米耶里，来自'沉静'柯多，卡尔胡之女。我从不撒谎。"

很奇怪，和她在这个星球所接触的其他事物相比，屋里这群人给了她一种熟悉之感。这些戴面具的脸上燃烧着梦想、某种超越他们自身的东西。她想起了自己柯多那些年轻的武士,他们脸上也有相同的表情。而这正是偷儿永远无法理解的。他说的是另一种语言,游戏与诡计的语言。

"来看我的想法。"她最大限度地朝他们敞开自己的隔弗罗。现在他们能读取她的意识表层想法①,看见她来到这个世界之后的所有记忆。仿佛甩开了沉重的斗篷,她突然觉得轻松了许多。

"假如你们发现了欺骗的痕迹,现在就驱逐我们。你们接受我们的帮助吗?"

话音落下,桌旁寂静无声。然后,缄默说了一个字。

他说:"好。"

蕾梦黛领我们穿过蒙哥菲区,沿途全是围在栅栏里的小花园,气球房子就拴在这些花园里。我一路沉默,一方面是因为欣赏透过五彩气囊的阳光,还有个原因是隔弗罗带来的眩晕——人家不允许我们记忆会面的地点。终于,我们走上了界边区宽阔的街道,来到熟悉的环境,蕾梦黛也从绅士变回优雅的女性。我感到必须说点儿什么。

"谢谢你。"我告诉她,"带我们出席会议让你冒了很大风险,我会努力让你不至于后悔。"

"唔,不必忙着谢我。"她说,"开这个会,你们冒的风险更大。"

"真有这么可怕?"

"对。连我都以为自己犯了个错误——直到你的朋友开口。"蕾梦黛看米耶里的目光里饱含敬意。"你那么做……很高尚。"她对米耶里说,"我为我们初遇的情形向你道歉,希望我们能合作。"

米耶里默默点头。

---

①指一切想法,只有潜意识中的除外。

我望着蕾梦黛。直到这时我才发觉,她已不再是我记忆中的模样。不那么脆弱,更老了些。说实话,这是个全新的、陌生的女人,我几乎不认识她了。

我问:"这对你真的很重要,是吗?"

"是的,"她说,"很重要。为了其他人付出——你大概从未体验过这种感觉吧。"

"抱歉。"我说,"我自己这段日子也很……迷茫。我在一个可怕的地方待了很久。"

蕾梦黛淡淡地看我一眼,"你从来都很会找借口。再说也不必道歉。道歉有什么用? 我把话彻底说清楚吧:宇宙里只有寥寥几人比你更让我恶心。所以呢,我建议你照之前说好的,找出那些地下老大。或许那时我们会产生对你较为有利的看法。"

她停下脚步,"你们的酒店在那边。我得去教书了,音乐课。"她朝米耶里微笑,"再联系。"

我张开嘴,但不知怎的,我觉得这次还是别吭声比较好。

那天下午,我坐下来制订计划。

米耶里把我们的房间变成了小型堡垒,每扇窗户都有Q粒子巡逻。她与蕾梦黛搏斗的损伤还没完全恢复,所以我又一次拥有了独处的机会。当然,我们之间的生理信号链接还在。我拿着咖啡、羊角面包和一叠报纸来到阳台,戴上太阳镜,舒舒服服地坐下,开始浏览社会版。

这里的人做什么都极其认真,报业也不例外。我挺喜欢那些夸张的真人秀故事,很多内容都与义人有关。至于倾向性,各家报纸当然不尽相同,有些简直就是他们的崇拜者。有篇报道写的是一个小子,与绅士合作处理一桩魂灵儿盗窃案。我怀疑那人或许就是妖妇提到的那个侦探。

真正的猛料是即将举行的及时行乐派对。按理说这种事情应该是保密的,不过记者们十分敬业,挖出了不少东西。

培蝴宁道,你似乎过于乐在其中了,工作不该这么快活吧。

"噢,可这就是工作啊,很严肃的工作。我在制定计划呢。"

解释给我听听如何?

"怎么,原来你不止秀外,而且慧中?"

我抬头看看洁净的天空。通讯链接将飞船标记为地平线上的一个点,裸眼看不见。我朝它飞了个吻。

拍马屁没用。

"计划孵化成形之前我从不跟人分享。这是创作需要。罪犯是创新的艺术家,侦探不过是批评家而已。"

看出来了,咱们今天情绪高涨啊。

"你知道,我终于觉得有点儿像我自己了。同戴面具的义警合作,对抗操控整个行星的阴谋集团——日子就该这么过才对。"

当真? 飞船说,那么,自我发现方面呢? 进展如何?

"这是个人隐私。"

让我引用米耶里的说法——

"好了,好了,我知道。蕾梦黛早早发现了我的真面目,所以,除了几幅闪回我什么都没搞到。没多少有用的东西。"

你确定?

"什么意思?"

换个多疑的人,或许会怀疑你已经知道了我们想找的东西在哪儿。怀疑你故意哄着我们,只是为了好玩儿、为了重新过上偷儿的花哨生活。

"太侮辱人了。难道我会干那种事儿?"其实飞船的话也不无道理。我一直把记忆当作易碎品，小心翼翼地绕开它们。没错，或许部分原因正在于此：不知怎么回事，我竟然很享受这个过程。

我还有另外一个理论：你铆足了劲儿，想打动那个叫蕾梦黛的姑娘。

"那个嘛，朋友，已经是过去式了。干这行当，绝不能感情用事，否则太危险了。"

哦哦。

"尽管我十分喜欢你的陪伴，但我最好还是继续工作。做自己最拿手的事，人才会比较快乐。说到这儿——我倒真需要清静清静。我在想办法闯入亡者之国。"我靠在椅背上，闭眼拿报纸盖住脸，挡开太阳和飞船。

瞧见了？我就是这个意思。培蝴宁道，其实你老早就想这么说了吧。

米耶里感到疲惫。她的身体正在检查，重启各系统。她好几年没来例假了，但隐约记得例假就是这种感觉。跟义人会面后，她什么也不想做，只想回自己屋里躺下，听着柔和的奥尔特音乐慢慢沉入梦乡。然而佩莱格莉妮在等她。女神穿着深蓝色晚礼服，头发盘起，戴着黑色真丝长手套。

"亲爱的孩子，"她在米耶里脸颊上印下一个香吻，"真是太让人兴奋了。戏剧冲突、跌宕的剧情，还有如此激情洋溢的信念：说服那些打扮怪异的人，让他们相信自己需要你。即便专门订做的魂灵儿人格也不可能做得更好了。我几乎有些遗憾了——让你这么早就获得你的奖赏。"

米耶里眨眨眼，"我还以为我们要让偷儿——"

"当然，但凡事都有个限度。随便抓几个瓦西列夫，那是一回事;但有些层面的问题必须放在共同盛业的大背景下考量。地下老大就是其中之一。出于各种理由,我们眼下还不想打破这一平衡。"

"我们不准备……消灭他们?"

"当然不。你们要和他们会面,并且协调行动。你们要稍微满足义人的要求,刚够达成我们的目的就行。然后么——嗯,我们就把义人交给地下老大。大家都满意。"佩莱格莉妮笑道。

"现在,孩子,我相信偷儿要来告诉你他的新想法了。务必哄着他。拜拜。"

米耶里摸摸席丹的珠宝,以提醒自己别忘了做这一切为的是什么。然后她躺下来,等待敲门声。

12. 侦探在及时行乐派对

即将登台的演员屏气凝神,默默背诵着自己的台词——及时行乐派对那天晚上的花园就像这样一位演员。

一列列摆放香槟杯的桌案排放整齐;功能雾萤火虫只待点亮;各处的小亭子也准备就绪,供客人实践富于外星风情的恶习。默工交响乐团在调试乐器——乐器就是它们的肢体——制造出一阵阵柔和的杂音。一个焰火专家戴着高帽子,正将五颜六色的火箭放进类似迷你管风琴的机械里。

"那么,侦探先生,你觉得如何?"安如的服装基调是达里安历一周的最后一天:木星日。虽然那颗气态巨行星早已消失,但代表它的色彩却在安如的外衣上闪闪发亮,在树影下呈明红与纯白的色调。

伊斯多道:"像是老王国风格的派对。"

"哈,没错。几百个百万命秒就这么花出去了,这个花钱的法子还真不错。"安如拿起自己的命表,表用链子拴在他的马甲上,造型异常简单:黑色表盘,一根金色指针,"依你看,我遭盗抢的时间会在几点?"

"我们已经尽力做了准备。无论来的是不是赌王,都别想轻松拿到战利品。"

最终确定的安保方案是这样的：几处广场被精心安排在关键位置，奥黛特还从民声临时雇来了一批默工仆人，全是抵御虎怖机的攻击型默工，装备着各种专门的探测器和武器。伊斯多希望这就够了。他也想过是不是需要引入更加精密的黑市技术，但它们的作用恐怕还不足以抵消它们带来的问题。

"要的就是这股劲儿。"安如拍拍伊斯多的肩膀，"说起来，我们还从没讨论过你的报酬呢。"

"安如先生，请你相信——"

"当然，当然，你这么做十分高尚。我想把图书室留给你。也许你能把事情弄明白，或者一把火烧掉它。奥黛特已经拟好了合同。今晚结束之前我一定把隔弗罗转给你。"

伊斯多目瞪口呆地看着千年富翁，"谢谢。"

"不必谢我。给那位不请自来的客人找点儿麻烦罢了。说起来，今晚你邀请女伴了吗？"

伊斯多摇摇头。

"真可惜。好吧，死之前我还要最后放荡一把。失陪。"

伊斯多检查准备工作，又对来回巡视的默工下了几道指示——这些借来的默工一个个形如黑豹，身姿低矮，流线型的黑色外壳整洁锃亮。之后他走进一间客房，他的"月亮日"晚装已经摆好。他依然觉得衣服有些女气，在不合时宜的地方过于紧身，但他还是穿上了。他感觉似乎缺了点儿什么，这才想起缠结指环还在自己裤兜里。他掏出指环，把它挂在命表的链子上。

他暗想：原来怯场是这种感觉。

我和蕾梦黛特意没有准时抵达——稍微迟到才够派头，其他客人也跟我们一样。蜘蛛的士吐出男男女女,个个衣着精致:满眼都是赞西的丝绸、蕾丝和智能物质,如梦如幻。因为主题是"时间",好多人都打扮成达里安历上的印度教男女神灵,还有行星、恒星。不用说,大家都把命表挂在显眼的位置。

蕾梦黛道:"真不敢相信,我竟然由着你把我哄到这儿来。"门口有身着闪亮号衣、脸戴面具的人形默工仆人接待我们。它先检查了共同记忆邀请函,这才领我们汇入人流。客人缓缓涌进日晷花园,又分散、汇聚成一个个小团体。酒杯相碰的声音、深情的火星新派音乐,加上众人的交谈,融合成令人陶醉的交响曲。

我朝蕾梦黛微笑。她打扮成了魅人的火卫一,白手套、低胸长裙,腰上一圈明亮的光环,光辉足以遮盖隐私部位。我只是陪在她身边的平凡孔雀,白色领带,几只装饰性的命表复制品,翻领上还夹了一朵花。

"相信我,我沾手的活儿里,就数这次最高尚了。"我说,"简直算是劫富济贫呢。"

"话虽如此。"她朝经过的一对男女点头致意,那两人打扮成了金星和火星,隔弗罗只稍微打开,确保自己能被人看见。"我们从不做这种事。说实话,它跟我们的原则恰好相反。"她腹部的那一小圈火卫一熠熠发光,正好突显她面部优美的骨架结构,让我联想到一尊希腊女神的雕塑。

"你那些戴面具的朋友不是需要证据吗?我们会把证据带给他们的。"我从一个默工仆人的托盘里端起一杯香槟,又作势拂去它外套前襟上的一粒灰尘,趁机从我的花里给了它一剂无色无味的东西。那是计划的A部分,威力挺大,需要早点释放,因为它要花些时间才能起作用。"别担心。只要你那位朋友能帮我们做个介绍,一切都会如丝般顺畅。"

安保情况如何？我悄声问米耶里。她留在酒店做后援，与培蝴宁一道协调我们的行动。很少，她说。但还是超出了你的预期。我担心战争默工，它们的探测器很像样。

"帮个忙好吧，"蕾梦黛说，"别像这样安慰我。走，咱们去交际交际。"

邀请函是蕾梦黛搞到的，不费吹灰之力。克里斯蒂安·安如经常赞助艺术家，又对王国时期异常着迷；而蕾梦黛在音乐学院有个朋友，觉得蕾梦黛应该跟安如聊聊自己的歌剧构思。当然了，派对上多的是急于出名、四处寻找赞助人的艺术家，但蕾梦黛的朋友保证把我们介绍给安如本人。这对我已经够了。

"蕾梦黛！"一个矮个女人朝我们招手。她年纪已经不轻，智能物质裙子状如沙漏，只是缺了玻璃：你看不见布料，只有红色的火星沙顺着她十分丰满的身体往下流。那效果真能把人催眠。"见到你真是太高兴啦！这位英俊的绅士又是谁？"

我朝对方鞠躬，同时按照礼节要求稍微打开隔弗罗，但又留意不让她对我的容貌留下持久记忆。"拉乌尔·德·安德雷斯，为您效劳。"蕾梦黛向对方介绍了我的假身份：谷神星来的移民。沙漏女士的隔弗罗透露说她是索菲亚·德尔·安吉洛，音乐与戏剧学院的讲师。

"放心吧，肯定能想出让你效劳的事儿。"索菲亚道，"说起来，可怜的安东尼怎么样了？其实我还挺喜欢他的头发呢。"

蕾梦黛有些脸红，不过没有应声。索菲亚朝我挤挤眼，"你要当心啊，年轻人。她会偷走你的心，再也不还给你。"

"嘘，别把人吓跑了。逮住他我可费了不少工夫。"蕾梦黛说，"瞧见主人了没有？"

索菲亚胖嘟嘟的脸颊泛起沮丧的红晕，"没，还没呢。我找了将近一个钟头。我真的认为他应该听你讲讲你的新作,可听说今晚他只跟一小群密友会面。知道吗,我觉得他好像真的怕了那个叫赌王的家伙。真恐怖。"她压低嗓门。

蕾梦黛问:"什么王?"

"你没听说吗?"索菲亚道,"传闻说有个异星的罪犯不请自来——居然还事先写信通知安如。真是好激动啊。克里斯蒂安雇了个侦探,你知道,就是报上的那个年轻孩子。"

蕾梦黛瞪大了眼睛。通知安如?米耶里在我脑子里咬牙切齿。通知?

我压根儿不知道她说的是什么,我抗议道。这是真话。前几天的准备工作太紧张了,实在没工夫加入额外的花里胡哨。我突然感到一丝遗憾:送一封回函给主人,这一手真是漂亮,我怎么没想到。我发誓,不是我干的。跟上回那伙盗版分子是同样的情形。有人知道了我们太多的秘密。

行动取消。米耶里说,如果他们已经在等你,风险就太大了。

别傻了,机不可失。现在只不过更刺激一点点。再说我已经有主意了。

米耶里道:没有商量余地。

你是说咱们要夹着尾巴逃跑吗?你算什么战士?暴力的部分你能对付,剩下的就留给我判断吧。我就是干这个的。只要瞄见麻烦的影子,我们立刻就撤。

米耶里略一迟疑,最后说:行,但我会时刻监视你。

知道你会。

蕾梦黛感谢索菲亚为自己费心,我们随即跟她道别,朝一块空地旁的小亭子走。杂技演员正带着两头大象表演节目,大象的鼻子摇晃着火炬,画出繁复的图案。旁边还有一大群受过训练的巨型鹦鹉,构成一片尖叫的五光十色。

"我早知道这主意不靠谱。"蕾梦黛说,"这下子,咱们再也别想靠近安如了。还有——他跑这儿来干吗?"空地对面有个年轻人,又高又瘦,头发蓬乱,穿着不大合身的黑色和银色衣裳。他在人群中溜达,一脸心不在焉,好像在做白日梦。

"就是那个侦探?"

"伊斯多·博特勒,对。"

"有意思,看样子跟安如关系很密切呀。"

蕾梦黛冷冷地看我一眼,"别把他扯进来。"

"干吗不呢?"我掂量脑中的魂灵儿盗版工具。我以前从没用过身份窃取引擎,但它就在那儿,等着大展身手。"你认识他,对吧? 有什么隔弗罗权限跟我分享一下?"

她深吸一口气。

"得了,别那么一本正经。"我说,"咱们可是来犯罪的。有什么工具都要尽量用起来。"

"对,他的隔弗罗我有很多。"她说,"你想怎样?"

"噢? 是老情人? 又一个被你偷了心的?"

"不关你事。"

"帮帮忙。把他的隔弗罗给我,然后咱们就能开工干活儿了。"

"不。"

我抱着膀说:"那好吧。行动取消,让那些藏头露尾的木偶师继续拉你们的线。他们的线。他的线。"我指指侦探和周围的人,"我之前说的正是这个意思,想赢就得妥协。"

她转身不看我,脸绷得紧紧的。我想拉她的手,可她不肯松开手指,"看着我。让我去做,你不必去。"

"见鬼。"她抓住我的手腕,"但我给你的一切,事成之后你都要还我。你发誓。"

"我发誓。"

"而我也发誓,"她说,"如果你伤害他,你会巴不得自己仍旧待在监狱里。"

我看着那个年轻人。他靠在树干上,眼睛半闭,几乎像是睡着了。

"蕾梦黛,我没打算伤害他。好吧,也许稍微伤他一点儿自尊。对他有好处。"

"对别人有好处的事向来不是你的强项。"

我摊开双手,略一鞠躬向她告辞,然后去见那个侦探。

伊斯多很警觉。他四处走动、观察、推理,从来来往往的隔弗罗之下看出各种行为模式:这儿是那位作曲家在逗引旁人称赞自己,等会儿默工要演奏的就是他的作品;这边有一个默工复活主义者,正游说安如捐款支持自己的事业。他尝试撇开眼睛,专注感受,用心灵的指尖拂过周围的一切,像阅读盲文一样阅读现实,寻找不该出现在这里的东西。

"晚上好。"

伊斯多的专注被打破。他抬起头,面前是个深色皮肤、戴白色领带的男人。陌生人比伊斯多稍矮,看不出年龄,马甲上闪烁着装饰性的金表——在伊斯多看来过于浮夸了。尽管萤火虫照明稍嫌黯淡,他依然戴着蓝色太阳镜。他翻领里夹了朵特别鲜艳的红花,还带着一丝不易察觉的女性香水味,清新的松树香气。

那人摘下眼镜,厚厚的眼皮让他的笑容显得沧桑。他眉毛颜色很深,几乎像是勾画出来的。他的隔弗罗小心地关闭着。

"嗯?"

"抱歉,我在找……怎么说的,私密的地方?"

伊斯多皱眉道:"抱歉,什么?"

"就是……那个,方便,你明白?"

"噢。你是异星客?"

"对。吉姆·巴内特。恐怕我不大知道怎么在这里走动。"那人敲敲太阳穴,"我的大脑,还没调整,明白?能帮我吗?"

"当然。"伊斯多传给对方一小段共同记忆,指明城堡里洗手间的位置。与此同时,代表头痛即将来袭的刺痛一闪而过。也许是工作强度太大了。

那人咧开嘴,拍拍他肩膀,"啊!多么方便,非常感谢。祝你愉快。"说完他便消失在人群里。

伊斯多正考虑要不要派一个卫兵默工留意此人,却又被附近一处广场的异状吸引了目光。有个打扮成水星日的矮个男人,看着十分眼熟。此人浑身闪耀着银色,散发着热气,头戴一顶带翅膀的头盔,正跟一个年轻女人交谈——她打扮成双子座,功能雾投影忠实地模仿着她的一举一动。男人的眼睛紧紧盯着远处的某个地方。

伊斯多对一个默工耳语几句,自己走到那对男女身边,碰碰男人的肩膀。

"阿德里安·吴。"

记者吓了一跳。

伊斯多道:"咱们谈谈。"

"可我有请柬。"吴抗议道,"安如自己到处撒请柬来着。这报道我不能错过。不过在这儿看见你我倒是挺吃惊的,有什么需要让读者知道的情况吗?"

"没有。"伊斯多皱起眉头,"你在拍模拟照片吗?"

"那个嘛——"

一个攻击型默工无声地走到伊斯多身旁,没有面孔的脑袋盯着记者。听不见的次声波嗡鸣环绕着默工,震动着伊斯多的胸腔。吴瞪着默工。

伊斯多说:"这儿的安保由我负责。"

"可是——"

"东西给我,我就让你留下。"

吴摘下头盔,从上面拧下一个圆柱体递给伊斯多。模拟相机,看样子由下巴上的系带触发。这种原始仪器使用感光胶片,因为过于简单,反而不受隔弗罗影响。

"谢谢。"伊斯多又朝双子座点点头,"跟这人讲话千万当心。他闹出麻烦了就告诉我。"他朝吴微笑道,"你可以以后再感谢我。"

第一支舞已经开始。伊斯多觉得应该奖励自己,于是找了杯白葡萄酒。他看看时间:安如还剩一小时,之后就是早已定好的死亡时刻。

也就在这时候,他才发现链子上的缠结指环不见了。他的心脏一阵剧烈跳动,赶紧瞬目与蓝墨镜会面的情形。他发现陌生人偷了指环,动作快得几乎让人无法察觉:对方先从链子上摘下命表、再拿走指环、又把命表放回去,整个过程只花了几秒钟,期间一直与伊斯多交谈,而且用隔弗罗尽可能遮掩了自己。

伊斯多深吸一口气,大脑飞速浏览派对的几处广场,又将那人的共同记忆发送给奥黛特和默工卫兵。但那人不见了,要么已经离开,要么就是用隔弗罗掩盖了行踪。他发疯似的四处走动,企图定位所有没有敞开的隔弗罗。他毫不怀疑那人就是赌王若昂,而且那位不请自来的客人就藏在某个隔弗罗模糊效果底下。可那人仿佛人间蒸发一般。他为什么来跟我说话?只是为了嘲弄我吗?

或者——他再次感到一阵古怪的头痛,还有一种奇特的既视感,好些面孔在眼前闪过,仿佛他同时身处两个地方。

他拿出自己的放大镜和吴的相机,着手查看胶片。佐酷机械即刻把胶片上的颗粒转化成全彩图像。他轻敲放大镜的圆盘,迅速翻看照片。名媛淑女、表演者,还有——安如。看时间戳,这是几分钟之前才拍的,千年富翁正与一群朋友开怀大笑,其中有个熟悉的身影,一身黑色与银色服装,头发蓬乱——

伊斯多扔下相机,拔腿就跑。

复制侦探的物理特征只花了几秒钟。我们的主人十分周到,考虑到客人或许需要进行宣泄肉欲之类的地下活动,于是准备了好些提供完全隐私保护的小亭子。我进入这样一座亭子,将他的三维形象打印到我自己的皮肉里,又模仿他的着装给衣服重新编程。并不需要完全一致,许多东西都可以隐藏在隔弗罗下。

我心不在焉地瞅瞅偷来的指环:显然是佐酷技术。我把它放进兜里,稍后再仔细研究。

真正的麻烦在于他的身份签名,所以我才需要蕾梦黛给的隔弗罗。我还需要培蝴宁的量子计算能力,好尽量接近他的命表用以自我认证的量子态。

我跟飞船来回传递数据。飞船说:我还以为做贼很容易呢,这可是实打实的苦工。

“我早说过,乏闷和极度恐惧。”无数记忆在我脑中滚动,飞船与身份窃取引擎正在协同处理它们。我尽量遵守对蕾梦黛的承诺,不去偷看对方的记忆。几幅画面一闪而过:一堵刻着空白面孔的高墙、一个喉咙上嵌了佐酷珠宝的女孩。这些记忆带着一股奇特的纯真气息。我不由感到奇怪:这样的孩子,怎么会跑来追踪魂灵儿盗版者和我这种罪犯呢？

我把这些抛到一边。我要偷的不是侦探的过去，而是命时。魂灵儿引擎"叮咚"一声，宣告大功告成：它开始与我那只已经破解的命表对话，让世界以为我是伊斯多·博特勒。但他的命表很快就会与环境隔弗罗更新他的身份签名，所以我必须抓紧时间。我检查了剩余的装备：Q蜘蛛和我脑中的触发机关。该上演重头戏了。

我模仿侦探那种心不在焉、漫无目的的步子，慢慢接近安如。借来的隔弗罗让我终于能看见那群人。我的目标正跟一个穿冰白色衣裳的高个女人说话，看上去醉态可掬、情绪高涨。

"博特勒先生！"一见我他就大喊道，"坏蛋狩猎行动进展如何？"

我说："坏蛋太多，难以抉择。"安如笑不可遏，但白衣女人好奇地看着我。最好赶紧完事。

"看得出来，你心情很愉快。"安如说，"好得很！为好心情干杯。"他把杯中酒一饮而尽。

我从路过的默工仆人盘里拿过另一杯酒递给安如，同时吩咐Q蜘蛛行动。它顺着我的胳膊跳到安如掌心，旋即消失在气态巨行星服装的袖子里。它的目标是他的命表。

Q蜘蛛花了三天时间才长成，又经过一场漫长的争论之后，米耶里才同意我摆弄这具索伯诺斯特蜘蛛身体。其设计方案是我和培蝴宁的点子：Q蜘蛛长在我肘窝里，活像一小团长了许多条腿的肿块，它肚子里储存着少量EPR态[①]，我和米耶里跟飞船的超密通讯用的就是这东西。我朝安如微笑，同时用大脑指引它。

"想不开心也难，"我说，"尤其焰火表演就快开始了。"

找到了。蜘蛛落到他的命表上，接着爬进去，将极细小的Q粒

[①]指爱因斯坦－波多尔斯基－罗森悖论，Einstein－Podolsky－Rosen。

子线与命表里的离子阱相连:这里储存着安如私人专属、无法伪造的命时单元。命表将这些量子态一个接一个传送到复活系统,为他作为人类的生命进行倒计时。蜘蛛将窄窄一束信号射向培蝴宁。一、二、三……十……一共六十秒命时,以量子形式传输,再在空中转化为量子态,储存在培蝴宁的翅膀里。好。

安如皱眉道:"焰火要留到今晚我的关键时刻。"

我笑了,"每一刻不都是关键时刻吗?"

安如再度放声大笑:"博特勒先生,我不知道你从哪里找到了幽默感,无论在酒杯杯底还是在漂亮姑娘的嘴唇上,但我一样为你高兴!"

"赌王先生吧? 我猜是。"

侦探站在我面前,身边是两个默工卫兵:油光闪亮的黑家伙,纯粹的力量与残暴。我扬起眉毛。比我预料的还快,快多了。刚才对他鞠的那一躬,他受得起。

"愿为您效劳。"我让自己回归本来面目,又朝安如露出笑容,"您实在是热情好客,不过恐怕我得先走一步了。"

"赌王先生,务必请你留在原地别动。"

我把我的花抛向空中,同时在脑中想象自己按下了红色的大按钮。

焰火同时升空。天上布满双螺旋和三螺旋的火焰,星星爆裂成银色的雪片和突如其来的霹雳,亮紫色的纸屑瀑布般落下,随后两枚蓝色火箭描画出代表无限的符号。空气中一股火药味。

在我周围,派对中止。默工卫兵变成雕像,音乐逝去,安如手里的酒杯落地,但他本人依然直立,眼神空洞。几个人缓缓瘫倒,但派对上的绝大多数人仍旧站着,眼睛盯着很远很远之外的某个地方,却又什么都没看见。焰火在我们头顶嘶嘶明灭。

这一招又是从魂灵儿盗版手册里学来的:视觉基因病毒,让脑细胞对某些波长的光特别敏感。原本当然是为了上传,稍作改动就能用它引发短暂的停滞状态。看来花的传染速度超出了我的预期。这座行走之城的焰火制造商只有那么几个,贿赂他们、借口说要给安如先生一点儿无害的惊喜,再简单没有了。

我用隔弗罗将自己包裹,从呆滞沉默、无思无虑的人群中穿过。蕾梦黛在花园门口等我,她也裹在彻底的隐私里。

我问:"你确定不想跳支舞再走?"我闭上眼等她扇我耳光,却迟迟不见动静。我睁开眼,发现她看着我,脸上带着难以捉摸的表情。

"他的隔弗罗,还给我。快。"

我照做了,将涉及侦探记忆的所有权限都还给她,将他从我的自我中清除,回到仅仅身为赌王若昂的状态。

她长叹一声,"好多了,谢谢。"

"隐藏我们行踪的事由你们那伙人负责,是这样吧?"

"别担心,"她说,"只管去完成你接下来的任务。"

"想想看,接下来我要去死呢。"我说,"也许这能让你开心些。"

我们来到一处公园,周围黑漆漆的,蕾梦黛化身绅士,飘到空中。即将熄灭的焰火反射在她的银面具上。"我从没希望你死。"她说,"我想要的从来不是这个。"

"那是什么? 复仇?"

"等你猜出来了,记得告诉我。"说完她就消失了。

最不可思议的是,十分钟后,众人苏醒,派对继续进行。乐队接着刚才的地方演奏,谈话声再度响起。当然了,话题只有一个。

伊斯多的太阳穴突突直跳。他和奥黛特领着默工搜索地面和花园的外记忆，一遍又一遍，但赌王无迹可寻。挫败与失望沉甸甸地压在他脑袋里，临近午夜他才又回到派对。

安如向大家敞开自己的隔弗罗，成为关注的焦点。人人赞美他面对窃贼的勇敢表现，他也十分享受。但最后他挥挥手。"朋友们，我该离开你们了。"他说，"今晚多了一出意料之外的戏码，感谢大家耐心观赏。"众人大笑，"但至少他空手而归了——这要多谢我们的好朋友、英勇无畏的博特勒先生。

"我本打算在床上，在这两位可爱的女士中间度过最后一刻。"他搂着两个蛇街名妓说，"没准再被大象压扁。"他朝人群背后的远处举起酒杯，那两头厚皮动物就矗立在那里，"但也许这样更好些，跟朋友们一起。时间的意义全看我们如何诠释它：相对、绝对，有限、无限。我选择让这一刻变成永恒，这样一来，当我清理你们的下水道、保护你们不受虎怖机伤害、把你们的城市背在背上时——我还能想起，拥有这样的朋友是什么感觉。

"那么，带着一杯酒，还有一个吻，"安如把两个姑娘挨个亲一口，"或者两个——"众人大笑——"我这就去了。再会，咱们——"

他摔倒在地，杯子落下。伊斯多朝一动不动的千年富翁眨巴着眼睛，又看看表。离午夜还差一分钟。怎么回事？他的计划明明那样精确，直到最后一个字。然而周围到处是欢呼和开香槟的声音，淹没了他的思绪。

复活师来带走尸体，派对变成追思守夜的庆祝活动。伊斯多端着一杯酒坐下，开始推理。

插曲　真　相

　　发生脉冲爆发那晚,马塞尔和猫头鹰小子一起,乘滑翔翼去了夜之迷宫。

　　这当然是猫头鹰小子的主意。谁都知道迷宫的峡谷里到处是虎怖机和难缠的上升暖流,再说马塞尔也没那么多命时可供挥霍。但他从来拧不过自己的爱人。

　　“你都快变成老头子了。”猫头鹰小子说,“你得时不时跟死亡调调情,否则永远别想成为艺术家。”这话指的是他之前的失败:有个想法他努力了好久,最后却被别人实现了。一想起这事他就心里刺痛,怎么都接受不了。结果就是,他来到了天上,俯瞰漆黑的深渊,仰望星辰,而且竟然十分快乐。

　　在伊乌斯大峡谷上方,猫头鹰小子突然引着滑翔翼下降,擦着地上种的深色仿真树飞过,随后又猛的拉升,紧贴峡谷边缘转弯。马塞尔的心都提到了嗓子眼。看见他的表情,猫头鹰小子放声大笑。

　　“你疯了。”马塞尔边说边吻对方。

　　猫头鹰小子笑道:“还以为永远等不到这个吻了呢。”

　　“刚才真有意思。”马塞尔说,“不过我们能不能飞高点,就看看天,只一会儿?"

"你说什么都成,亲爱的。再说了,要玩杂耍咱们有一整晚呢。"

马塞尔不理对方挤眉弄眼的表情,他把椅背往后调,抬头看天空,还通过瞬目画出星座和行星。

马塞尔说:"我一直在想,要不要离开这儿。"

"离开?"猫头鹰小子道,"你能去哪儿?"

马塞尔挥挥手,"你知道的,上面,那外头。"他将手掌按在滑翔翼平滑、透明的皮肤上。明亮的木星从他指间朝他眨眼。"这里只有一个愚蠢的循环,你不觉得吗? 而且我在这里已经不再觉得真实了。"

"这不是你的工作吗? 感受不真实?"对方声音里透着一丝怒气。猫头鹰小子念的是工程学,要不是身体上的吸引力,马塞尔绝不会选他做男朋友;可有时候他也会说些话,让马塞尔心跳加速。他们在一起已经两年,马塞尔好多次想分手,但这样的时刻总把他拉回对方身边。

"不,"马塞尔道,"我的工作是让不真实变得真实,或者让真实的东西更加真实。在外面的世界肯定更容易。佐酷人的机器可以把想法变成实物,索伯诺斯特说他们要保存曾经被思想过的每一个念头。但在这里——"

木星在他手指下爆炸。转瞬间,他的手变成一片亮白色上的红色剪影。他眨眨眼,感到滑翔翼在颤抖,它的翅膀卷曲成奇怪的形状,仿佛被火焰扭曲的纸张。他感到猫头鹰小子冰冷的手握紧自己的手,他的爱人喊出毫无意义、撕心裂肺的胡话。天空在他们周围燃烧,他们坠落地面。

默工从沙漠中找回他们的身体，复活师把他们复原。之后又过了很久，马塞尔才听说了脉冲爆发这个词。

每座城市都有损伤，连外记忆也被破坏了。天边外的情况更糟：木星被奇点吞噬，也许是重力奇点，也许是技术奇点，也许兼而有之，谁也说不清。索伯诺斯特宣称自己阻止了一个波及整个宇宙的威胁，还向忘川的所有公民提供上传庇护。超限城剩余的佐酷人迅速做出回应。大家都在谈论战争。

这一切，马塞尔很少关心。

"唔，这可真是意外之喜。"保罗·瑟九说。他坐在马塞尔的工作室里四下打量，屋里摆满陶土电子模型、草图和拣来的各种物件。或许这只是马塞尔的想象，可对方的隔弗罗似乎泄露出一丝沉默的嫉妒。"消失这么久，受邀拜访的第一个人竟然是我，实在出乎意料。情形如何？"

"这个么，"马塞尔说，"你自己看吧。"

马塞尔的房子位于界边区，猫头鹰小子住了最好的那间房，可以眺望整座城市。大多数时间他都静静地坐在窗边，待在自己的医疗泡沫茧里，眼神空洞。但有时他也会说话，发出一长串沙哑的、仿佛要撕裂喉咙的咔嗒声和金属似的声音。

"复活师也不明白。"马塞尔说，"他的大脑里存在一种持久的相关态，类似过去那种用量子态解释意识的理论：神经微导管栓塞，与他的外记忆纠缠在一起；如果化解栓塞，他或许会康复，也可能就此死掉。"

瑟九说："我很遗憾。"让马塞尔吃惊的是，对方声音里的关切似乎是真心的。"真希望我能做点儿什么。"

"你能的。"

"什么意思？"

"我打算放弃这一切。"马塞尔说，"过去，你显然觉得我的创意值得模仿。我准备把它们全卖给你。"他指指工作室，"所有这一切。我知道你付得起价钱。"

瑟九眨眨眼，"为什么？"

"不值得。"马塞尔说，"外面有的是巨人，跟他们相比，我们毫无价值。别人完全可能一脚踩扁我们，却根本没意识到。在这种情况下，创作图画有什么意思？无论它多么漂亮，别人早就画过了。我们是蝼蚁，唯一有意义的事情就是彼此照顾。"

马塞尔碰碰猫头鹰小子的手，"我可以为他做到这一点。"他说，"这是我的责任。我可以一直等下去，直到他好转的那一天。为了这个，我需要命时。"

瑟九望着两人，看了很久。"你错了。"他说，"我们和那些巨人一样强大。有人应该向他们证明这一点。"

"用修建玩具房子的办法吗？随你的便吧。"马塞尔一挥手，大脑下令传输隔弗罗合约给瑟九，"全归你了。你赢了。"

"谢谢你。"瑟九轻声道。他没动弹，站在原地听着猫头鹰小子的声音。最后他清清嗓子，"既然我们达成了一致，"他缓缓说道，"我可以不时过来看看吗？"

"随你高兴。"马塞尔道，"无所谓。"

两人握手成交。出于礼貌，马塞尔倒了杯干邑给他，但两人都没再说话。静静喝完之后，瑟九离开了。

马塞尔喂猫头鹰小子吃饭，饭后病人稍微安静下来。他陪他坐了很久，让房子演奏火星新派音乐。等星星露出脸来，马塞尔拉上了窗帘。

13. 偷儿来到下界

　　我的死亡被安排在第二天早上,地点是"时光消逝广场"。这里是公共广场,树立着代表死亡、枯骨和痛苦的深色黄铜雕像。命时乞丐都来这里咽下最后一口气。这种行为同时也是一场演出,意在为表演者再赢取宝贵的几秒钟。

　　"命时、命时、命时一去不复返。"我晃动造物机打印的骨头乐器,朝一对路过的夫妇大喊大叫。在我背后,两个乞丐正在雕像的阴影下绝望地做爱。一群脸上涂着油彩、身上一丝不挂的将亡人疯狂舞蹈,苍白的身体扭曲、颤抖。

　　我们的大部分观众都是异星客,我朝他们嚷嚷,嗓子都喊哑了。一个木卫三来的游客满脸迷惑,似乎完全误解了舞蹈的含义,不停地朝我们抛洒小段命时,跟喂鸽子似的。

　　别太夸张。米耶里在我脑子里说。她混在人群中观察,假装欣赏广场上的死之舞。

　　我告诉她:总得让人信服嘛。

　　你已经够可信了。准备好了随时可以开始。

　　好,行动。

　　"时间是最伟大的毁灭者!"我吼道,"哪怕我是雷神索尔,衰老

219

依然会将我按倒在地。"我朝观众鞠躬,"女士们、先生们,请看——死亡!"

米耶里遥控关闭了我。我两腿一软,肺停止了工作,同时体会到仿佛溺水般的可怕感觉。荒唐的是,在这个过程中,整个世界依然显得无比清明。身体其他部分关闭后,大脑依然在这具索伯诺斯特身体里运转,不过进入了隐藏模式。过去两天,我一直在跟黄泉路上的其他同伴排练。现在,随着眼前一阵摇晃,我栽倒在地,按照死之舞的造型要求倒下。我和同伴的身体在广场地上形成拉丁文单词:勿忘死亡。

围观的人群中发出参差不齐的欢呼声,声音中混杂了惭愧与着迷。片刻的寂静之后,广场上响起整齐而沉重的脚步。声音越来越近:复活师来了。

人群分开,让他们通过。这些年来,整套表演已经演化成了仪式,连复活师都不得不接受这个现实。他们三人一排通过广场,总共大约三十人,红色外袍,仪杖挂在腰带上,隔弗罗收得很紧,掩盖自己的面容与步态。一队复活默工紧随其后,模样跟人类差不多,但体型庞大,约莫三四米高,面部是一块亮闪闪、空荡荡的黑色外壳,身体上长出一大堆胳膊。我能从身下大地的震颤感觉出它们接近的脚步。

一个戴红色兜帽的人影出现在我上方,将仪杖伸到我那破解过的命表上。我突然感到一阵非理性的恐惧:这些冷酷的收割者,肯定见识过企图欺骗死神的各种把戏。然而黄铜命表发出了呼呼声,紧接着钟声响起,只响了一记。复活师弯下腰,指尖轻拂为我合上眼睑,动作精确而迅速。一个默工把我抱起来,缓慢敲击地面的脚步再度响起,我被带往下界。

我什么都看不见。我告诉米耶里,还有别的感官能打开吗?

我可不想让他们发现。再说你该演好自己的角色。

被抱着穿过隧道进入下界,听着脚步声在城市之下的城市回荡,闻着默工那奇特的海草味——这种感觉十分古怪。行走的节奏让我少见地忧郁起来。活了这么多个世纪,我还从没死过呢。也许忘川人是对的,这才是应对永生的正确方法:时不时死一次,学会珍惜生命。

还觉得好玩吗?培蝴宁问。

那是当然。

这种态度真让人担心。该起床了。

我第二次从阴间回到人世。我飘浮在狭小的空间中,裹在黏糊糊的凝胶里,眼睛仿佛被一层灰尘覆盖。只花了几秒钟,我就吐出小巧的量子石工具,打开了棺材盖。它没用隔弗罗锁闭,只有机械锁。复活师真是传统得不可思议。门向旁边滑开,我爬了出来。

然后差点掉下去:棺材在高高的墙上。这是一间巨大的圆柱形房间,四面的金属墙上布满一排排小舱口,让我联想到储物柜。许多根缆线从上到下贯穿整个房间。下方有个默工挂在缆线上——一大堆机械和胳膊,活像章鱼,正把新死的身体放进储物柜。我关上舱门,只留一条小缝往外观察,等它离开才好行动。它像蜘蛛一样沿线缆往上爬,从我身旁垂直上升。我再次冒险探出头去,凝胶从我皮肤上滴落。我寻找着把手。

好了。培蝴宁说,我已经收到图像了。底下有几口维修井,你可以从那儿把米耶里弄进去。

我重新设置了皮肤底下的Q粒子层,帮自己抓牢墙壁,然后爬下一排排盛放熟睡的死者的棺材。

嘶嘶声、隆隆声、砰砰声,远的近的,汇成持续不断的背景音。

城市的内脏都在这儿:活塞、引擎、生化修复细菌流通的管道,以及让城市迈开腿脚的巨大人造肌肉。

房间尽头有好些透明的管道,顺着几道竖井向下蛇行。竖井的大小刚能容我挤进去,里面还有间距均匀的横挡,显然是为体积较小的默工准备的。培蝴宁根据我的 WIMP 信号建立图像,又将图像拷贝反馈给我:我的四周布满房间、隧道和机械,好一幅杂乱的解剖图。

我往下爬了五十多米,皮肤与管道和竖井墙壁相互摩擦,听见默工急促的脚步就停下来。有一次,一大群甲虫大小的默工从我身边蜂拥而过。它们似乎没看见我,一窝蜂爬了我满身,小眼睛在黑暗中闪闪发亮。我好容易才忍住没有发出尖叫。

终于又有一条横向的隧道,材质类似陶瓷,墙上的孔里滴下散发苦味儿的液体,让隧道内壁十分滑溜。周围一片漆黑,我打开红外线灯,注意力集中在目的地上,努力忽略视野边缘那个鬼影幢幢的世界和那些来来往往的巨大怪物。

黑暗中的爬行仿佛永无止境,好容易隧道终于变宽,形成向下的斜坡,我险些直接滑下去。远处终于出现一点橙色的微光,还有彻骨的寒风。借了这光,我看见隧道变宽、成为倾斜的竖井,尽头是细细的铁丝网,透进外面的光线。

我通知培蝴宁:告诉米耶里,我这边准备就绪。

她跟着你的信号,随时会到。

为了走到这一步,我们花费了无数心血。包裹城市基座的隔弗罗异常厚实——忘川可不想为魂灵儿盗版分子提供便利。想要突入,唯一的办法就是从里面运作。

我再次掏出量子工具,在铁丝网上开洞。它轻易咬开了铁丝网的材料。我往下看,瞬间有些眩晕。随着一股热风,米耶里出现在开口下方,翅膀展开,悬浮不动。

我问:"干吗去了,这么久?"

她看着我,满脸不以为然。

"知道了,知道了。"我说,"下次从阴间复活,我一定穿好衣服。"

米耶里领路,我们追随Q蜘蛛发送的信号,前往存放安如身体的地方。隧道和通道黑漆漆的,我很高兴有她同行。好几次,大块头默工从我们身边经过,发出呜呜隆隆的声音,带来大海的腥臭。每到这种时候,米耶里都用隐身功能雾将我们包裹起来。

我们终于来到了墓穴间。每个房间都是圆柱形,手术室般干净,表面镀铬,与黑暗的隧道形成鲜明对比。棺材舱口上刻着名字和代码。安如在第三间。

头顶突然传来嘶嘶声。我们被章鱼殡葬默工发现了,它顺着线缆朝我一头扎了下来。

米耶里把我推开,用摄魂枪朝它射击。片刻的碾磨声过后,它停在我头顶几米高处,像木偶一样挂在线缆上前后摇晃。我看着它如同昆虫般的口器直咽唾沫:那也算脸吗?

"别担心,"米耶里道,"我的魂灵儿只是接管了它的运动神经,大脑不会有问题。我可不想伤害你那了不得的职业道德。"

"我担心的不是那个。"我说。米耶里给我带来了智能材料外套,可我还是一阵阵发冷。她打个手势,默工乖乖爬上去取安如的身体。棺材摆到我们面前的地板上,我用量子工具把它撬开。

"劫富济贫,"我说,"我跟蕾梦黛就是这么说的。"

曾经的千年富翁肤色惨白,除了命表的黑色表盘,全身赤裸。动手,我告诉培蝴宁。离子波束出现在我经过增强的视线中,一束铅笔粗细的白光拨弄着命表。这是量子传输,传输内容就是我们偷去的那一分钟。强化视觉中的景物爆炸开来,化为一片白噪音——周围的复活系统开始工作了,从外记忆读取安如大脑最后同步的版本,把它放回他的体内。

安如的身体开始颤抖。他颤巍巍地深吸一口气,发出呼噜呼噜的声响;然后一面咳嗽一面猛地睁开眼。

"怎么——哪儿——"

"抱歉,安如先生,不会耽搁你很久的。"米耶里把上传头盔递给我。那是一顶毫无特色的黑帽子。我将它放在他头上,它立即紧紧抓住他的头骨。

安如大笑起来,但笑声很快被咳嗽打断。"又是你?"他摇摇头,"真让我失望。没想到你不过是个寻常的魂灵儿盗版分子。"

我笑道:"我保证,你的隔弗罗我半点儿没动,偷你的东西也已经悉数奉还。不是盗版,这是别的事。别动。"

这是显而易见的解决方案。想知道是不是有某种隐藏势力在暗中操纵大家的大脑,你会怎么做?很简单:找一块干净的模板,做之前/之后的对比。安如很年轻,从未被复活,从未成为默工。就整体而言,他的大脑之前从未进入复活系统。而现在,他进入了这个系统;如果有人在他的大脑上动了手脚,我们马上就能知道。如果没有——唔,不就是参加个派对吗,我以前参加过的聚会,有些比安如的及时行乐派对差多了。

"动不动已经由不得我了。"安如叹口气,"我明白了。之前你偷了我一分钟,现在又把它还给了我,对吗?就是为了在这里接入我的大脑?有意思,但我实在想不出这是为什么。真是古怪的犯罪,赌王先生。真希望我能继续活着,看我那位年轻的朋友博特勒先生怎么逮住你。"

"你的问候我一定代转给他。"我说,"顺便说一句,很抱歉让你在这种地方醒过来。要是能给你准备一杯酒就好了。"

"没关系。我刚刚经历的不适比这厉害多了。"

"既然大家正好有空,"我说,"不知你能否告诉我,你怎么知道我们会去你的派对?"

他挥挥手,"那封信。"

"有封信?"

他一脸纳闷儿,"不是你送来的? 噢,多么错综复杂,超出了我的想象。可惜我要错过这一切了,真遗憾啊。我图书室里冒出一封信,署名是你。我们想不通它是怎么来的。博特勒先生认为外记忆出了问题——"

数据开始快速接收了。培蝴宁说,看来的确有一些变动,尤其是在——

安如的面孔扭曲成可怕的怪相。他朝我的喉咙伸出手,白色的手指陷进我肉里。他发出撕心裂肺的恐怖尖叫,用前额猛撞我的脸。痛楚将我眼前的一切都染成了红色。

米耶里拖开他,将他的双臂反剪在背后。"赌王!"他叫喊的声音与平日大相径庭,"他会来找你的! 国王会来找你的!"

说完他就瘫软在米耶里手里:命时再一次耗光了。

我按摩着喉咙。"唔,"我说,"关于忘川人的大脑是否被人动过手脚,要我说已经证据确凿了。"

数据传输完成。培蝴宁说,非常奇怪。

米耶里侧着脑袋听着什么。"有人来了。"她说,接着我也听见了:远处的脚步声,不断逼近的默工。

"老天爷,"我说,"多半是那个小侦探看穿了咱们的计划。"

米耶里一把抓住我的胳膊。"要玩游戏等以后。"她说,"咱们该走了。"

培蝴宁根据探测器的数据拼凑出了三维地图;米耶里收到地图,开始寻找逃生路线。

偷儿问:"咱们是不是该赶紧跑起来?"

"嘘。"超脑皮质提出建议,计算与对手遭遇可能性最低的线路。她可没兴趣一路打出去。成了:一条可能的路线,从这间屋往上,然后穿过——

地面与墙壁在颤抖,传来巨大的呻吟声。地图变了。她这才明白地图上的热源和能量,还有大块大块的人造肌肉是什么意思:巨型默工。它们负责平衡城市的平台和内部结构,肯定就在迷宫区正下方,变化最多的部位。复活师想用这些默工堵住他们的出路,困住他们。也就是说只能战斗,除非——

"这边!"她朝偷儿大吼一声,领头顺着隧道往前跑,跑向声音传来的方向。

"说起来,"偷儿道,"我们不是应该避开它们吗?"米耶里懒得跟他争辩,干脆通过生理信号链接轻轻给了他一拳。

"你这是干吗? 压根儿没必要!"

贯穿地穴的隧道是宽阔的圆柱形,越往前越宽。她的超脑皮质探测到了前方默工和复活师的回声,但她对他们不感兴趣。

他们跑进一间低矮的房间,直径足足一百米。合成生化管道中透出黯淡的荧光,此外再无照明。其中一堵墙是有机物,表面粗糙,不断脉动,那是活物带鳞片的外壳:巨型默工身体的一侧。米耶里召唤战斗孤独症,描绘出周边下界的几何图形:平台、接缝,以及所有的碎片是如何结合到一起的。

一个声音喊道:"住手!"房间另一侧进来一群戴兜帽的复活

师,体型庞大的战争默工侍立两侧。

米耶里用摄魂枪朝巨型默工体侧射击,发射的是最简单的奴隶魂灵儿,几次迭代后就会自毁。墙和地面开始颤抖,默工墙痉挛起来,鳞片破碎。随着巨大的破裂声,房间一分为二,阳光从地板张开的缝隙射上来。米耶里抓起偷儿,纵身跃下。

两人从城市身体的伤口下落,鲜血般的合成生化溶液飘洒在周围。他们很快就到了室外,朝明亮的日光眩眼,城市的腿像树林一样围绕着他们。

坠落时米耶里张开翅膀,将两人包裹在隔弗罗里,飞回活人的城市。

回到酒店,我情绪高涨。

在隔弗罗底下,我满身污泥,再一次被米耶里的飞行吓得浑身发抖,同时却又兴高采烈。我的一小部分大脑仍在思考是谁控制了安如,但想要庆祝的多数派很快便将它压制下去。

"来吧,"我对米耶里说,"咱们非得庆祝不可,这是传统。而你已经是荣誉窃贼了。说起来,这本来应该是窃贼落网的时候:因为分赃不均起了内讧,或者搞砸了逃脱计划。可咱们居然成功了,简直难以置信。"

我脑子嗡嗡响。过去的几个钟头,我当过小行星带的移民,还当过侦探、命时乞丐和尸体。过去的生活肯定就是这种感觉。我简直静不下来。

"你干得漂亮,真像亚马逊女战士。"我在胡言乱语,但我不在乎,"你知道,等这一切结束,说不定我会回这里定居,回归平淡的生活。种玫瑰,偷走姑娘们的心,再时不时偷点别的。"

我要了酒店造物机能提供的最昂贵的饮品:用真葡萄酿造的

王国葡萄酒。我递给米耶里一杯,"也敬你,飞船!量子魔法玩得漂亮。"

培蝴宁说:从今往后,我要把自己想象成喜欢炸飞东西的疯子科学家了。

我哈哈大笑,"她还懂流行文化!我爱上她了!"

顺便说一句,我从数据里找到了有趣的东西。

"别急!以后再说,我们先得把自己灌醉。"

米耶里神情古怪地看着我,我再次为读不懂她而遗憾。真可惜,我们的生理信号链接是单行道。不过她接过了我递去的酒杯,倒让我吃了一惊。

她问:"对你来说每次都是这样吗?"

"亲爱的,等我们花几个月工夫策划闯入固伯尼亚大脑你就知道了。这算什么,小火花而已,那才是真正的焰火。不过现在的我是沙漠里饥渴的迷路人,有这个就不错了。"我用酒杯碰碰她的杯子,"为犯罪干杯。"

偷儿的狂喜很有感染力,米耶里发现自己也高高兴兴地醉了。过去她也曾实施过需要精心策划的行动,比方说劫狱那回,可她从未体验过偷儿这种狂喜。他的表现也确实不错,就像她的柯多兄弟。现在他身上找不出任何反叛的迹象,好像完全变成了另一种生物。

"我还是不明白,"米耶里靠在沙发椅背上,任凭酒精带着她飞翔,"它的乐趣在哪儿?"

"这是游戏。你在奥尔特从没玩过游戏吗?"

"我们赛跑,还比赛手艺和瓦奇歌。"她突然思念起了过去的生活,"做手工,用珊瑚制作,我很喜欢这个。你构思出一个形象,找到表达它本质的语言,然后对着瓦奇把它们唱出来。它会生长、制造出你唱的那东西,最后你就得到了一件真正属于你的东西,世上从未有过的新东西。"她转开视线,"培蝴宁就是这样做出来的。那是很久以前的事了。"

"你知道吗?"偷儿道,"对我来说,偷东西跟你这个完全一样。"他突然严肃起来。"可你在这里做什么?"他问,"你为什么不回去,回去创造?"

"不过是在做不得不做的事,"米耶里说,"从来如此。"她没有继续说下去,不想让阴暗的情绪吞没自己。

"好吧,但今晚不是这样。"偷儿说,"今晚,我们要做自己想做的事。我们要去找乐子。你想吗?"

"唱歌,"米耶里说,"我想唱歌。"

偷儿说:"我知道一个地方,再合适不过了。"

肚皮区。该区位于反转的高塔之间,尽是地下小街与通道,低头就能看见默工的点点光亮。报纸智能机在贩卖消息,讲的都是白天早些时候城市的地震,还有之前一晚及时行乐派对上的怪事。

小酒吧名叫红丝巾。墙上贴满音乐家人生投影的招贴画,将闪烁的光线投射在一张张小圆桌上。店里还有一个小舞台,向客人开放。听众是几个年轻的火星人类,一脸什么都见识过、永远不会被打动的表情。但偷儿坚称这就是目的地。他给她报了名,然后压低嗓门跟店主嘀嘀咕咕。她在吧台等着,味道古怪的酒精饮料装在小酒杯里,她喝了一杯又一杯。

偷儿坚持要她换身打扮,培蝴宁也跟着起哄,于是她同意了。造物机吐出一身套装、一双松糕鞋和一把雨伞。偷儿取笑说她活像是去参加葬礼。她说完全可能是他的葬礼。见他吓得一缩,她居然笑了。奇装异服仿佛盔甲,她感到自己变成了另一个人,无所畏惧。她知道这一切都有假装的成分:一旦发现麻烦的苗头,超脑皮质会立刻冲刷掉所有醉意和不必要的情感。但装一装感觉也挺好的。

情况如何?她对培蝴宁低语,你真该下来跟我们一起。我要唱歌呢。

台上有个戴超大号墨镜的姑娘正在表演,她的创意是把诗歌、抽象临时物质图像和自己的心跳结合起来,把偷儿看得直打寒战。

抱歉。飞船说,忙着跟一千个数学魂灵儿合作,解决高维度格子密码问题。不过你能开心我就高兴。

我想她。

我知道。我们会把她带回来的。

"米耶里?该你了。"米耶里有些畏缩。走了,该我唱歌了。她压下一个酒嗝。

"我竟被你说动干这事儿,真不敢相信。"

"这话常有人对我说。"偷儿答道,"你知道,在这里我真正能信任的只有你一个人。所以别担心,我一定会保护好你。"米耶里点点头。她觉得自己喉咙里似乎堵了什么东西,又或许是他的喉咙。她走上舞台,脚步略有些踉跄。

歌声倾泻而出。她唱的是冰、唱的是伊尔玛塔从燃烧的世界走出来的漫长旅程、唱的是翅膀带来的欢乐以及居住在阿利内中的祖先。她唱起创造飞船的那支歌。她唱起封印柯多之门、挡住黑神的那支歌。她唱起家乡。

她唱完之后,台下一片寂静。然后,一个接一个,观众开始鼓掌。

很久很久之后,两人一起走回酒店。偷儿挽着她的胳膊。不知怎么,她觉得这种举动并没有什么不对的地方。

回到酒店房间,该说晚安了,可偷儿并没有松开她的手。生理信号链接传来他的兴奋和紧张。她摸摸他的面颊,将他的脸拉近自己的脸。

接着,笑声像之前的歌声一样,从她体内不断涌出。他脸上深受打击的表情越发让她笑不可遏。

"抱歉,"她笑弯了腰,眼里满是泪水,"我忍不住。"

"我向你道歉,"偷儿说,"因为我看不出哪里好笑。"他满脸自尊心受伤的表情,米耶里觉得自己一定会笑死在当场。"好吧,我去给自己倒杯喝的。"他猛一转身,准备离开。

"等等,"她一边抽气一边抹泪,"对不起。谢谢你有那种想法,只不过……太逗了。不过真的,今晚谢谢你。"

他面露微笑,只是一点点。

"不用谢。没错吧,有时候就该做自己想做的事。"

她说:"但不是随时随地。"

"没错。"偷儿叹口气,"也许不是随时随地。晚安。"

"晚安。"米耶里压抑住又一阵笑意,转身要走。

她的隔弗罗突然波动,一段突如其来的记忆:房间里还有别人。

"天哪,"一个声音说,"希望我没打扰什么好事吧。"

阳台上,一个人坐在偷儿平时爱坐的地方,正抽着一支小雪茄。突如其来的浓烈烟味仿佛一段令人不快的回忆。那人很年轻,一头黑发向后梳。他的外套搭在椅子上,衬衣袖子卷起。他咧嘴微笑,露出一排尖利的白牙。

他说:"我觉得是时候了,咱们聊聊。"

14．侦探与建筑师

　　这是伊斯多第二次看见安如的尸体。千年富翁的模样远不如前一晚那么平静：苍白的脸扭曲成骇人的怪相，前额和太阳穴都有红印，手指弯曲成爪子的形状。

　　地穴温度很低，伊斯多呼气成霜。这里的隔弗罗是锁上的，让一切都带上了不真实和捉摸不定的感觉。护送他来的复活师始终沉默，进一步加剧了不适感。这三个红袍的身影将面孔藏在隔弗罗和阴影中，纹丝不动地站着，没有半点儿小动作，似乎连呼吸也没有。

　　"感谢你们让我下来这里，"他对着胸口有金色无限符号的男人（或者是女人？）说，"我明白这举动有些……超乎寻常。"

　　对方没有回答。但伊斯多几乎可以确信，在复活之家与自己交谈的正是此人。一想通窃贼的计划，他立即去了那里；城市地震之后，他们带他来这儿，让他看发生了什么。但到目前为止，没有人说过半个字。

　　这是唯一符合逻辑的结论。偷走那么一点点时间，唯一可能的目的就是把它还回去、在下界进行某种犯罪活动。可怜的安如。拼图的碎片怎么都合不拢，让伊斯多忐忑不安。

他用放大镜研究现场。地板上有两种不同的防腐凝胶,凝结程度也不一样:一种属于安如,另一种属于另一个人。这与他对窃贼潜入方法的推测完全一致:先想办法装死,再为全副武装的同伙打开通道。他暗暗提醒自己:命时乞丐等死的所有"勿忘死亡"广场,它们的外记忆都要彻查一番。

安如的指甲底下有一种奇特的人造细胞,比忘川制造的合成生化身体的细胞复杂得多。这表明安如曾和对方搏斗。他头上的印记以及脑组织的伤痕都表明曾发生强制上传。

"有没有可能让他复活,只一小会儿?"伊斯多问复活师,"我们需要他的证词,好弄清这里究竟发生了什么。"对他的要求,红袍的下界守护者报以沉默。不过他并不吃惊:复活师最不情愿的就是违反复活法,哪怕是为了破案。

他一面思考,一面在屋里来回走动。一个复活师正在治疗被窃贼的同伙打伤的默工。子弹伊斯多已经检查过了。那是一小块钻石,已经融为坚固的一团,完全看不出它从前的内部结构。

让他烦恼的是找不到动机。派对事件,再加上这个,它们与他读到或调查过的魂灵儿盗版案件毫无相似之处。窃贼自始至终都不曾企图接入安如的隔弗罗。这是一起没有罪行的罪案。一点点命时被盗,然后又物归原主;安如的大脑有了两份拷贝——但没有他的隔弗罗密钥,拷贝全无用处。他甚至连那点儿命时是怎么被偷走的都不知道。

"介意我看看这个吗?"他拿起安如的命表,小心翼翼地解开缠在千年富翁手上的链子,"我想找人调查调查。"

胸口饰着无限符号的复活师缓缓点头。他从自己口袋里掏出一只朴实无华的命表,又用仪杖先后碰碰新旧两只命表,然后把新命表放在之前命表的位置上,将安如那只精美的黑色命表给了伊斯多。

伊斯多说:"谢谢。"

复活师掀开兜帽,又稍微打开自己的隔弗罗,露出一张友好的圆脸。他清清喉咙,"抱歉……我们同默工兄弟们……一起的时间太久……很难……"

"没关系的,"伊斯多说,"你们帮了大忙。"

那人从口袋里拿出一样东西。"我的搭档……就是那位……"他指指地板,"不做默工时……他是你的……粉丝。"他咳嗽两声,"所以我想……也许……能不能请你……签个名?"

对方递来的是一份剪报,蒙了一层临时物质薄膜。阿德里安·吴的文章。

侦探一边叹气一边接过剪报,从口袋里掏出笔来。

日光让伊斯多直眨眼。能离开阴沉的复活屋,他打心眼里高兴。从冰冷的下界出来,稳固大道的风感觉热烘烘的,人类的声音让他精神一振。

视觉基因攻击带来的眩晕感一直没有消退,还稍微有些头疼。所有客人都接受了医护默工检查,没有发现任何持久性感染的痕迹。病毒也已经被默工分离出来。伊斯多和奥黛特搜查城堡时,还发现了用来传播病毒的那朵花。为防万一,伊斯多用智能物质气泡把花包好,装进自己的挎包里。

他一宿没睡,但脑中飞驰的思绪依然不肯放他休息。每当想起窃贼,他腹中总有一丝羞耻的刺痛。他们离得是那么近,面对面——而对方不仅偷走了伊斯多的容貌,还偷了他的缠结指环。至于身份,盗窃是如何完成的,这又是一个未解之谜。伊斯多怎么都想不通,窃贼怎么会有自己的隔弗罗权限?

另外,窃贼也没在花园的外记忆留下任何痕迹;唯一一次没戴隔弗罗面具出现,就是在跟伊斯多谈话期间。很明显,他能随意改变自己的容貌。侦探心底隐隐有个念头:或许心中的不安有一部分根本就是恐惧,或许自己压根儿不是赌王的对手。

他在一株樱桃树下站定,吸进花香,帮自己醒醒脑子。他的对手不过是个寻常的魂灵儿盗版分子,只不过多了些名气,多了点儿花哨的派头。赌王同样会犯错,而伊斯多一定会找到他的错处。

他咬着牙朝大道侧面的小巷走,去命表师的店铺。

"有意思。"命表制作师透过一只很大的黄铜镶边接目镜打量着安如的命表,"嗯,我想我能告诉你这是怎么回事。"

目镜的镜片上闪烁着数码信息。命表师是个中年男人,又高又瘦,穿了件撕掉了袖子的黑色T恤。他一头蓝发,胡须枯黄,耳朵被嵌入设备和耳环拉得长长的。他的工坊是量子物理实验室和钟表匠工作间的结合体,嗡嗡叫的漂亮盒子周围飘着全息图像,木制工作台上整整齐齐地摆满微型机械和各种工具。背景音乐十分狂暴,命表师一面工作,一面随着节拍发疯般猛点脑袋。伊斯多把安如的事告诉了他,命表师表示非常乐意帮忙。不过这人不时向伊斯多投来色迷迷的目光,他很费了几分力气才能当这种目光不存在。

命表师的手套指尖带着钳子,相当于一只长着指头的迷你小手,可以进行分子水平的操作。他用钳子从命表里夹出一样东西。即使对着灯光,那东西也只是勉强可见:一只肉色的小蜘蛛。他把它装进一只临时物质小气泡,将它放大。它变成了昆虫模样的怪物,足有手掌大小。伊斯多拿出自己的放大镜,惹来命表师好奇的目光。

"这小宝贝儿肚子里有EPR态。"命表师说,"它拱进储存命时的离子阱里,用肚子里的东西缠结离子阱的量子态,再发个什么信号——砰,量子态就被传走了。量子机械手册里最古老的把戏,不过我还是头一次看见有人用这种办法偷命时。"

伊斯多问:"接收的人在哪儿?"

命表师双手一摊,"哪儿都有可能。库扑特并不需要很强的信号,接收方甚至可能在太空里。对了,这小虫子肯定不是本地居民。要我猜的话,我赌索伯诺斯特。"他朝地板上啐了一口,"希望你逮住他们。"

"我也一样。"伊斯多道,"谢谢你。"他环顾商店,玻璃柜台里的命表有种熟悉的感觉,有什么东西触动了他的心弦——

一只命表。一个沉甸甸的黄铜表盖。一条银表带。一个词:提贝美斯尼尔——

这段记忆是打哪儿来的?

"你还好吧,孩子?"命表师问。

"嗯,我没事,坐会儿就好。"量子钟表匠给了他一把椅子,伊斯多坐下来,闭上眼,重新检视派对的外记忆。在那儿:就在他跟窃贼说话之后、在窃贼偷走安如的命时之前,有一种怪异的感觉,仿佛看见了重影。这是当然!如果窃贼用了伊斯多的身份密钥来伪装成伊斯多,那期间创造的外记忆伊斯多自然有访问权限。

"能请你把音乐关小些吗?"

"当然,当然。要不要喝杯水?"

伊斯多揉着太阳穴,仔细筛选记忆,将属于自己的记忆与不该属于自己的记忆分开。他看看他的命表。那是他的命表。还有其他念头:一闪而过的建筑图纸、脸上有疤的美丽女人、翅膀闪烁的蝴蝶飞船。还有情感:傲慢、自信、浮夸。伊斯多怒火中烧。我一定会抓住你。他暗想,等着瞧吧。

他的太阳穴突突跳,睁开眼接过对方递来的水,猛灌一大口。"谢谢你。"他深吸一口气,"还有一个问题,之后我就不再烦你了。你见过这只表吗?"他将刚才那只表的共同记忆传给命表师。

那人琢磨了一会儿,"原物怕是没见过,瞧着倒像老安东尼亚的手艺。她的铺子离这儿两条街,告诉她是贾斯丁让你去的就行。"他朝伊斯多挤挤眼。

"再次感谢,"伊斯多说,"你帮了大忙。"

"别这么说。如今很难遇到欣赏命表的年轻人了。"他咧开嘴,没戴手套的那只手放到伊斯多大腿上,"当然了,要是你真的有心表达谢意,咱们总能想出些法子——"

伊斯多拔腿就跑。在他身后,音乐的轰鸣再度响起,夹杂着大笑声。

"对,我记得。"安东尼亚说。她一点也不老,至少外表不老:或许已经换了三四具身体了,如今是个小个子、深色皮肤的印第安女性。她的店明亮又整洁,钟表旁摆放着赞西设计的珠宝。收到伊斯多给的共同记忆,她马上用临时物质打印出一个模型,拿在手里掂量着,用鲜红的指甲敲打它。

"应该是很久以前了。"她说,"看这设计,大概二十个地球年。客人想要一个特别的小机关,可以把东西藏在里面,按下几个字母组合才能打开。多半是送给情人的礼物。"

伊斯多问:"买它的那个人,你还能想起点什么来吗?"

女人摇摇头。

"店铺隔弗罗,你也知道,我们很少获准保留那些记忆。恐怕我想不起来了。大多数人都对自己的命表讳莫如深。"她皱起眉头,"不过么——我觉得这东西应该是个系列,总共九块。全都是同一个客人,设计也类似。需要的话我可以给你图纸。"

"那真是好极了。"伊斯多道。安东尼亚点点头,伊斯多脑海中突然充满复杂的机械与量子计算设计图,随之而来的还有又一阵剧烈的头痛,痛得他直眨眼。安东尼亚朝他微笑。"希望贾斯丁没吓坏你。"她说,"这个行当很寂寞。工作时间长,又乏人欣赏,有时他难免忘乎所以,尤其是遇到你这样的年轻人的时候。"

伊斯多说:"听着倒跟当侦探挺像的。"

伊斯多在蒙哥菲区一家飘浮小餐馆午餐,边吃边整理思绪。即便在这里也有人认出了他——他跟安如及时行乐派对的牵扯已经被《先驱报》大肆渲染。不过他满脑子都是命表,顾不上用隔弗罗躲避旁人好奇的目光。南瓜蛋饼他也几乎没尝出是什么味儿,只顾专心回想命表的设计。

它们几乎一模一样,只有刻的字眼不同:善、伟大、永恒、权力、智慧、意志、美德、真实、荣耀——没有一样会让人联想到赌王若昂。不过现在看来,千年富翁的猜测只怕站不住脚:安如事件并非赌王一时心血来潮,拿忘川的野蛮人逗乐子。那个人显然跟火星有些牵扯,而且这种关系至少要追溯到二十年前。

他喝着咖啡,俯瞰下方的城市,花了一个钟头瞬目那些词。它们曾一起出现在中世纪的文档里:十三世纪的作品,《上帝的威仪》,作者雷蒙·卢尔①,涉及卡巴拉教②的传统和一种失传的……记忆术。卢尔有个名叫佐丹奴·布鲁诺的追随者,他完善了记忆宫殿

①十三世纪加泰罗尼亚作家、逻辑学家、神秘学家。也是计算理论的先驱,对莱布尼茨等人有所影响。
②犹太教的一个分支。

的艺术,让脑中的画面储存在有形的物理地点,这样一来,记忆内容就好像储存在了大脑之外似的。有意思,忘川的外记忆也是同样的原理:利用无处不在的计算力量,把所有人想到、体验到和感受到的东西都储存在真正的大脑之外的某个地方。

谜题的形状似乎终于对上了,但他又怀疑这种匹配或许只是一厢情愿,相当于从云中看出人脸。可就在这时,有关建筑图纸的碎片记忆再一次出现在他脑海里。

他再次瞬目"记忆宫殿",发现二十年前民声委托建造了一系列建筑,命名为"记忆九思"。建筑师名叫保罗·瑟九。

所有"宫殿"都在迷宫区,彼此相隔不算远。但关于它们的公共外记忆已经很老了,伊斯多只好亲自跑跑腿。

他找到的第一个地方靠近迷宫区里的一处市场,挤在小型公共造物机中心和犹太教堂之间。那东西简直怪异到了极点。体积相当于一栋小房子,用了某种光滑的黑色材料。满眼的几何平面、立方体和管道,貌似毫无章法,但他能察觉出它的结构中包含了某种秩序。各个平面好歹也算组成了类似房间和走廊的空间,只不过更像哈哈镜里扭曲变形的图像。勉强可以称作入口的地方有块小牌子,上面写着两个字:永恒。

这东西并不像出自人类之手,倒像是某种算法程序的设计。某些部分略显模糊,仿佛建筑表面在人类视觉的极限之外仍在继续分解、分叉。就建筑整体而言,这东西令人望而生畏。有当地人放了几盆花在里面,蔓藤已经缠上了尖顶和平面,向上寻找着光明。这些花儿稍稍削减了黑色建筑内部的墓穴味儿,使其不至于太过邪性。

伊斯多研究建筑结构时,一小段本地外记忆自动打开。据它说,永恒是一项试验,"将外记忆数据直接转换成建筑物和可供生活的空间"。其实忘川到处是类似的艺术品,伊斯多的同学搞出的有些东西比这怪多了。但这里显然蕴含着更深层次的信息,至少曾经对窃贼非常重要。

他一时兴起掏出放大镜,结果大吃一惊。放大之后,表面呈现出无穷无尽的复杂性:黑色树叶、尖顶、金字塔,各种形状规整无比的建筑结构,一直精细到分子水平。其材料放大镜居然无法识别,类似所谓的佐酷Q物质,只是密度更大;虽然体积不算大,但这栋房子必定重到极点。隐藏在普通建筑外表之下的不像是建筑,更像是某个无比复杂的机械的一部分,凝固在时间中。

这种东西居然有九个?伊斯多深吸一口气,也许我确实不是他的对手。

下一座宫殿离这里只有几百米。伊斯多一路都在沉思,全靠自己的方向感带着他穿过迷宫区。

这一切跟安如有什么关系?他暗想,时间、记忆宫殿、《上帝的威仪》?也许本来就说不通,也许赌王是个疯子。可他的全部本能都在呐喊,告诉他这里面有逻辑,告诉他眼前的一切只是巨大冰山的一角。

旁边的响动吓了他一跳:附近房顶上有人玩滑板。迷宫区有这么几处地方,刚开始建造就被城市的平台移到了位置不佳的地段,工程于是就此停止。这里就是其中之一。眼前的一切都是废弃的半成品,狭窄街道两旁的房屋活像满口烂牙。玩滑板的人在伊斯多眼前化作一团隔弗罗模糊效果。伊斯多加快步子继续前行。

一分钟后,他听到身后有脚步尾随而至。起先他以为对方是一个人,可等他停下来认真倾听,很快就从回声判断出跟踪者有好几个,像一队士兵一样步调完全一致。他加快脚步,从主街转进一条小巷,却发现巷子另一头恰好因为迷宫区的缓慢漂移而封闭,把这里变成了死胡同。他转过身,眼前出现了四个塞巴斯蒂安。

他们全跟艾洛蒂的男朋友一模一样:十六岁,完美的五官,满头金发;穿的是年轻火星人的最爱:受佐酷风格影响的紧身衣裳。起初他们面无表情,然后所有人同时微笑,嘴唇弯曲成冷酷无情的弧线。

其中一个说:"你好啊,拷贝杀手①。"

第二个说:"我们现在认得你了。"

"你本该——"

"——少管闲事。"最后一个做结语。

"带着下界的气味跑来我们的领地,多蠢啊。"

"靠近幕后推手要我们守护的地方,多蠢啊。"

他们像训练有素的士兵,同时迈出一步,齐齐掏出小刀。

伊斯多转身全力开跑,眼睛搜索可供借力的东西,想爬上堵死了小巷的障碍物。

玩滑板的塞巴斯蒂安飞身将他扑倒。他肺里的空气逃之夭夭,两边胳膊肘狠狠砸在人行道上,紧跟着就是鼻子。世界瞬间变成红色。视觉恢复后,他发现自己仰躺在地,四张完美的瓷娃娃脸环绕在上方。他喉咙上抵着个又尖又硬的东西,四肢被牢牢摁住。他赶忙打开自己的隔弗罗,想接通警察默工的紧急信号。但频道似乎很遥远,怎么都抓不住——魂灵儿强盗不知用什么方法阻隔了通讯。

---

①在巧克力制作师一案中,伊斯多识破了艾洛蒂的男朋友塞巴斯蒂安的真面目,导致了他的死亡。换句话说,杀死了一个塞巴斯蒂安的拷贝。

上传触须在他脸上跳舞,活像派对上的蛇形焰火。他想象它们发出了嘶嘶声。咽喉一阵刺痛,一个塞巴斯蒂安扬起小小的注射器。"你的脑子归我们了,拷贝杀手。"他说,"能查出你的模样真是天赐的好运气。看见报纸的报道时我们齐声赞美费德罗夫。现在你就要开始尖叫了,就像我兄弟记忆中的那个巧克力制造师。但愿睿智的始祖把共同盛业的一部分任务交给你,让你成为导弹制导系统,或者龙的食物。"触须的尖端轻触他的头皮,仿佛锐利的电子亲吻。

一个平板而沙哑的声音说:"放开他。"

绅士站在巷子的另一头,正好在伊斯多模糊的视界边缘。一个黑影,外加一抹银色。

"我不乐意。"第一个塞巴斯蒂安说。几根触须从他嘴里冒出来,仿佛一小簇闪亮的蛇,"我正摸着他的大脑呢,臭婆娘,你的巫术功能雾达不到光速吧。"

光。所有塞巴斯蒂安的目光都在绅士身上。伊斯多用意念溶解了包裹窃贼玫瑰的Q气泡。但愿它速度够快,但愿它对他们也有效。他对绅士敞开隔弗罗,让对方能看见自己意识表层的想法。焰火,他朝着义人默想,光。

"说起来,你倒是可以听他尖叫——"

一道闪光,接着是漫长的坠落,坠向黑暗。

过了很久,光回来了。有个软软和和的东西搂着伊斯多。塞巴斯蒂安的脸依然在他视线里闪烁,但很快他就意识到那是他自己的脸,映在绅士的面具上。

"别说话,"义人道,"救助马上就到。"伊斯多飘浮在空中,身下垫了个软绵绵的东西,感觉比他自己的床还好。

"让我猜猜,"伊斯多说,"你见过的蠢事里,这次排名第二?"

"算不上。"

"你来得正好。"伊斯多说,"要是昨晚的派对上有你在就好了,肯定也能帮我们一把。"

"我们不可能分布各处。让我猜猜:你这场愚蠢的追逐戏,跟那位名声在外、不请自来的客人有关?"

伊斯多点点头。

"伊斯多,我一直想跟你谈谈。我向你道歉。上次的案子过后,我对你的判断过于……严厉。你有资格成为我们中的一员,对此我从未怀疑。但这并不意味着你必须这样做。你还年轻,生命可以用在别的地方:学习、工作、创造、生活。"

"为什么现在说起这个?"伊斯多闭上眼,他的太阳穴突突直跳:一天之内两剂视觉基因武器,真够受的。义人的声音听上去空洞又遥远。

"就因为这个,"义人说,"因为你不停受伤。因为外面有比瓦西列夫更危险的东西。把窃贼留给我们对付,回家去,跟你那个佐酷姑娘和好。生活不只是追踪幽灵和魂灵儿盗版者。"

"我为什么……要听你的?"

义人没回答。

但有什么东西轻轻碰了碰他的面颊,然后,突然间,一个轻柔的吻落在他前额上,与之相伴的是银面具向旁边滑开的古怪感觉。那碰触如此轻柔光滑,让伊斯多不得不相信阿德里安·吴绅士是个女人的看法。还有香水味,淡淡的松树气息——

"不是命令你非要听我的,"义人说,"只是让你当心点儿。"

他睁开眼,前额依然能感受到那个吻的热度。周围突然一片忙碌喧嚣:复活师和红白色的医疗默工赶到了,但绅士已经离开。

有光照进伊斯多眼里,他闭上眼睛。就像焰火,他暗想。而在这个念头之后,在他陷入黑暗之前,他脑中冒出一个问题:

绅士怎么会知道焰火的事?

15．窃贼与女神

我和米耶里瞪着陌生人。他站起身,穿上外套。"你们谁要来一杯吗?"他走到造物机旁,往杯里斟酒,"不好意思,你们不在,我就自便了。你们好像在庆祝,难怪。"他抿口酒,"之前的小把戏玩得不错。我们全程追踪,饶有兴趣。"

动手啊。我戳戳米耶里,你能搞定这家伙。咱们撬开他的嘴巴。

米耶里看我一眼,眼神古怪。

那人朝米耶里点点头,"对了,谢谢你的邀请。我和我的同伴都很欣赏开门见山的风格。"他将雪茄扔进酒杯,雪茄嘶一声熄灭,"瞧我,怎么连礼貌都忘了? 请吧,"他指指沙发,"坐,别客气。"

我抓住米耶里的肩膀。邀请? 她甩开我的手,等会儿再说。红丝巾的奥尔特歌手不见了,她的面孔又变得燧石般坚硬。我看出她没心情争辩,于是默默坐到她身旁。那人跨坐在桌边,对我扬起眉毛。

"说起来,若昂,你可是让我吃了一惊呀。你以前做事是多么干脆,哪会等着人家在该死的时候才动手;你会照自己的需要制造尸体。看来是心肠变软了。"

"我是个艺术家,"我说,"尸体成不了艺术品。我敢说,即便在过去,我也一样是这个态度。你怎么称呼?"

"抱歉,"他说,"我没穿自己的身体。这年轻人今早才脱离默工状态,为了这次会面,我专门征用了他,免得有人……按捺不住,想伤害我。"他又拿出一支雪茄,在嘴里舔湿其中一头,凑到鼻子底下闻闻,"再说了,时不时尝试点儿新东西也不错。你可以叫我罗伯特。咱们见过,但我知道你不一定记得。上次见面之后,我们走上了不同的职业道路。我……开悟了,成了你的义人朋友所说的地下老大中的一个。而你么,似乎是当了囚犯。"

地下老大罗伯特点燃雪茄吸了一口,雪茄头变成红色,"让人不禁想起因果报应,不是吗?我觉得,下一代复活系统应该加进这个特色。"

我问:"你想怎样?"

他扬起眉毛,"啊,这个么,你这位同伴之前有个提议,非常有趣。也许这位女士愿意为你重复一遍?"

米耶里看着我。在房间刺目的光线下,她的淡妆显得有些怪,看上去像具死尸。

"你们不再阻挠我们,"米耶里说,"我们把义人给你们。"

"很有吸引力,不是吗?"罗伯特问。

怒气在我胸中翻涌,仿佛滚烫的愤怒与硫黄。酒精更是火上浇油。我深吸一口气憋在肚里,在心里握个拳头把它捏住,留着稍后再用。我朝地下老大微笑。

"你知道吗,若昂,从你来的那一刻起,我们一直在监视你。干这行当,你也太不注意隐藏行踪了。上回的事儿我们还记得呢,那一次,你在这地方可没交到什么朋友呀。咱们这么老的交情,你那么做太不应该了吧。不过忠诚本来就不是你的强项。看看蕾梦黛那姑娘的下场就知道了。"

我强忍着他的挑衅，"既然这样，又何必搞那些鬼鬼祟祟的把戏呢？魂灵儿盗版、安如的信——"他眼里闪过什么东西，赶忙用隔弗罗遮掩，不过迟了一步。他不知道信的事。

他不屑一顾地挥挥手里的雪茄，"玩儿点小游戏，稍微增添些乐趣。我们太老了，很容易无聊。但现在该认真谈生意了：对你的建议，我们拒绝。"

米耶里皱眉道："为什么？"

我替他回答："因为你们早就知道义人的身份。他们中间有一个是你们的人，也许不止一个。义人全都当过默工。再说他们用起来又很趁手，能解决街上的治安问题。"

"那伙人效率低下，喜欢哗众取宠，有时还招人厌烦。不过没错，他们帮我们处理了不少小麻烦。但关键不在这儿。若昂，你总是迫不及待地要把其他人全部划成恶魔，我一直很爱你这一点。关键在于，我们与义人意见一致。我们希望这里永远是自由、独特、安全的居所，一个可以逃避过往的罪恶、自由生活的好地方。"他摇摇头，"我们要对付的不是义人，而是他们背后的力量。"

我说："佐酷殖民地。"

"你对我们当地的政局如此熟稔，真叫人高兴。对了，我们还需要喂给他们一点点假情报。"他从口袋里掏出个小玩意儿：鸡蛋一样的圆形，像佐酷珠宝，"把它交给你们的义人朋友，里头附带一小段共同记忆——你们可以说是从安如先生手里弄到的，不会有人起疑。"

米耶里问："就这些？"

"当然不。"地下老大又咧开嘴，雪茄汁染黄了他的牙齿，让年轻人的面孔上现出一副老年人的怪相，"这还远远不够，若昂，我们要拿到我们那份。"

"什么?"

"好些年之前,我们放你离开。你说你会回来,要跟我们分享你在异星的所有宝藏,还记得吗?你当然不记得了。"罗伯特摇摇头,"你真不该回来。这么长的时间里,我们有很多工夫琢磨以往的过节。"

他站起来,"这就是我们的提议。第一,你把这东西交给义人,说服他们相信;第二,你从可怜的安如脑子里挖出的数据,哪怕一点点残渣,都要跟我们分享,然后销毁——这个可以稍后安排;第三,等你找到自己在找的东西,我们的那份必须给我们,附带利息。如何,若昂?别太贪心,你那神话一样的宝藏肯定够咱们大家分的。"

"知道我怎么想吗?"我说,"你觉得你在虚张声势。我觉得你根本没有自己说的那么强大。我觉得你害怕我们找到的东西。你也应该害怕。对你的提议,答案是——"

米耶里冻结了我的身体,感觉就像被冰冷的大锤砸中了脑袋。

"我们同意。"我想高举双手、放声尖叫、用力跳脚,可我甩不开她的精神控制。我只能无助地看着地下老大朝米耶里鞠了一躬。

"我的雇主认为你们是很有价值的同盟。"她说,"为了证明我们的好意,我们会与你们分享我们的……发现。她也会考虑如何协助你们解决佐酷的问题。"

"好极了!"罗伯特说,"能相互理解真是太好了。合作愉快。"他弯腰拍拍我的脸,很用力,"看来你是被这位女士抓在手心里了,若昂。不过话说回来,你跟女人的关系一向如此,不是吗?"

米耶里送他出门,我像雕塑般呆坐,用想象的拳头愤怒地捶打太阳穴。

"简直没法相信!"我朝米耶里嚷嚷,"你想跟他们合作? 你的承诺呢? 你的柯多荣誉呢? 义人是好人。"

"他说的也有道理。"米耶里说,"我们没资格对他们作道德评判。"

"没资格才怪。"我来回踱步,然后停下,把前额压在玻璃上降温,"你还忘了一件事。他们从前认识我。而这正好就是坏人的定义。我们不能信任他们。"

"跟信任无关。"米耶里说,"我们先回收你的记忆,那之前什么都不做。"

"可如果事情不顺利呢? 如果义人不上当,如果蕾梦黛——"我咬紧牙关,"你犯了大错。"

"这事儿不由你说了算。"米耶里说,"我们有任务,怎么完成它由我决定。"

"你知道,"我说,"刚刚有一阵子,我真的以为你还有点儿人性。"我想闭嘴,可这些话就像机枪的子弹般飞速射出,"可索伯诺斯特控制了你,他们把你变成了机器人。那些歌——那只是音乐盒里的调子。录音,魂灵儿。"我捏紧拳头,"我被关在监狱不知多久,可我从来没被他们击垮。你效劳的那个混蛋,他对你做了什么?"

我拿起地下老大留下的半杯酒,雪茄头漂在酒上。"知道我现在的感觉是什么滋味吗?"我喝了一口,把它啐在地板上,"像灰烬。"

米耶里神色不变,转身准备离开。"我还有工作要做,"她说,"研究安如的数据。我们需要多一重保险,以防出现麻烦。"

"是有麻烦。"我说,"我要把自己灌醉,可我的杯子空了。"

"请便。"米耶里淡淡地说,"但只要你企图联络你的义人朋友,我会知道的,到时候没你的好处。"

婊子。一切都沉甸甸的,我被困住了。我第一百次诅咒过去的自己,干吗弄得这么麻烦,要藏宝藏明明有很直接的办法啊,比方说在地上挖个洞什么的。混蛋。

蠢货,我脑子里有个声音说,办法总是有的。除了你心里的监狱,谁也关不住你。

"等等。"我喊住米耶里。她看我一眼,眼神跟越狱后第一天一样,充满厌恶。

我说:"让我跟他谈谈。她。它。"

"什么?"

"让我跟你的雇主谈谈,我知道你们有联系,咱们这次一劳永逸地把这事儿解决掉。如果要按你的法子做,我要听拍板的人亲口说,而不是让猴子传话。"

她眼睛一闪,"你竟敢——"

"来啊,把我关掉,送我回地狱。我不在乎。地狱我去过,现在只想把要说的话说出来,然后我就乖乖当个好孩子。"我把带烟灰的恶心液体一口吞下,"保证。"

我们彼此瞪着对方,她浅绿色的目光没有闪躲。片刻之后,她摸摸自己的伤疤。"好,"她说,"是你自找的。"

她坐在沙发上闭起眼睛,睁眼时已经变成另外一个人。

就好像她戴上了面具。年龄更大,更镇定,不是战士那种严峻的镇定,而是习惯了被人依靠、习惯了掌控局面的从容。她的笑容里有蛇的影子。

"若昂,若昂,若昂,"她音乐似的声音非常耳熟,让我头皮发麻,"我们该拿你怎么办呢,我的花儿王子?"

然后她站起身,胳膊搂住我脖子。她吻了我。

米耶里成了自己身体里的囚徒。她想闭上眼,可是做不到;她想从偷儿身边离开,可是做不到。她能嗅到他呼吸中难闻的酒臭,她看得出事情将要如何发展。突然间,这个游戏一点儿也不好玩了。

"帮帮我,"她无声地对培蝴宁说话,"把我弄出去。"

可怜的宝贝,好了。片刻之后,清凉舒适的黑暗将她包裹。无论她的大脑被降格成了哪种子程序,至少飞船仍有接触它的权限。

"她这是干吗?"

神的意愿神秘难解啊。飞船说,你还好吧?

"不好。"没有了身体,没有了声音,米耶里想哭。"他说得对,我错了。可根本没有选择的余地,不是吗?"

的确没有。女神的命令只能遵从,就这么简单,至少眼下如此。我真的很抱歉。

"我还破坏了承诺。我需要乞求伊尔玛塔的原谅。"

我敢说她能理解。我敢说你跟她打交道准比跟另外那位女神来得强。别担心,那女人跟偷儿天生一对。

飞船声音平静温和,令人安心。"没错。"米耶里说,"再说了,我们不是还有事情要做吗?"

正是。

突然间,米耶里周围的黑暗不再空旷,她来到了又大又复杂的数据模拟界。它朝她低语,向她阐释自己:两株由节点与线条构成的大树相互重叠,代表克里斯蒂安·安如大脑与记忆的两个版本。

我亲吻米耶里的身体,仿佛在吻一个彼此间一直存在性张力的老朋友。只不过这个吻跟我想象中的全然不同：有种凶猛的力量，让我呼吸困难。而且当然了，她比我强壮得多，我很快就只好扭开头、补充空气。

我气喘吁吁地挤出一句："你是谁？"

她躺回沙发的靠枕上，小女孩似的咯咯直笑。然后她伸长胳膊搭在沙发靠背上，跷起二郎腿。

"有恩于你的人、带给你自由的人。你的女神、你的母亲。"看见我惊恐的表情，她的笑声越发响亮。"我开玩笑呢，亲爱的。当然，你也可以叫我精神上的母亲。许久之前，我教会了你很多事情。"她拍拍身旁的坐垫，"过来坐。"

我遵命行事，动作里带着小心。

她的手指滑下我的脸颊和我敞开的领口，在我体内激起一道道冰冷的波浪。"说起来，我们应该检查检查，看你忘了没有。"她用力吻我的脖子，轻轻咬我的皮肤，我发现很难把注意力集中在自己的怒气上。我浑身绷得紧紧的。

"放松。你喜欢这具身体，我知道你喜欢，而且我还确保你的身体……也很乐意。"最后几个字变成耳语，她滚烫的呼吸落在我皮肤上，把愤怒变成了另外一种东西，"活了很久之后，你就会懂得欣赏一切，尤其是那些你很少有机会品尝的东西。等这里的事情结束，我找个时间教你如何生活。这儿的东西太重、太笨拙，在固伯尼亚会好得多。不过也挺有趣的，你说呢？"她用力咬我的耳垂，又突然一缩。

"哦，这愚蠢的生理信号。可怜的米耶里，老是疑神疑鬼。我把它关掉好了。你不会逃走吧，嗯？"

"不会，"我喘息道，"可我们得谈谈。"

"过后再谈也是一样，你觉得呢？"

上帝啊,我完全同意。

别忘了,有些东西我也不全明白,培蝴宁说,不过数学魂灵儿懂。这是他隔弗罗树的一个根节点。在米耶里看来,复杂的数据结构活像阿利内中难解的幻象。她的视点悬浮在一个交叉点上方,无数线条汇聚此处,形成一个充满符号与大脑三维切片的球体。这里、这里,还有这里,都有变化。区域内的物体改变了颜色。米耶里碰碰那个区域,吸取信息,然后沉思片刻。

"这是他的程序化记忆。"她说,"这样设置以后,它能让他在特定情况下做出特定的行为。比方说投票支持民声。"

对。还有些别的改变,这里和这里,但都不大。最有趣的是,我们可以追踪到修改的源头。

飞船从联结到这个节点的线里挑出一条,加以高亮显示,还附上复杂的数学方程作为补充信息。隔弗罗的工作方式是产生一对一对的公共/个人密钥,形成密钥树。每当使用者有了想要指定隔弗罗权限的新记忆、新领域或新经验,一对新密钥就产生了。这对新密钥同时还要用树状结构中位于自己上方①的那对密钥加密。理论上,应该只有这个人自己才拥有访问树根的权限。

"只不过——"

只不过所有树根似乎同时还有另外一种产生方式,来自另一对公共/个人密钥,你可以管它叫总密钥。谁掌握了这些总密钥,谁就有了访问忘川所有外记忆的权限,访问加改写。对于当过默工的人,相当于他们的整个大脑都受到他人控制。安如大脑的新修改就是这么来的。地下老大肯定有某种自动化系统,用来更改每个当过默工的人的意识。

---

①指更靠近树根。

"伊尔玛塔母亲啊,"米耶里低声道,"也就是说,理论上——"

——只要他们愿意,对于当过默工的人,他们可以查看和修改每段记忆、每个念头。当然了,这样的海量信息,任何人都没法完全掌握,所以我猜他们有某种自动化辅助手段。看看安如的大脑,他们只做了微小的改动,我猜他们并没有无限的资源来做这项工作。

不过说到底,原来忘川不是遗忘之地,不是隐私的天堂。它是座全景式监狱。

距离上一次已经太久太久,所以一开始,肌肉、皮肤、嘴唇、爱抚、撕咬全部混杂在一起,匆匆融成一团火热。她比我强壮多了,而且不怕让我知道。她还拿米耶里的强化性能逗我玩儿,指尖上冒出一个滚烫的Q粒子来撩拨我。她咧嘴笑得像只猫。

到第三回合,我们发现她的翅膀很怕痒,于是事情越来越有意思了。

"那我们该怎么利用这点?"

唔,根权限没办法动手脚,不过——这是魂灵儿说的——我们可以在所有这一切上头再增加一个加密层。这以后,我们就能用盗版者的引擎伪造忘川身份了。我们已经做了几个假身份,用的是自己的密钥,而不是忘川密钥生成界面产生的密钥。

"然后呢?"

有了这些,我们就能制造出地下老大永远拿不到权限的共同记忆。跟我们分享过这些共同记忆的人就等于注射了疫苗,不管有没有当过默工,他们都再也不会受地下老大操纵了。疫苗是病毒式的,你想传给多少人都可以。我们还制造了另外一段共同记忆,让你忘记已经形成的修改。说起来,偷儿建议我们把它们刊登在报纸上——

"等等,偷儿建议什么?"

没错,这事儿我跟他聊过了,在你唱歌的时候。这些事儿数学魂灵儿做起来其实花不了多少时间。

"这些他都已经知道了? 他手里有你们制造的共同记忆吗?"

对。飞船沉默片刻,我被他耍了,是不是? 混账东西。米耶里细细琢磨半晌,"没错,没错,就是这样。而且依我看,还有另外一个人也要被他耍了。"

我们停下来休息时已是清晨。中途我们把战场搬到了我的房间。我靠在枕头上,半闭着眼睛看她。她斜躺在床的另一侧,除了临时命表一丝不挂。她的翅膀依然半张着,映着拂晓的晨光。

她问:"我确实把你教得很好,不是吗?"

"的确。说起来,我俩现在是不是……你知道,独处?"

"啊,你担心伤害了可怜的小米耶里的感情? 你可真是好心,还替她着想。我承认,我自己对她也有点儿感情用事。就好像你最喜欢的钢笔,或者幸运符。"她伸个懒腰。就连她脸上的伤疤也显得与之前不同,更淘气了,"不过别担心,她跟飞船在一起。这里只有我们俩。眼下你全归我。早该这样了,不过你知道,我的分身不是无穷无尽的,数量只有那么多。"

"真不敢相信,我竟会忘了你。"我说,"只不过——我刚从监狱出来时,有段记忆一闪而过。另一座监狱,在地球上。我正在读书——"

"那是我们第一次见面。"她说,"那时你只是个街头小混混,在大城市闯荡,脚趾头缝里还夹着沙漠带来的沙子。那么原始,那么勇敢。瞧你现在,就像一粒钻石。至少很快就会变回钻石了。到那时——"她微微一笑——"到那时你再好好感谢我吧。"

"你听到我对米耶里说的话了,对吧?"我说,"你跟地下老大做的那些事,我并不赞同。"

她一挥手,"胡扯。若昂,这里的真实情形你根本毫无头绪。他们把这地方打理得很好。忘川模式行得通,忘川人很幸福。就连你也自以为很幸福——在你上次来这里的时候。"她看着我,眼里有一丝怨毒,"依我看,你的理想主义跟政治没多大关系,只不过是想打动那个脸上长雀斑的小婊子罢了。"

"监狱就是监狱,不管你知不知道它的真相。"我说,"而我对监狱很有些成见。"

"可怜的宝贝儿,这我知道。"

"你知道我还对什么事儿有成见吗? 不守承诺。"我咽口唾沫,"我知道我欠你的情,这份人情我一定会还。我不会食言,哪怕是为了你。"

"那么,你又准备用什么法子履行你的诺言呢,我的花儿王子?"

"这个吗,"我说,"我保证过要当个好孩子。要做好孩子,第一步就是让人逮捕我。"

"什么?"

"你知道我造的那只Q蜘蛛吧? 偷时间的把戏? 唔,其实我造了两只。"我看看自己的命表,"这一手在米耶里身上绝不会奏效。我不得不说,她对我的了解似乎比你深刻多了。而且你似乎更容易被人……分心。你该看看我昨晚是怎么对她施展魅力的,一点儿作用也没有。不过你就不同了,你的命时马上就要用光了。"

她的动作快极了,我根本看不清。她的膝盖重重撞进我的胃里,双手卡住我的喉咙,她的脸化作愤怒的面具。我没法呼吸,但我能看见她命表的指针,正滴答滴答走向零——

她尖叫道:"我——我要——"

命表"叮"的一声,发出轻柔的乐音。她变成了静止的黑色雕塑。不管你对忘川的技术有什么意见,他们给访客的临时隔弗罗系统还是相当不错的,几乎像军事级别的纳米功能雾。你不会变成默工,但它会将你与世界的其他部分切断,关闭你的生命功能。抓紧我脖子的手松开了,她倒在床下一动不动,仿佛长翅膀的黑色大理石雕像。

我吹起口哨,淋浴,换衣服。下到酒店大堂,正好看见穿白制服的移民官进门,还带着两个体格庞大的默工。我碰碰帽檐敬了个礼——我这人最欣赏办事高效的公务人员了。

我走到室外,今天天气一准不错。我戴上蓝色墨镜,去找蕾梦黛。

16. 窃贼与记忆

我传给蕾梦黛一段共同记忆,要她到蒙哥菲区附近的公园,咱们的老地方碰头。回复来得很快,我记起了她会去。我用隔弗罗把自己彻底包裹,走进迷宫区,一路祈祷着培蝴宁的反地下老大共同记忆能顺利发挥作用。

她比我早到,拿着临时物质咖啡杯,坐在我们的长凳上看气球。见我单独前来,她扬起了眉毛。

"你的奥尔特监护人呢?如果你又想搞什么浪漫邂逅——"

"嘘。"我把病毒共同记忆甩给她。她皱着鼻子接受,表情很快从皱眉变成痛苦,又变成惊异。很好,有效果。唯一的副作用好像只是一股徘徊不去的臭气。

"这是什么鬼东西?"她眨巴着眼睛,"害我头疼。"

我用语言和共同记忆向她描述安如行动的结果、地下老大的来访、我与米耶里雇主的分歧——省略了某些过于亲密的细节。

"这是你做的?"她说,"我从没想到你会——"

"这一切由你全权处理。"我说,"发动革命、把它们交给其他义人做武器,都随你的便。我们没多少时间了。等米耶里再次上线,她会把我关闭。如果你能对负责移民的默工施加点影响,拜托让它们拖延一点儿时间,别允许她马上就重回火星[①]。我需要这段时间,好拿回我的秘密。"

她低下头,"我不知道你的秘密藏在哪里。"

"噢。"

"我骗你的,我太愤怒了,我想让你看看——看看我变成了什么人,想让你知道我已经忘了你,而且我需要砝码好拿捏住你。"

"我理解。"

"若昂,你这人一直很混蛋,以后也不会变。但这次你做了好事。我不知道还能说什么。"

"你可以让我记起我从前是怎样一个混蛋,"我说,"所有的一切。"

她拉起我的手,说:"好。"

那些是她的记忆,不是我的。但当她打开自己的隔弗罗,有什么东西咔嗒一声。就仿佛我脑中有一朵花,被她所给予的东西滋养,开始生长、绽放。我的一部分与她的一部分融合,制造出某种新的东西。一个属于我俩的秘密,藏在阿尔肯看不见的地方。

火星,二十年前。我累了,不堪重负。那重量来自岁月与转化,来自身为人、魂灵儿、佐酷成员与拷贝部落,来自存在于一具身体与许多身体中、存在于思想尘埃的微粒中;来自不断的偷窃:盗取珠宝、心灵、量子态和世界。我是影子,颜色越来越淡的影子。

穿上忘川的身体让事情变得稍微容易些:心跳与命表的滴答声同步,生命变得有限——多么愉快。走在稳固大道,听着人类的

[①]米耶里(或者说使用米耶里躯壳的索伯诺斯特女神)死后,忘川移民官会将她复活并送出火星。

声音,一切又有了新鲜感。

一个女孩坐在公园的长凳上,看光线在蒙哥菲区的气球上起舞。她很年轻,脸上带着惊叹的神情,仍在赞叹世间万物的神奇。她就好像从前的我的映像,我朝她微笑。不知为什么,她也回我以微笑。

即使与蕾梦黛在一起,我也很难遗忘自己的真面目。我看见她的朋友吉尔贝丁爱慕地注视着自己的爱人,我想偷走那眼神。蕾梦黛发现了。她离开我,回到自己家乡的缓行镇。

我追着她到了纳内迪峡谷城。白房子爬上山谷两侧,仿佛微笑爬上面颊。我请求她的宽恕,我苦苦哀求,她不肯理睬。

于是我把秘密告诉她。不是全部,只是一部分,足够让她理解我的重负。我告诉她我想抛开那一切。

她原谅了我。

但这仍然不够。诱惑还在,一直都在。我想变换另一种形态、我想逃。

我的朋友艾萨克,他告诉我了记忆宫殿与上帝的九种威仪。

我建造了自己的记忆宫殿。它不仅仅是个精神空间,用于储存记忆图像——我的秘密是那么沉重,单纯的精神空间无法容纳:几百年的生命,从索伯诺斯特和佐酷偷走的物品,还有大脑、谎言、身体、诡计。

我用各种材料建造它:用建筑、人类、缠结的量子比特,用城市本身的材质;而最主要的材料,则是我的朋友。他们全都那样信任我、那样开放、那样接纳。他们什么也不怀疑,轻易接受了我专门定做的表,我的九种威仪。我将属于自己的东西装满他们的外记忆。我把从索伯诺斯特处偷来的超微技术组装器放在九栋建筑里,需要的话就能重造一切。

我锁上宫殿,以为自己再也不会回来。我锁了两次,分别用了一把钥匙和一个代价。

我把钥匙给了蕾梦黛。之后一段日子,我轻松、自由、恢复了青春。我和蕾梦黛一起创造了新的生活。我设计建筑,我种花,我很幸福。我俩都很幸福。我们为未来制订种种计划。

直到那个匣子出现。

我坐下来。我摸摸自己的脸,感觉不对头,就像面具,底下有另一张面孔、另一个生命。那一瞬间我想用力挠自己的脸,直到覆盖其上的假象脱落。

蕾梦黛看上去也不一样了。她不再是拿着乐谱、脸上长雀斑的姑娘,也不只是绅士。记忆的光晕环绕着她,那是过去上千个瞬间的鬼魂所形成的光晕。环绕着她的还有一个认知:她已不再属于我。

"后来呢?"我问,"你怎么样了? 他们怎么样了?"

"不就是那样么。他们生活,他们继续,他们成为默工,他们回来。他们把自己变成与过去不一样的新的东西。"

"那些人我一个都不记得了:艾萨克、巴蒂尔德、吉尔贝丁、马塞尔,所有人。"我说,"我甚至不记得你。我强迫自己忘记了。这样一来,等我被捕之后,谁也别想找到你们。"

"我很愿意相信这就是原因,"蕾梦黛说,"但我太了解你了。别再糊弄自己。你逃了,因为你看见了对你来说比我们更重要的东西。"她凄凉地一笑,"难道我们真是可怕的陷阱,你非得把关系全部斩断？"

"我不知道，我真的不知道。"

蕾梦黛坐到我身旁，"我相信你，虽然这话或许没什么意义。"她看着气球房子，"你离开之后，我很难过。我找了别人，但没什么用。我提前成为默工，这倒有点儿用处，一点点。但等我回来之后，我仍然愤怒。我认识了缄默，他让我看到怒气也可以派上用场。"

她一手捂住嘴，闭上眼睛，"我不关心你那个奥尔特女人想要你为她偷什么。"她说，"最坏的事情你都已经做过了。从我这里，从你自己那里，你偷走了我们可能拥有的未来，而这个未来，你永远不可能得到了。"

"你还没告诉我出了什么事——"

"别问了，"她说，"别问。"

我们静静坐了一阵，望着气球房子。我有个疯狂的念头，我想切断它们的绳索，好让它们飞向火星苍白的天空。但你没法在天空生活。

"你的钥匙在我这儿，"蕾梦黛说，"你还想要吗？"

我笑了。"真不敢相信，原来我已经摸过它了。"我闭上眼，"我不知道。我需要它。债务必须偿还。"

一部分的我渴望着它，这种渴望超越了一切，但我不能不考虑那个代价。不过是几个只留下模糊印象的陌生人，我干吗要在乎他们？

"给我钥匙时你说了一句话，'让我去找艾萨克。'好啦，这就告诉你了。"

"谢谢你，"我站起身，"我这就去。"

"好。我去跟缄默和其他人谈谈。等你办完事，告诉我你的决定。如果你还想要它,只管开口。"

"等你办完事,那出歌剧恐怕得重写呢。"

她亲亲我的脸颊,"稍后见。"

艾萨克独自住在迷宫区一座塔楼的小公寓里。我传给他一段匿名共同记忆,告诉他有客人来访,他回答说他在家。开门后他直皱眉,但等我打开自己的隔弗罗,那张长满胡须的脸一下子亮起来。

"保罗!"他给我一个熊抱,几乎勒断我的肋骨。然后他抓住我外套的前襟,拎着我上下摇晃。"你去哪儿了?!"他大吼一声,我能感到他宽阔胸膛里隆隆的轰鸣。

他一把将我拽进屋里,像扔老鼠一样扔到沙发上,"你他妈在这儿干啥? 我还以为你当了默工,或者被天杀的索伯诺斯特吃掉了。"

他卷起法兰绒衬衣的袖子,毛茸茸的粗胳膊肌肉发达。一只粗壮至极的手腕上戴着厚厚的黄铜大表。尽管上面刻的字没有露出来,看见它我仍旧忍不住往后一缩。

他说:"如果你是来纠缠蕾梦黛——"

我举起双手,"保证不是。我来是为了……公事,但我想见你。"

"哼。"他冷哼一声,浓眉底下射出戒备的目光。然后,他慢慢露出笑容,"好吧。咱们喝一杯。"

他大步走向房间另一头的小厨房,一路踢开地板上的杂物:书、衣服、临时物质床单、笔记本。造物机开始发出咕噜声,我四下张望。墙上挂了把吉他;动画墙纸上有给儿童看的卡通形象;书架很高,书桌上雪片般覆满E纸片。

我说："这地方一点儿没变。"

艾萨克转了回来，手里拿着装在临时物质瓶里的伏特加。"开什么玩笑，这才二十年。春季大扫除是每四十年一回。"他对着瓶嘴灌了一口，又往我俩的杯里各倒上两指高的液体，"而且这期间我只结了两次婚。"他端起自己的酒杯，"为女人干杯。别跟我扯什么公事，你是为女人来的。"

我没说话，只是跟他碰杯。我们一起喝。我呛得咳嗽，他哈哈大笑，粗犷的笑声跟打雷似的。

他问："那么，是不是需要我来踢你屁股？或者蕾梦黛已经踢过了？"

"过去几天里，我屁股后面排了不少人呢。"

"啊，理当如此。"他又往杯里倒酒，伏特加淌成一道瀑布，直洒到地板上，"说起来，又开始做那些梦的时候我就该想到，准是你要来了。"

"梦？"

"穿靴子的猫、城堡。我一直怀疑这些东西跟你有关。"他胳膊抱在胸前，"反正无所谓。你是回来跟真爱破镜重圆的？"

"不是。"

"嗯，这样才对，因为已经太迟了。白痴。我得说，我早看出事情会这样。你永远都停不下来，什么都没法让你觉得幸福。哪怕是蕾梦黛。"他眯起眼睛打量我，"你不打算告诉我你去了哪儿，对吧？"

"对。"

"没什么，见到你很高兴。没有你这世界挺无聊的。"我们的酒杯再次相碰。

"艾萨克——"

"你准备说点儿腻歪话了？"

"不。"我忍不住哈哈大笑，那感觉仿佛从未离开。我能想象整个下午的时光随着伏特加流走，我们谈天、喝酒，最后艾萨克开始朗读自己的诗歌、跟我争论神学、滔滔不绝地谈女人，还不许我打断。我也愿意这样，远超世上的任何事。

当然了，这就是必须付出的代价。

"对不起，"我放下酒杯，"我真得走了。"

他看着我，"你没事吧？你的表情很奇怪。"

"没事。谢谢你的酒，我也想多待会儿，可是——"

"呸，我早说来着，就是女人。没关系。你下次来之前，我准把这地方收拾干净。"

我说："对不起。"

"有什么对不起的？你的行为轮不到我来点评。这世上喜欢朝人扔石头的评论家已经够多的了。"他用力拍拍我的肩膀，"去吧。下回给我带个异星姑娘来。绿皮肤的就不错，我喜欢绿色。"

"对这种事儿，《律法书》里不是有点儿什么说法？"

"我乐意撞撞运气。"艾萨克说，"一路平安。"

我摸回蕾梦黛的公寓，稍微有点儿醉意。

"我还以为你这一去准得好久。"蕾梦黛放我进门。合成生化智能机本来正在整修屋子，现在通通呆立不动。我从它们中间挤进屋里。到处挂着临时物质罩子，活像蜘蛛网。

"抱歉家里乱得很，"她说，"不过原本也是你惹的祸。"

"我知道。"

她看着我，目光锐利，"如何？"

"把它给我看看。"

有把椅子刚刚打印好,看样子还不太牢靠,我坐下来等着。蕾梦黛走过来,递给我一件东西。它裹在一块布里。

"你从没说过它到底有什么用。"她说,"但愿你知道自己在做什么。"

我拿出枪来,感觉比上次拿在手里时更沉些。样子真丑:短粗的枪管,凸出的弹膛,里面装着九粒子弹。上帝的九种威仪。我把它揣进兜里。"我得找个地方琢磨琢磨。"我告诉蕾梦黛,"假如我们不再见面——谢谢你。"

她没说话,转开了眼睛。

我出门后随手把门拉上,搭升降梯回到街面。我感到隔弗罗里传来一阵古怪的刺痛感,身边蓦地多了个人跟我并肩而行。那是个深色头发的年轻人,穿一身时髦的西装,步伐与我协调一致。他的脸是我的,但那悠然的笑容与我不同。我示意他上前领路,自己随即跟了上去。

插曲　美　德

　　吉尔贝丁又梦到了穿靴子的猫。条纹公猫,后腿直立,戴着花哨的帽子,穿着沉甸甸的长靴。它领她走在宫殿中,纯白与金色的走廊两侧是一排排房门,其中一扇门敞开着。

　　她问猫:"里面有什么?"它抬头看她,奇异的眼睛里闪着光,"你马上就会知道,"它尖细的嗓子发着颤音,"等主人回来以后。"

　　她在蒙哥菲区自己的公寓中醒来,最新一个情人正在身旁打呼噜,对方的名字已经淡出她的记忆。她的隔弗罗合约向来很巧妙,能最大限度地降低对彼此的干扰,只稍微在几处地方留下欢愉的记忆:滚烫汹涌的激情,还有与之相关的味道和地点。

　　最近那些梦更频繁了,而她自己的记忆却松松垮垮,令人不适。她不知道是不是因为自己变老了——不是旧式的那种变老,而是巴蒂尔德所说的永生之病,被清除和重写了太多次。

　　共同记忆传来时她正跟无名的情人共浴,后背满是对方涂抹的肥皂泡。记忆中充满突如其来的焦虑与急迫。蕾梦黛。

　　她化作隔弗罗模糊效果,从他的爱抚下消失。反正最后也会这样。她只在自己床头柜前停下脚步,拿起命表——她最讨厌做爱时戴着它。上面刻着的"美德"两个字,总觉得像是恶毒的玩笑。

蕾梦黛在肚皮区的公寓里等她,面孔苍白疲惫,皮肤上的雀斑分外打眼。

"出什么事了?"吉尔贝丁问。

"保罗。他走了。"

"什么?"

"他走了,我不知道他在哪儿,我不知道该怎么办。"

吉尔贝丁拥抱自己的朋友,心中怒不可遏,"嘘。别担心,会好起来的。"

"真的吗?"蕾梦黛的肩膀在颤抖,"怎么好起来?"

吉尔贝丁暗想:我会找到他,让他付出代价。

她的隔弗罗合约从来都很巧妙,哪怕是很久以前的那些合约,而且它们总带着应急条款。

让她高兴的是,他被她打了个冷不防。他在迷宫区一处古怪的机器人花园,坐在一只小行李箱上,正朝前面的一片空旷微笑。他穿着光亮的深蓝色连体衣,佐酷风格,不完全是物质,也不完全是光。他手里拿着个小匣子,不停地转来转去。

她让他看见自己。在那个一闪而过的瞬间,他像一个受惊的小孩。接着,他笑了。

"啊,你来了。"保罗说。但他的模样不是吉尔贝丁记忆中的那个保罗。那个保罗是个建筑师,自我中心,有时会犯傻,无可救药地爱着她的朋友。眼前这个人眼神清亮,毫无感情,嘴角的笑意也冷冰冰的。"能提醒一下,你叫什么名字吗?"

"你不记得了?"

他两手一摊,"我让自己忘记了。"

吉尔贝丁深吸一口气："我是吉尔贝丁·莎巴塔纳，你是保罗·瑟九。你曾爱过我的朋友蕾梦黛。她很伤心。你得回去，至少要有胆量说再见。她已经原谅过你一次了。"

她打开自己的隔弗罗，将那段记忆甩给他。

蕾梦黛介绍他俩认识。蕾梦黛从纳内迪峡谷的缓行镇来到忘川这个大都市，一心想成为作曲家，很快跟吉尔贝丁成了知心朋友。吉尔贝丁暗地里嫉恨她：她是那么从容优雅，想要的东西似乎总能到手，毫不费力。他也是其中之一。所以她当然想要他，而让他想要他所没有的东西也并不困难。

但事情并没持续多久。他回到了蕾梦黛身边，追着她去了纳内迪峡谷，又回到忘川，甚至不再记得吉尔贝丁这个人。她接受了，没什么可争的。但这次，这次她不能接受。

保罗看着她，丝毫不为所动。"谢谢你。"他说，"之前我从你那儿得到的还不够多。"她发现某种东西在蚕食自己的隔弗罗，不由得惊恐万分。

"但你说得很对，"保罗平静地说，"保罗·瑟九永远不可能离开。不过你看，他本来也没走，他留下了，留在你和其他人里面。至于我么——我得去别的地方。窃取众神的火种，成为普罗米修斯。"

"我不管。"吉尔贝丁说，"你跟那姑娘生了孩子。"

他畏缩了一下，"如果真有这种事，我会记得的。"他说，"不，不对。"

"是他妈的不对。"吉尔贝丁从过去的伤口汲取恨意，让它充满自己的声音。

"你不明白，这种事我是不会忘的。"他摇摇头，"算了，反正也没关系。我们来这儿不是为了谈我，今天的主角只有你。"

吉尔贝丁挺直肩膀，准备接通外记忆。"你疯了。"一阵刺痛爬过她的头皮，突然间，与世界相关联的那部分她消失了，那个她所在的位置只剩下一堵墙。这就像截掉的肢体一样，你觉得它一直都在，可它已经不在了，只是你的脑子还不肯接受而已。

保罗站起身，"恐怕我切断了你的外记忆链接。不必担心，很快就会恢复。"

吉尔贝丁退后一步，"你是什么东西？"她咬牙道，"吸血鬼吗？"

"绝对不是。"保罗说，"现在站着别动，会有点儿痛。"

吉尔贝丁跑了起来。脑中的空洞让她很难思考。命表。无论那是什么把戏，肯定都是通过这只命表。她用力抓手腕，想把命表弄掉——

但她并没有真的跑起来，那只是奔跑的记忆。她仍旧站在保罗面前，对方的眼睛很像梦里那只穿靴子的猫——

他拿起匣子，"瞧见没？有个在脉冲爆发期间受伤的可怜男孩，我从他梦里知道了这个，又从佐酷人那里把它搞到了手。他们永远不会知道它丢了。"

吉尔贝丁低声问："这是什么？"

"一位受困的神祇。"保罗说，"我得找个地方存放它，所以才需要你来。"

匣子开始发光。它从保罗手中消失，旋即出现在她脑子里。

她记起了许多抽象的形象，一个数据结构，仿佛巨大的金属雪花，锋利的边缘压迫着她柔软的大脑。陌生的感受潮水般涌过她的外记忆。刹那间，仿佛滚烫的铁棍穿透了她两边的太阳穴。最后疼痛消失，只留下沉甸甸的感觉。

"你把我怎么了？"

"对你做的跟对其他人一样。把东西放在一个没人想得到的地方,在你的外记忆里,这里有整个太阳系最棒的加密技术保护。如果我想取回它们,就得付出一样代价。而那正好是我最后需要处理掉的东西。抱歉让你难受了,请你原谅。"这个不是保罗的人叹了口气,"你的保罗跟这一切都没关系,希望这能带给你些许安慰。"

"我不信。"吉尔贝丁说,"记忆并不代表一切。你有一部分就是保罗——不管你以为自己是谁,不管你对自己的大脑做了什么,哪怕他只是你的一张面具。还有,我希望他在地狱的烈火里受尽折磨。"她想抓烂他的脸,但那个有着保罗外形的东西,他身上环绕着淡淡的功能雾光晕,于是她明白暴力是徒劳的。

"很遗憾你这么想。"他说,"当然了,我不能让你记得任何事。希望你能找到办法安慰蕾梦黛。"

"要怎么处理我的记忆随便你,"她说,"我一定让她永远恨你。"

"也许是我活该。"他说,"再见。"

他碰碰她的前额,一阵风吹过她的大脑——

吉尔贝丁冲着明亮的火卫一直眨眼。她独自站在机器人花园里,晕头转向。过了好一会儿她才想起刚刚跟蕾梦黛见了面。那之后她做了什么?她瞬目最后几分钟,却发现它们空空如也。倒霉,肯定又被脉冲爆发干扰了。

不知为什么,她想起了昨晚的那个梦:一只穿靴子的猫,一扇关闭的门。她刚刚做梦了?

她本想瞬目那个梦,很快又打消了这个念头。在清醒的世界要做的事已经够多的了。

17．侦探与死结

伊斯多花了一整天时间才恢复过来。医疗默工坚持往他身体内灌满合成生化纳米医生,否则拒绝放他离开。他脑子里一团乱麻,各种想法同时朝所有方向飞奔。可等他回到家,极度的疲劳接管了身体,他瘫倒在床上睡去,一夜无梦。

休息并未带来任何答案,他满心懊恼地在早餐桌旁坐了很久,透过厨房的窗户盯着外面的世界。义人、窃贼、命时、记忆宫殿,他想弄清每一样东西的位置,弄清缝隙在哪里,它们又是如何整合起来的。墙纸再度变成复杂的埃舍尔式丛林,在明亮的日光中十分刺眼。一条欢快的隔弗罗请求打断了他的思绪。

林说:"早上好。"

"唔。"伊斯多哼道。同屋今天的打扮比平时用心,耳垂上还有珠宝闪光。她朝伊斯多微笑,用造物机做早饭。西班牙煎鸡蛋。

她问:"咖啡加食物?"

"好,多谢。"伊斯多发现自己饿极了,热腾腾的食物帮他恢复了少许,"谢谢你。"

"别放心上。看你的样子,很需要吃点儿东西。"

"对了,我给你那小东西取了个名字。"伊斯多在两口食物的间隙说。

"你管他叫什么？"

"夏洛克。"

她哈哈大笑，"好名字。侦探的买卖怎么样了？我简直不敢问你呢。你又上了《先驱报》：派对、窃贼和死亡，你的生活真是精彩呀，博特勒先生。"

"唔。"伊斯多按摩太阳穴，"有高潮也有低潮。眼下嘛，我简直不知所措。一切都那么费解。我实在想不通这个窃贼在干吗，或者他究竟算不算窃贼。"

林轻轻捏捏他的胳膊："你肯定能想明白，我相信你。"

"你呢？有什么事情吗？你看起来……跟平时不太一样。"

"啊，"林伸出一根手指抚摸桌面的木纹，"我认识了一个人。"

"噢。"不知怎么，他竟有些失望；他无视那种不该出现的感受，"太好了。"

"谁知道呢？走着瞧吧。其实我们彼此有感觉已经好一阵子了，只不过现在才……才决定不再兜圈子。"她笑了，"希望能持续一阵子，坚持到能在这儿开个派对什么的。如果你能带你女朋友来，我们还可以一起做饭。对了，突然想起来，佐酷人也吃饭吗？"

"眼下情况有些复杂，"伊斯多说，"我不大确定还能不能管她叫女朋友。"

"听你这么说我很遗憾。"林说，"真好笑，不管你有多聪明，遇上这种事也照样理不出头绪。我觉得吧，还不如把它当成戈耳迪死结①，索性一剑下去。简单明了。"

伊斯多抬起头，连咀嚼也忘记了，"你知道吗？你真是天才。"

①希腊神话中的神谕，解开此结者可以为王。亚历山大大帝用剑砍开了这个死结。

他咽下嘴里的食物,又一口喝干剩下的咖啡,飞奔回自己房间。他抓起外套,拍拍夏洛克的脑袋,然后冲出门外。

林喊道:"你去哪儿?"

伊斯多说:"去找人借剑。"

这一次,佐酷殖民地一副拒人于千里之外的模样。玻璃大教堂的尖顶、边缘和突起都异常锋利。伊斯多站在门前,努力思考对策。

"哈罗?"毫无反应,该怎么弄来着?琵可茜说过的,"想要"就能得到。

他摸摸大门冰冷的表面,想象琵可茜的脸。手指刺痛。回复来得突然而猛烈,过去使用缠结指环时从没有如此尖锐的感觉。

走开。随之而来的感受仿佛身体受到攻击,仿佛脸颊上狠狠挨一巴掌。

"琵可茜。"

我现在不想跟你讲话。

"琵可茜,我们见见好吗? 是很重要的事。"

重要的事都有时限。比如我。我很忙。

"很抱歉一直没跟你联系。情况有点疯狂。能让我进来吗? 或者你出来见见我? 不会很久的,我保证。"

二十分钟后我要去劫掠。给你十分钟。现在闪开。

"什么?"

闪开!

一个大家伙破门而出。大门表面微光闪烁,荡起涟漪。琵可茜跨坐在一头巨大的黑色怪兽背上。那东西有点儿像六条腿的马,不过更大。它身披一片片金银盔甲,眼睛充血,利齿雪白;琵可茜则穿着复杂的战铠,肩甲很宽,像日本武士。表情凶狠的面具推到前额上,身侧悬着一把剑。

怪兽喷着鼻息,朝伊斯多猛扑猛咬,吓得他忙不迭往后退,直到后背顶上一根柱子。琵可茜从坐骑上一跃而下,拍拍怪兽的脖子。"没事。"她说,"这是辛德拉,你见过的。"

坐骑大吼一声,震得伊斯多的鼓膜咚咚响。空气中一股腐肉的臭气。

"我知道咱们赶时间,"琵可茜对怪兽说,"但你不必吃掉他,我自己能应付。"怪兽转身消失在门里。

"抱歉,"琵可茜说,"辛德拉非要跟着一起来,想告诉你她对你的看法。"

"哦。"伊斯多膝盖发软,只好在台阶上坐下。琵可茜蹲到他身边,战铠咔嗒作响。

她问:"那么,是什么事?"

伊斯多说:"我一直在思考——"

"真的呀?"

他责备地看她一眼。

"我有权嘲弄你,"她说,"男女交往就是这样。"

"好吧。"他咽口唾沫。想说的话很难说出口,它们卡在他嘴里,形状古怪。他想起了德摩斯梯尼的故事,那位伟大的演说家嘴里含着小石子练习说话。他咬咬牙,往下讲。

"不会有结果的,我们。"说完他停顿片刻,她没吭声。

"我跟你在一起是因为你与众不同。"他说,"但我读不懂你,没法理解你。刚开始这样很有趣,但也仅此而已,不会再有别的。

"而且我从没把你放在第一位。你从来都只是……别的,我脑子里那个让我分心的声音。我不希望这样待你,你不该被这样对待。"

她一脸阴沉地看着他,但他很快发现她只是假装严肃,"你来就是为了跟我说这个?你花了这么久,就想通了这件事?这么大的大发现,你一个人就想通了?"

"事实上,"他说,"夏洛克也帮了忙。"她好奇地望着他,"当我没说。"

琵可茜在伊斯多身边坐下,把剑放在台阶上,自己倚着它。

"我也一直在思考。"她说,"我觉得我最喜欢你的地方,就是你让长老们抓狂,瞧着特别逗,而且我们之间没有任何缠结,没有束缚。你这个人脑子又有点儿笨,这些也让我喜欢。"她朝他吐舌头,又拨开他额前的一缕头发,"蠢蠢的,不过挺好看。"

伊斯多使劲抽口气。

"最后那部分是开玩笑,"琵可茜说,"基本上。"

他们并肩坐着,沉默片刻。

"瞧,不难嘛,"琵可茜说,"咱们早该这么干了。"她看着伊斯多,"你伤心了?"

伊斯多点点头,"有点儿。"

她用力拥抱他,盔甲狠狠压进伊斯多胸口,但他不管,还是拥抱她。

"好了,"她站起来,浑身叮咚响,"我得去杀怪了。而你嘛,听说还有个偷儿要抓。"

"对,说起这个……"

"嗯?"

"记得你说过,你能告诉我绅士是谁?这句话也是玩笑吗?"

"爱情和战争这两件事,"琵可茜挥舞长剑,"我从不开玩笑。"

伊斯多走到尘区边缘,传了一段共同记忆给绅士:我知道你是谁。他在一处喷泉边找了张折叠椅坐下。这里靠近佐酷殖民地的边缘,正好是石头变成钻石的地方①。

他闭眼听着水声,任自己的心随声音起伏。突然间,他仿佛变成了流淌在石头上的水,像感受石头一样,感受到了之前一直无法捉摸的那个形状。它像一片巨大的雪花,在他脑中展开。怒火充满了他的胸膛。

风乍起,他睁开眼。绅士从一圈热浪中走出来。有片刻工夫,她的功能雾光晕从喷泉的水雾中显现出来,她的面具在阳光下闪烁。

"最好是要紧事,"她说,"我很忙。"

伊斯多微微一笑:"实在抱歉,蕾梦黛女士。不过我得跟你谈谈。"

银面具融化成红发女人长雀斑的面孔。她用一份紧凑的隔弗罗合约将两人锁定。她显得很疲惫,"好吧。"她抱着膀说。她真正的声音仿佛铃声,深沉而悦耳,"我听着呢。你是怎么知道——"

"作弊,"伊斯多说,"我找人帮了忙。"

"琵可茜,当然。那姑娘的嘴巴永远闭不上。原本我还指望你太过骄傲,不屑开口。"

"或许你只是自以为了解我。"伊斯多说,"有些事情比自尊更重要。"

"你要我来总不是为了让我欣赏你的机智吧?也不像是要感谢我保住了你的脑袋。对了,说到这个,不用客气。"她声音冰冷,同时却不肯与他对视。

"不,"他说,"我们来这儿是为了解谜。但我需要你帮忙解开谜题。"

___

①佐酷殖民地不同于忘川其他地方,是用钻石打造的。

"等等。"她传给他一段共同记忆。他接受了,立刻回想起一股刺鼻的气味,令他联想到父亲有一次留在他工作室的变质食物。

他问:"是什么?"

"很快会传给整个忘川的东西。"她说,"继续。"

"自从你提到地下老大这个词,我就一直在思考。"伊斯多说,"他们操纵外记忆,对吧?"

"对。他们的手段我们已经知道了:他们有种主密钥,能读取任何当过默工的人。"

"而你们跟他们对抗。"

"是的。"

"而且你们一直在跟那个窃贼合作,赌王若昂。当然,那也许并不是他的真实身份。"

她有些吃惊,但还是点点头,"对。可你怎么——"

"等会儿告诉你。他对安如的所作所为,那是在获取证据,对吧?对比他进入复活系统前后的大脑,检查是不是有改动。你们让他帮你们干脏活,一个外星罪犯。"

蕾梦黛用拳头堵住嘴,"是的,是的,正是如此。但你不明白——"

"那就解释给我听,"伊斯多说,"因为我知道他想要什么,而且我能让他永远得不到。我可以把你们的所作所为大白于天下。到那时再不会有人信任义人。"

"信任,"她说,"这已经不是信任不信任的事了。这是正义。我们能打败他们,我们终于有了打败他们的武器。我们处理的所有案子,魂灵儿盗版、异星技术——全是他们。还有更可怕的罪行,其中许多我们甚至毫不知情,涉及民声的每一个决定。革命的梦想不是这个。我们仍然是奴隶。"

她走到台阶上,站在伊斯多跟前,"对你来说这仍然只是游戏。难怪你跟那佐酷女孩合得来。醒醒吧。没错,你赢了,你打败了我,你拆穿了谜底。但我们其他人,我们有更重要的事情要做。不只是另一个案子,而是正义,为所有人争取正义。"

她目光冷硬,"你从来不需要抗争,从来都被保护着。我与你合作就是为了让你看到——"她咬住嘴唇。

"让我看到什么?"伊斯多问,"你想让我看到的是什么,母亲?"

在他眼中,她依然是个陌生人。那些她不肯留给他的记忆依然封闭着。

"我想让你看到世上有坏人,"她说,"同时确保你长大后别变成——"她的声音中断了,"但到最后,我没法眼睁睁看你受苦。所以我放弃了。"

"在我看来,那些不把真相告诉其他人的人,"伊斯多说,"他们不比地下老大强。"

他露出苦涩的笑意,"你对他们的了解其实算不上深入。他们操纵的不只是民声,而是一切,是历史。你刚才说革命?我认为是他们编造的。安如发现了真相。只要仔细观察细节,就能看出那全是伪造的。他搜集了很多东西,他看出来了。所有关于革命的记忆——都是来自外记忆。你不能相信它,半点儿都不能。"

伊斯多深吸一口气,"我见过王国了。是在佐酷殖民地的一个方块盒子里,过了很久我才明白它是什么。那只是个模拟。所有关于王国的记忆都来自那里。建筑、文物——不过是外在的装点。所以其实是这么回事:你为佐酷人效力,他们又为地下老大效力。无论你有什么计划,其实都在为他们做事。"

他看着她,想起了父亲墙上那一排面孔,"所以么,不管你说什么,关于过去、关于未来,我都难免在心里打个大问号。抱歉。"

"我只是想——"

"保护我?"伊斯多几乎是啐出这三个字,"父亲很愿意相信你。为什么要保护我们?"

"免得你们被你父亲伤害,"蕾梦黛说,"你真正的父亲。"她紧紧闭上眼睛,"伊斯多,你说你知道窃贼想要什么。是什么?"

"你不知道?"

"告诉我。"

"迷宫区有九栋建筑,他还是保罗·瑟九的时候设计的。它们跟巨型默工连接,可以通过某种机制合为一体。他找人做了九块命表,目的就是这个。就好像他之前那次一样:在下界做点儿手脚,默工就会动起来。那些建筑都是一台机器的一部分。我不知道它有什么用,但应该跟外记忆脱不了关系——"

"九栋建筑,上帝啊。"她抓住伊斯多的肩膀,"你什么时候想通的?"

"刚好就在魂灵儿盗版引擎攻击我的时候——"

"也就是说,"她说,"地下老大也已经知道了。马上就会有可怕的事情发生,我得走了,咱们以后再接着谈。你得找个安全的地方待着。佐酷殖民地最好。留在那儿,跟琵可茜一起。这边很快会有大麻烦。"

"可是——"

"这事儿没商量。去,现在就去,否则我亲自送你过去。"

她又变回了绅士,不等伊斯多回答就升到空中。

伊斯多盯着她的背影看了一会儿,然后重新坐下。他已经习惯大地在脚下移动——永不停息的轻柔摇摆,但现在的感觉更像是面前突然裂开巨大的深渊,而他就在深渊的边缘蹒跚。他努力抓住脑中的形状,但心脏跳得太快,很难集中精神——

大地颤抖起来，发出可怕的碾磨声。小广场的鹅卵石开始蹦蹦跳跳。他摔倒在地，用胳膊护住脸。下界的巨大机器隆隆作响。那一瞬间，城市仿佛只是一层挤满生物的薄薄表皮，盖在巨怪粗糙的皮肤上，而巨怪被蜜蜂蜇了，正在晃动身体。一切很快归于平静，和开始时同样突然。肯定是窃贼的机器，它发动了。

伊斯多哆哆嗦嗦地站起来，眨眼赶走眩晕感。然后，他朝迷宫区跑去。

剧震虽然消失，其影响却仍然在城市中回荡。这里的建筑物均以智能物质为骨架，所以损伤基本都只在表面。但城市停止了移动。嘈杂的人群涌上稳固大道，数以千计的人类发出不安的低语，声音在空气中弥漫。迷宫区变了：一团灰尘盘旋升起，飘浮在房顶之上。在它背后矗立着一个新结构：一根黑针，好几百米高。

伊斯多拼命想从人群中挤过。混乱中，许多人松开了隔弗罗防护，到处都是圆睁的眼睛、紧张的笑声和无声的恐惧。

"又是该死的艺术创作。"说话的是个脸皮粗糙、戴蛛网面具的男人，此人正靠在他的蜘蛛的士上，"要我说，肯定又是什么该死的艺术创作项目。"

伊斯多问："能带我上去吗？"

"没门儿，"那人说，"义人把它封住了。瞧。"

伊斯多顺着对方的目光往上看，只见一大群义人悬浮在迷宫区上方，制造出某种护盾。热腾腾的烟雾包裹着他们。

"义人全都疯了。"的士司机说，"知道他们刚刚干了啥？我收到了他们发来的共同记忆，味道真恶心。那边还有一个。"

一个义人——妖妇——悬浮在附近一处广场上空。她的声音似乎从四面八方响起，从空气本身中间响起。

"别相信民声!"她说,"我们受了欺骗!"

她说到地下老大,说到民声如何被操控,说到幕后的统治者。她向大家提供可以保护他们不受那些人伤害的共同记忆。她说到魂灵儿盗版,心灵控制的证据,安如大脑的数据。她说义人会确保外记忆保持完整,他们会找到地下老大,将其绳之以法。人群中发出愤怒的低语。

她说话期间,伊斯多瞬目大道的公共外记忆,查找广播源。外记忆里没有她,只有听众,倾听着空气。

"该死。"他们把她封杀了。

民声的记忆突然出现,带着压倒性的力量与情绪,压得伊斯多险些当街跪倒。他记起来了:义人在散播谎言。他记起他们是佐酷的帮凶,记起佐酷人企图摧毁忘川的生活方式。民声向来只是提出建议,像一个微弱而烦人的声音,让你记起还有什么事情没做。但这一回——这一回它直接而暴力。记忆烙进他的大脑,无法忽视。他记起他应该回家去,开启完全隐私模式,直到事态平息,记起无论城市机器发生什么故障,都不过是轻微的虎怖机感染引起的,有关方面正在妥善处理。

他摇摇头,用力将自己从这些记忆中扯出来,就像逃离流沙。

"不对啊,"的士司机揉着太阳穴,"不对啊,我明明听见她刚刚说的话了。"

不远处传来叫喊声,广场边缘有人斗殴。一群穿革命军装的男男女女推搡着一个模仿佐酷打扮的男青年。"佐酷的狗腿子,"他们吼道,"量子奸细!"愤怒与暴力如涟漪般在人群中扩散。此外还有另一种动静:一股缓慢的人流静静涌来,其步调完全一致。一对中年夫妇从伊斯多身旁走过,眼里有种奇怪的呆滞神情。她说对了,伊斯多暗想,这不是游戏。

他抓住的士司机摇了摇,"马上载我去尘区,我给你一个百万秒的命时。"

那人眨巴着眼睛,"你疯了吗? 这些人正往那儿去呢,准把佐酷殖民地撕个粉碎。"

"那你最好比他们先赶到。"

司机眯起眼睛打量伊斯多,"嘿,你是那个义人的小跟班,对吧? 你知道这他妈到底是怎么回事吗?"

伊斯多深吸一口气,"一个星际窃贼正用我们的城市建造超微技术机器,与此同时,地下老大正操控人们去摧毁佐酷殖民地,好阻止义人破坏自己的统治。"他说,"这两方我都想阻止。"他顿了顿,"另外,我觉得那个窃贼是我的亲生父亲。"

司机满眼茫然地看了他一秒钟。

"噢噢,"他说,"上车!"

蜘蛛的士仿佛魔鬼附体的昆虫,蹦蹦跳跳地离开大道,抄小路切进迷宫区,发疯般跃过一条条街道。黑针矗立在迷宫区上方,还有几个义人飘浮在它周围。迷宫区仿佛变成了孩子的拼图,被巨大的手抓住、移动,随处可见坍塌的建筑和破损的街道,满眼都是黄色的救援与医护默工,其行动缺乏统一调度,毫无章法可言。整个外记忆里时常震荡,不断闪现出似曾相识的画面。

尘区活像雪景球。一个Q粒子气泡将它包裹,扭曲了里面的一切,让佐酷建筑仿佛被拉长了一般,显得极端超现实。一切都在动,在折叠,在改变着形状。

狂暴的人群正从下方的街道向这里前进,不过他们的努力看样子注定徒劳无功。地下老大的计划肯定不止这么简单,伊斯多暗想,他们总不会指望一群暴徒就能弄垮佐酷——

"喏，没办法了。"司机说，"要我掉头吗？咱们可没法穿过那东西。"

"把我带到附近什么地方就行。"

司机把他放到一条偏僻的小巷，正好在Q粒子场之外。Q粒子场跟肥皂泡一模一样，只是大到不可思议。它弯向天空，仿佛直立起来、五彩斑斓的地平线。

"祝你好运，"司机说，"希望你知道自己在做什么。"的士再次跃起，在脚在人行道上擦出火花。

伊斯多摸摸气泡。感觉非常光滑，没什么实质，但他越是用力推，气泡的反作用力越大。他再怎么推也只是从它表面滑开。他想到琵可茜。让我进去。然而没有回音。"我要跟大长老说话。"他大声说，"我知道王国的事了。"

起初一切如常，但没过多久，他手下的气泡屈服了，差点害他摔倒。他走进去：气泡留在皮肤上的感觉跟肥皂泡完全一样，又湿又痒。

佐酷殖民地里一片忙碌。钻石建筑不断折叠，越叠越小，还改变了形状，仿佛它们只是纸折的城堡，正被人拆解、装箱。满眼都是佐酷生物，形状各式各样：有的用功能雾构成云状面孔，有的是绿色怪兽，都在用手势操控物质。

他面前出现了一个成人大小的Q粒子圆球，出现过程就像肥皂泡破裂的倒带镜头。琵可茜走出来，仍然披甲佩剑，一脸不快。

"外面是怎么回事？"她问，"我们的劫掠被取消了，整个佐酷都准备离开。我本来想告诉你的，只不过——"她无助地摸摸自己的佐酷珠宝。

"我懂，我懂，资源最优配置。我们这儿好像要革命了。"伊斯多说，"我得跟大长老谈谈。"

"哦,妙极了,"琵可茜说,"也许这次你能彻底惹毛她。"

Q粒子气泡把伊斯多和琵可茜带进藏宝的洞穴。这里同样忙成一团:一个个黑色立方体腾空而起,消失在一座座银色传送门里。大长老置身于一切活动的中心,呈闪光的女巨人形象,无数悬浮的珠宝环绕着她宁静的面庞。

"年轻人,"她说,"无论何时都非常欢迎你来拜访。但我得说,你选了一个特别糟糕的时机。"她的声音仍然是伊斯多见过的那个金发女人的嗓音,深沉而温暖。

伊斯多抬头看着大长老,在这位后人类面前尽可能聚起内心的全部愤怒,"你们为什么这样做? 为什么要帮助地下老大?"

琵可茜瞪着他,满脸难以置信,"伊斯多,你在说什么呀?"

"你知道地下老大和义人今天在外面说什么? 还记得那个虚无空间吗,你说是德雷斯朵拼凑的? 好吧,那就是王国。忘川人对革命和革命之前的记忆全部来自那里。你们佐酷帮忙做到的。"

"胡说!"她眼冒火星,瞪着伊斯多,"无稽之谈!"她转向大长老,"告诉他不是这样的!"

大长老沉默不语。

琵可茜道:"怎么可能?"

"我们别无选择。"大长老说,"协议战争之后,我们垮了。我们需要一个能躲过索伯诺斯特的地方疗伤。于是我们跟他们合作。看起来似乎没什么大不了:我们自己就总在改写自己的过去和记忆。所以我们满足了他们的要求。"

琵可茜抓起伊斯多的手,"伊斯多,我发誓,我根本不知道。"

"我们创造你就是为了要与他们相像,为了能走进他们中间。"大长老说,"所以你也必须和他们一样蒙在鼓里。"

伊斯多问："你们就任他们为所欲为?"

"不。"大长老说，"看到后来发生的一切，我们有些……后悔。于是我们创造了义人——把技术和支持给予忘川年轻的理想主义者，希望他们能成为反制力量。显然我们错了，而你的那个窃贼又来把水搅浑了。"

"告诉我一件事，"伊斯多说，"这里过去是什么地方?"

大长老顿了顿，平静的脸上闪过悲伤的神情。

"不是很明显吗?"她说，"忘川是座监狱。"

18．窃贼与国王

　　我与过去的自己站在机器人花园里，手里掂着手枪；他手里也握着这把枪，或者是它在梦中的映像。真奇怪，事情发展到最后，总会演变成两个男人持枪相对，无论是身处现实世界还是想象世界。在我们周围，古老机器之间的缓慢战斗仍在继续。

　　"你能来我很高兴。"他说，"我不知道你去过哪儿，也不知道你要往哪儿去。但我知道你来是为了做决定。扣动扳机，然后你就能变成我们过去的模样。如果什么都不做——唔，你会继续现在的生活，大事业、大梦想，都跟你无缘了。如果我是你，我知道自己会选什么。"

　　我打开枪膛，看看那九粒子弹。每粒子弹上都有名字，都包含着一种量子态，跟某人命表里的命时缠结。艾萨克、马塞尔、吉尔贝丁，其他人。发射九次，他们的命时就会耗光，引擎就会发动。九个人变成默工，扛起城市的巨型默工。他们会成为我的记忆宫殿，而我永远不能再见到他们。

　　我合上枪，转动枪膛，就像在玩俄罗斯轮盘赌。年轻的我咧开嘴。"动手啊，"他说，"还等什么？"

　　我扔掉枪，它落在一丛玫瑰里。我看看年轻的我刚才站立的地方,此刻那里空空如也。"混蛋,"我说,"你早知道我绝不会那么做。"

"没关系,"一个声音说,"我来。"

园丁掀开自己的隔弗罗,枪就握在他手里。他满头银丝,一脸精心雕琢的苍老,但那五官实在太过熟悉。我前进一步,可他右肩上方悬着一个十分光滑的卵形装置,正用一只明亮的量子眼监视我——那是一把佐酷Q枪。

"最好别动。"他说,"索伯诺斯特的身体虽然厉害,这东西也能打你个血肉横飞。"

我缓缓举高双手。

"国王,我猜是?"他对我微笑,露出与酒店那位地下老大一模一样的笑容。"这么说,你就是这里的国王?"我在心中计算冲过去的胜算有几分,结果并不乐观。我的身体仍然锁在人类的状态,我们相隔虽然只有五米,却跟一光年没什么差别。

"我更愿意把自己想象成园丁。"他说,"还记得地球上的桑特监狱吗?你跟同牢房的狱友是怎么说的?你最想的就是偷一个属于你自己的王国;不过统治王国实在太麻烦,最好还是找个傀儡,自己去给花园除草,送花给年轻姑娘,冷眼旁观国家如何繁荣,人民如何幸福,时不时稍微推一下,让事情按你的心愿发展。"他空闲的那只手划个大弧,把花园和我们周围的城市都囊括在内。"好吧,你的梦我实现了。"他叹口气,"不过所有的梦都一样,最后总会变得乏味。"

"对,没错。"我说,"义人马上就要终结它,唤醒所有人。"我皱起眉头,"我们住过同一间牢房?"

他哈哈大笑,"可以这么说。愿意的话你可以叫我国王,国王若昂,这里的人都这么称呼我,尽管我对这个名字已经厌倦。"

我瞪大了眼睛。他的隔弗罗已经完全敞开,相似之处确实很明显。

"怎么回事?"

"大崩溃之前,我们一直粗心大意。"他说,"有什么可担心的呢? 我们可是在跟始祖合作呀。契特拉古波塔刚设计出认知权限管理软件,我们马上破解了自己的权限。我们这种人不少,其中一些被逮住了,比如我。"

"你怎么会到这儿来?"刚问完我就明白了,"这里从来不是什么王国,对吧?"我说,"这是座监狱。"

"他们想把这里弄成新时代的澳大利亚。"他说,"大崩溃之前,这种想法很普遍:把罪犯关进地球化改造机,让他们偿还欠社会的债务。工作很辛苦,相信我,我们处理了风化层,点亮了火卫一,用核弹融化了冰盖。一切劳作,只是为了重新成为人类的片刻时光。

"不用说,他们把我们关在这里,防护措施是很严密的。即便现在,哪怕我想到离开火星,都痛得要命。可后来发生了大崩溃,于是疯子占领了疯人院。我们侵入全景监狱系统,把它变成外记忆。用它把权力给了我们自己。"

他摇摇头。

"我们决定为其他人编织一个更美好的故事。脉冲爆发真是天赐福音,它清除了我们留下的所有痕迹——其实本来也没多少。当然了,直到佐酷人出现,故事才真正编圆。现在回想起来,根本不该让他们进来。可当时我们需要有人帮忙抵挡索伯诺斯特。其实没派上多大用场,可至少他们给了我们工具,让我们可以制造美好的梦境。"

"我们? 还有谁?"

"没了。"他说,"唔,至少现在没有了,我很久以前就解决了其他人,花园只需要一名园丁。"他伸出空闲的手,摸摸一朵花的叶柄。

"有一段日子,我在这里挺满足。"他的面孔忽然扭曲成狰狞的怪相,"可你偏偏来了[①]。你混得比我强太多了:强大的力量、无边的自由,你什么都有,可你竟然跑到这里定居。你无法想象我是多么愤怒。"

国王笑了,"想把别人的东西据为己有,那种感觉你跟我一样清楚。所以你能想象,我是多么渴望得到你的一切。你离开后,你留下的一切,我把能搞到的全搞到手了。比如你的女人。她再也不会属于你,因为她以为你让她怀了孩子,又抛弃了他们。我真不明白你到底看中了她什么。不过你倒是把行踪隐藏得很好,分割给她的那段记忆里什么线索都没有,所以我一直没发现这东西是什么。"

他举起装了九粒子弹的左轮手枪,"你自以为聪明绝顶,把财宝藏在几个虾米朋友的外记忆里。英雄所见略同,正因为我们的想法太像,所以,如果你找不到它,我当然同样找不到。但我知道你会回来,所以我为你铺下了一条路。那些隔弗罗画面都是我给你的。不过么,到头来还是侦探帮我完成了拼图。真是再合适不过。"他将枪口对准我,"我甚至给了你开枪的机会,毕竟人得讲公道。可你不肯,所以现在轮到我了。"

我怒吼着朝他冲去。Q枪发出闪光,我摔倒在地,脸狠狠撞上大理石。索伯诺斯特身体尖叫片刻,随即释放了少许镇痛剂,痛楚很快麻木——谢天谢地。我翻身想站起来,这才发现右腿已经变

---

①国王是从前若昂的一个分身,但已经发展成完全不同的个体,所以对若昂的到来痛恨不已。

成烧焦的短桩,从膝盖以下全没了。

国王微笑着低头看我,然后举起左轮手枪,朝空中射击。我想抓他的腿,但他一脚踢在我的脸上;我想数他发射了几发子弹,但很快就糊涂了。

大地战栗。城市下方深处,巨型默工、我曾经的朋友醒来了,带着新的头脑、新的目的。记忆宫殿是他们的一部分,而他们要合为一体,谁都无法阻挡他们,就像谁都无法阻挡自然灾害。石块飞舞,如风暴般在我们周围肆虐;机器人花园周围,一幢幢建筑轰然坍塌。记忆宫殿的各个部分从废墟中升起,高高矗立,像几面黑色的船帆,夷平前进道路上的一切障碍,朝我们冲来。

它们在我俩头顶汇合,仿佛黑色几何图像构成的双手合拢,一根根手指交叉拼合。一切都陷入黑暗,针扎般的剧痛将我和国王撕得粉碎。

19. 侦探与指环

锁住的隔弗罗让米耶里皮肤刺痒[①]，但她的身体再次变得轻盈，毫无重量。对她来说，培蝴宁的驾驶舱已经是最接近家的地方。安全与舒适的感觉几乎足以掩盖佩莱格莉妮在她脑中暴怒的声音。

你回来真好。培蝴宁说。飞船的蝴蝶化身在米耶里脑袋周围起舞，没有你，我好像缺了一块似的。

"我也是。"许许多多小翅膀让她皮肤发痒，米耶里享受着熟悉的震颤，"很大一块。"

"你还要多久才能回去?"佩莱格莉妮质问道。负责移民事务的默工把米耶里送回飞船唤醒之后，佩莱格莉妮就一直与她形影不离。佩莱格莉妮的嘴唇抿成一条冰冷的红线。"是可忍孰不可忍，一定要惩罚他。惩罚。"她似乎在品尝这个词的滋味，"没错，惩罚。"

"他的生理信号出了问题。"米耶里说。她感到一种奇异的空虚。难道我竟在想念他的信号? 真是的，毒药也会让人上瘾。

---

①米耶里在忘川时使用的是访客隔弗罗。佩莱格莉妮使用这一躯壳与窃贼会面并被盗空命时之后，访客隔弗罗切断这具躯壳与世界其他部分的联系、关闭其生命功能，让它"死亡"。这里的"锁住"就是这个意思。

你就承认吧,你担心他。培蝴宁说,别跟其他人讲,不过我也担心呢。

"最后传来的情况是严重损伤。另外,三十天之内我们都不能再下去了,至少合法途径不行。"

佩莱格莉妮喃喃道:"那小子到底在做什么?"

忘川的轨道控制台发来消息,要求我们转向前往太空高速通道的航线。培蝴宁说,还有,豌豆茎太空港的所有访客都被拒绝入境。城里出事了。

米耶里问:"能看见什么情况吗?"

飞船的蝴蝶化身在她面前打开图像信号,各种波长的动态图像扇形排开。在赫拉斯盆地橙色的碗底,城市仿佛深色的扁豆状物体,被自己的隔弗罗云模糊了身影。

底下出了大事。培蝴宁说,它不动了。

图像里还有一样东西。一团模糊的黑色,从撞击坑边缘涌向城市。

培蝴宁提高放大倍数,地狱的景象出现在米耶里视线中。

你说那些吗?飞船说,那些是虎怖机。

米耶里问佩莱格莉妮:"我们该怎么做?"

"我们什么也不做,"女神说,"我们等着。若昂想在底下玩儿,由着他玩儿。我们等他弄完。"

"容我说一句,"米耶里道,"这样一来任务就等于失败了。地面还有我们可用的人手吗?魂灵儿盗版者?"

"你想对我指手画脚?"

米耶里有些畏缩。

"对你的问题,回答是'不'。我不能留下去过那里的任何痕迹,该止损了。"

"我们就这样扔下他?"

"的确可惜。我对他的确有点儿感情用事。总的说来还是一次十分愉悦的体验,小小的背叛甚至增添了风味,不过没有谁不可替代。如果地下老大取胜,跟他讨价还价应该更容易些。"佩莱格莉妮不舍似的笑笑,"只不过趣味也要减低不少。"

不管城市出了什么事,情况似乎还在恶化。培蝴宁道,默工部队乱成一团。大约三十分钟后,虎怖机就会抵达城市护墙。

"主人,"米耶里说,"为了效忠于你,我放弃了一切。我的心灵、我的身体,还有绝大部分荣誉。但过去几周里,偷儿一直是我的柯多兄弟,无论他多么不情愿。抛下他不管,我无法面对自己的祖先。我的要求仅此而已。"

佩莱格莉妮一挑眉,"啊,到头来你还是被他打动了,不是吗?但是不行,你太宝贵,不能涉险。我们等着。"

米耶里默默看着图像中停滞不动的城市。他不值得。她想,他是个贼,是骗子。

可他让我又唱出了歌,哪怕那只是个把戏。

"主人,"米耶里说,"赐予我这恩典,我情愿重写我们的协议。你可以拥有我的一版魂灵儿。如果我不回来,你可以按你的意愿将我复活。"

米耶里,别这样,飞船悄声道,你没法反悔的。

除了荣誉,这是我仅有的东西,米耶里说,再说,它比我的荣誉更廉价。

佩莱格莉妮的眼睛眯缝起来,"啊,真是有趣。付出这一切,就为了他?"

米耶里点点头。

"很好，"女神道，"我接受你的提议。但还有一个条件：出了任何问题，培蝴宁都要对城市使用奇异夸克团装置——因为我仍然在你内部，而我不能被人发现。"她微微一笑，"现在，闭上眼，向我祈祷吧。"

突破组织混乱的默工值守舰队只花了几秒钟。米耶里懒得掩藏行踪，反物质引擎高速运转，飞船化身线条流畅的钻石飞镖，切开对流层，冲向赫拉斯盆地。

给我虎怖机的画面。

噩梦中的怪物冲过盆地。好几百万，形状千奇百怪，紧紧挤成一团，像统一的有机体一般行动。大团大团透明的昆虫形成行走的巨型怪物；一堆堆胀鼓鼓的袋状怪物，内部盛满化学物质，蠕动着不断前进；还有人形怪兽，身体材质类似玻璃，面孔与真人极其相似，令人毛骨悚然——它们的祖先发现，人类的外表能延迟战士默工的反应速度，至少几分之一秒。

虎怖机是杂交的生化/生物武器，自我繁殖了上亿个虚拟世代，按需要改造自身的设计。忘川与它们战斗了好几百年。现在，行走之城停止了前进，而它们嗅到了血腥味。

米耶里评估自己的武器储备。她的反制魂灵儿是专门针对佐酷人设计的，对付虎怖机简单的化学大脑不太有效，单纯的暴力似乎更实际些：Q粒子、反物质、激光。如果事情真的发展到那一步，她还剩下一枚奇异夸克团，但她很担心这东西对火星的影响。

好了，米耶里说，计划很简单。你拖住它们，我去找偷儿。你把我们接上来，跟上次一样。

明白。飞船说，当心。

你总这么说。米耶里道，不过是去临死的城市走一遭罢了。

每一次我都是真心的。飞船说。它将米耶里裹进Q粒子气泡,用EM场抓起她,射向火星。

超脑皮质全负荷运转,米耶里用翅膀控制方向,瞄准了稳固大道的一个广场。她朝城市发射纳米导弹,导弹的飞行速度高达光速的百分之好几十。这次她穿了盔甲,还配备了外挂武器:索伯诺斯特多用途炮,光滑的圆柱体里装满毁灭。导弹很快蒸发,但蒸发前已经传回支离破碎的图像。隔弗罗系统反应速度较慢,无法阻止传输。她的超脑皮质将图像拼接合并,得到下方城市的连贯画面。

血淋淋的脸,血迹斑斑的白色军装。魂灵儿盗版分子伸出上传触须,攻击一切移动的物体。老老少少的火星人都在战斗,手里挥舞着临时拼凑的武器。军事默工封锁了道路。义人同时与默工和人类作战,用功能雾形成护盾阻挡炮火。佐酷殖民地包裹在Q粒子气泡里,气泡周围战况尤为激烈。那边,迷宫区中心,矗立着一根过去没有的黑针。而几乎就在她正下方——

绅士正在时光消逝广场战斗,被一大群攻击型默工围攻。猛烈的炮火让她的功能雾出现了裂缝。

米耶里向默工发射了全自动导弹,弹头里是夸克胶子等离子气体。导弹扫平了半个广场,弧形的光芒宛如超新星绽放。在那一刹那,连隐形的功能雾都被照亮,仿佛异域的珊瑚,从绅士身上绽放。

米耶里询问飞船:虎怖机情况如何?飞船将自己的感官与她共享。它正在涌动的虎怖机群上方跳舞,向它们抛洒镧弹头。城市的天空随着弹头闪亮的节拍眨眼,那闪光像是亮到极致的闪电,几秒钟之后爆炸声才姗姗来迟。

不太好。飞船说,我们真的需要某种病毒武器。我拖慢了它们的动作,但第二波随时可能攻到城墙下。

米耶里用翅膀减慢下降速度,但仍旧重重落下,包裹着Q甲的脚踩裂了石头地面。她从自己制造的小小陨坑中爬起来,正好看见蕾梦黛。一大片功能雾利剑在她周围盘旋,时刻准备出击。

"你是谁?"她问,"是米耶里,还是另外那个?"

米耶里道:"重要的是一句话:虎怖机离你们只有几分钟了。"

蕾梦黛喃喃道:"噢,见鬼。"

米耶里环顾毁灭的景象。大道尽头传来更多枪声,远远的还有一声爆炸,"这难道就是革命?"

"一个钟头之前就搞砸了。"蕾梦黛说,"被地下老大控制的人开始处决被我们的共同记忆感染的人,还从城墙带来军事默工助战。我们给了幸存者武器,只要复活系统完好,所有人都能活过来,但我们快输了。真正的麻烦在那儿。"她指指迷宫区上方的黑针。

"什么东西?"

"若昂造的。"蕾梦黛说,"他就在那里头,跟地下老大一起。"

"虎怖机来了。"米耶里说,"必须赶紧控制住局面,否则你们全部都要尝到永久死亡的滋味。得让城市动起来。佐酷人什么也没做,对吗?"

"对。"蕾梦黛说,"我联系不上他们了。"

"不出所料。"米耶里说,"好吧。你得进到那个东西内部,把地下老大弄出来,逼他阻止战斗,好让我们可以腾出手来对付虎怖机;而我要去把偷儿弄出来,所以我们正好同路。"

米耶里张开翅膀,义人飞到她身边。两人升上燃烧的城市上空,朝黑针飞去。

"是你们造成了这一切。"伊斯多说,"你们得帮我们阻止地下老大,否则就要内战了。单靠义人没法成功。"

"不,我们首先对自己忠诚。我们已经养好了伤,再度强大起来。现在该走了。"在他们周围,宝库已经搬空,只剩下几扇银色的传送门。

伊斯多道:"你们想逃。"

"不过是优化使用资源。"大长老说,"你可以跟我们一起走,不过你会发现你目前的形态不太合适。"

"我要留下,"伊斯多说,"这是我的家。"

大长老的一部分闪光形成了一座迷你城市,街上到处是迷你小人,还有火光闪烁。受地下老大控制的人正与接种了记忆的人战斗。伊斯多尝到了血腥味,这才发现自己咬破了舌头。而在城墙之外,白色巨浪汹涌而来,拍向城市的腿。虎怖机。

大长老说:"或许你愿意重新考虑一下。"

伊斯多闭上眼。眼前这个形态,它与谜题不同。它在飞速改变、移动,不像静态的雪花,没法从各个角度观察它、理解它。

"地下老大。"他说,"地下老大还能阻止这一切。他们可以终止战斗,让城市重新动起来。蕾梦黛之前就认为他们会去那儿,跟窃贼一起——"他指指迷你城市里的黑针,它像箭一般从城市的心脏向上突起。

"指环。"他说,"窃贼偷了我的缠结指环。琵可茜,你上次那个鬼魂的把戏,在那玩意儿里头也能用吗?"

"也许,要看那玩意儿到底是什么东西。"琵可茜道,"只要有扇虚无之门我们就能知道。"她朝距离最近的银色拱门走去。

大长老说:"佐酷不允许你这样做。"

"把我送过去就行,"伊斯多说,"这是我唯一的请求。我不能袖手旁观。"

琵可茜摸摸喉咙底部的佐酷珠宝。她紧紧闭上眼睛,面孔痛苦地扭曲着。珠宝脱落了,仿佛一个小东西降生在世界上。她用血淋淋的手指将它举起。"我们一直保留的自由,"她说,"就是离开的自由。现在我退出。我生在这里,我要留下。"

她拉起伊斯多的手,"咱们走。"

大长老道:"你在做什么?"

琵可茜碰碰拱门,蜂蜜色的日光从门里涌出。"做正确的事。"说完她跨进门里,把伊斯多也拉了进去。

20. 两个窃贼和一个侦探

　　黑暗将我们重建。有一会儿工夫,我仿佛画家笔下的素描,筋骨皮肉被一笔笔描画。然后我又能看见了。

　　一只猫盯着我。它用后腿直立,戴帽穿靴,一把小剑挂在宽宽的皮带上。它的眼睛玻璃般毫无生气——我随即发现它们真的是玻璃,还闪着金色的亮光。猫动了,动作机械。它摘下帽子,用呆板的花哨动作鞠了一躬。

　　"下午好,主人。"它用尖细颤抖的声音说,"欢迎回来。"

　　这里是一座宫殿中的大画廊。镀金的墙壁挂满油画,天花板上吊着闪亮的水晶灯,宽大的窗户外是意大利式平台。傍晚的金色阳光涌进室内,一切都蒙上了琥珀色的光芒。我畏缩着蹲坐在地板上,跟猫处在同一水平面。炸断的腿已经完好如初,算是小小的安慰。我跟国王一样,一身古代廷臣的打扮:长长的衣服后摆、黄铜纽扣、带褶皱的衬衣、长筒袜紧得可笑。然而猫鞠躬的对象是他。左轮手枪依然握在他手中。

　　我肌肉绷紧想跳起来,但他的反应更快了几分。枪托砸在我脸上,很奇怪,在这里感受到的痛楚竟比在真实世界更加真实。我感到金属嵌进肌肉和颧骨,差点晕过去。我嘴里出了血。

国王用脚踢踢我，"把这东西带下去，"他说，"再给我找点儿穿的。"

猫又一鞠躬，然后拍拍爪子。那声音微不可闻，可立刻就有脚步声远远传来。一扇门开了。

我挣扎着坐起来，一口血吐在国王脚下。"混蛋，"我说，"我早有准备。这里有好多你不知道的机关。等着瞧吧。"

"这个姿态太可悲了，实在配不上你我的水准。"国王说，"你应该谢天谢地的是，我打算留着你逗乐，就当是遥远的回忆吧。"

他用枪比画一下，立刻就有强壮的大手将我拉起来，不由分说往外拽。都是蜡像：一个穿二十世纪早期服饰的男人，长着浓密的胡须；还有个女仆打扮的女人，看不出来自什么时代。两人都有玻璃眼珠和黄色的皮肤，蜡刻的面孔十分粗糙。我想挣扎，却抵挡不过对方机械的力量。

"放开我！"我喊道，"他不是你们的主人，我才是！"但很显然，手枪赋予了国王远超于我的权威。"混蛋！"我喊道，"回来再跟我打一场！"

蜡像拽着我穿过一条走廊，两旁布满敞开的房门，仿佛有好几百之多。门内都有沉默的蜡像，正用慢动作上演各种场面。所有场景都很眼熟：一个年轻人坐在牢房里读书；一顶光线黯淡的帐篷，一个女人坐在角落，一面哼着歌，一面在可怜巴巴的火苗上烹调食物。我还瞥见蜡脸裸体的蕾梦黛，正用笨拙迟缓的手指弹着钢琴。他们全是机械的、死的，我突然明白了遥远的回忆是什么意思。

不过我一直没有尖叫，直到他们把我带到工坊，直到我看见模子、滚烫的蜡和尖利的工具。

片刻的时空断续之感。恢复正常后,伊斯多仍然拉着琵可茜的手。他眨眨眼,空气里有灰尘和蜡的味道。看布置仿佛是刑讯室,却又有装饰华丽的高窗对着花园。窃贼被绑在长桌上,童话里的生物围在他身旁:穿女人衣裳的狼、长胡子的男人、古老地球人打扮的女仆。爪子和蜡做的手里都握着锋利的弯刀。

琵可茜跳上前去,剑"噌"一声出鞘,左右切开蜡和黄铜。一个毛绒绒的脑袋飞到空中;男人的头盖骨被刺穿,从后脑勺掉出齿轮和金属。蜡像纷纷倒地破碎,琵可茜这才把剑尖轻轻搁在窃贼的喉咙上。

"别动,"她说,"这是虚无空间之剑。如你所见,它挺适应这地方。"

"我不过是想说谢谢你。"窃贼呼哧呼哧地说,又朝伊斯多露出笑容,"博特勒先生,在这儿见到你真叫人高兴。我们见过。赌王若昂,愿为你效劳。不过——很显然——你这位女性朋友占了我的,呃,上风。"

伊斯多问:"这里是怎么回事?"

"我很遗憾地说,地下老大——国王——控制着这个地方。"他眨眨眼,"可你们是怎么来的? 明白了,你的佐酷指环。"他说,"盗窃癖真是大有用场。不可思议啊,有时候——当心!"

伊斯多转过身。他瞥到一个毛绒绒的生物冲向房间另一头。"抓住它!"窃贼高喊,"指环在它手里!"

它们来了。培蝴宁说,我挡不住了。

米耶里能感到飞翔的虎怖机撞上飞船的皮肤,正在消耗它的护甲。"快走。"飞船爬升,米耶里看见虎怖机仿佛一柄大镰刀,劈在组织混乱的默工城墙上,潮水般淹没了城墙。她眨眼抛开飞船的视角,集中精力朝地下老大控制的攻击默工射击。

一个黄色的建筑默工朝空中喷洒造物机制造的建筑灰,堵塞了翅膀里的微型风扇。她被迫降落。无数默工前赴后继,固执地扑向她和蕾梦黛。通向黑针的进程变成了缓慢的爬行。

"虎怖机突破了城墙!"米耶里朝义人喊道。即便隔了尘埃和银面具,蕾梦黛脸上的绝望也清晰可见。

米耶里!有情况!她放慢时间,再次透过飞船的眼睛观察。

包裹佐酷殖民地的气泡消失了。闪光、钻石和珠宝构成的鬼影号叫着冲出来,将相干光喷洒在虎怖机大军头顶。它们突破虎怖机的阵列,仿佛对方根本不存在,速度快得人类的眼睛无法跟踪。它们身后燃起了野火,那是自我复制的纳米技术武器。一圈圈大火在涌动的虎怖机中间扩散。佐酷人为什么改主意了?米耶里疑惑不解,但现在没工夫思考。

"走!"她告诉蕾梦黛,"还有时间!"她咬牙切齿,让火炮延伸成一把Q刀,冲向前方密密麻麻的默工。

佐酷女孩挥刀帮我松绑。那个侦探已经追着猫去了,我赶紧跟上。猫消失了踪影,但我仍然朝自己猜测的方向狂奔,一路经过无数默默舞动的记忆玩偶。

这时我看见了那东西,它就在一条小画廊里。毫无装饰的黑色物体,大小刚够装下一枚婚戒,放在深色木头制成的独腿桌上。薛定谔匣子。此刻它对我的诱惑一如二十年前,当我第一次知道它在佐酷殖民地的时候。我无法抗拒。我小心翼翼地走进去,一把抓起它。我以为会有机关,可是什么也没有。我把它捏在拳头里,回到走廊上。

侦探和佐酷女孩正往回跑。

"对不起，"侦探说，"被它逃了。"

"在找这个吗？"国王若昂问。他的模样变了，更年轻，与我的相似之处也更加明显。光滑的脸，黑色头发，留着一字胡子。他戴着黑领带、白手套，肩上披着搭配晚礼服的斗篷，仿佛正要去城里开始夜生活。他拄着手杖，一圈佐酷珠宝环绕在他脑袋周围，闪烁着蓝绿的色泽。但标志性的讥诮还在他脸上。

他抬起手，手心里是嵌着蓝宝石的银指环。"别担心，你们不再需要它了。"他像魔术师一样甩甩手，指环化为一股亮闪闪的粉末，"你们可以全部留下，作为我的客人。"他作势从衣领上掸去不可见的粉尘，"我想，我已经找到了我要穿的身体。至于这些纠纷，是解决的时候了。"

佐酷女孩发出狂野的号叫，我来不及阻止，她的剑已经朝国王划出一个大弧。他拧开手杖头，动作快如闪电，一柄剑闪着寒光冒出来。他挡开她的进攻，然后矮身冲刺。手杖的剑尖在她后背绽放，开出锋利的恶之花。他抽出手杖，动作流畅优雅。她跪倒在地，侦探冲过去抱起她。但我看得出，已经太迟了。

国王用自己的剑碰碰她落在地上的剑。"不错的玩具，"他说，"但我的更棒。"他突然瞪大了眼睛，似乎这才头一次注意到侦探。

"你不该在这儿的。"他轻声说，"你来这儿做什么？"

侦探仰头盯着他，泪水滑下他的脸颊，但他眼睛里溢满愤怒。"国王先生，"他的声音很稳，"我来逮捕你，为了你对忘川所犯的罪行。我以革命的名义命令你，立刻交出你的外记忆密钥——"

"不，不，"他在男孩身旁跪下，"你全弄错了。我还以为你只是个记忆，他用来对付我。我没想这样。"他看看那姑娘，"你愿意的话我们可以让她复活。还有我的密钥，在这儿，只要你想要。"他扔下手杖，在口袋里摸索。"这儿，你拿着。"他把什么东西塞进侦探手里，"拿着。我送你回去。王子理所应当要继承王国——"

侦探一掌掴在他脸上。国王跳起来，捡起手杖对准对方，可接着他又摇摇头，"够了。"他挥了挥武器，侦探消失在一道闪光里。

"你的所有玩具都被你打碎了。"我捡起虚无空间之剑，"想再跟我试试吗？"

剑与我对话，展现出周围一切的深层结构。这是一处小型虚无空间，一个虚拟世界，充当我们周围的超微技术机的交互界面。而我是一个软件体，包含了那具被宫殿解构的身体的所有物质信息。还有，我肚子里有块蓝色的东西，仿佛幽灵——

国王眯缝起眼睛，"那孩子没被压垮，"他说，"他长得很好。他靠智慧打败了你。一百年之后，我会回来看他。"

"他的成就与你无关，不是你的功劳。"我说，"而且他说得对，你必须为你的所作所为付出代价。"

他一脸讥诮，用手杖向我致敬，"那就来执行判决吧，只要你有这本事，咱们这就了断。"他摆出击剑的架势，他的眼睛与我的眼睛仿佛镜中的映像。

我双手举起虚无空间之剑，将剑尖插进自己腹部。剧烈的痛楚模糊了我的视线。剑切开了身为软件结构的我。

并且释放出阿尔肯。

阿尔肯随着我的内脏和鲜血往外涌，流淌成一摊数据。它扩散到宫殿的墙壁和地板，把它们变成玻璃。牢房的墙壁落在我和国王若昂中间。我看着自己生出的困境监狱，不由放声大笑。

侦探被黑针吐出来时，米耶里差点冲他开火。黑针一部分锯齿状的深色表面变成年轻人赤裸的身体。他向前跌倒，蕾梦黛赶去把他抱在怀里。

男孩嘟囔道："他杀了琵可茜。"

米耶里和蕾梦黛几分钟前才赶到黑针底部。它的模样很怪，米耶里只在脉冲爆发遗迹附近见过类似的伪物质。构成它的不是原子和分子，而是某种更精微的东西，夸克物质或者时空泡沫。

米耶里，培蝴宁说，我怕这地方不安全。那东西里头出事了。伽马射线、奇异WIMP，跟喷泉似的。

一圈涟漪涌过整个建筑。突然间，黑针仿佛变成了烟熏玻璃，黯淡、冰冷、致密。和那座监狱一样。他释放了阿尔肯。

米耶里放下武器，触摸黑针的外墙。它像情人一般敞开自己，接纳了她。

阿尔肯很幸福。新的窃贼。新的东西要制造、新游戏要展开，这块土地非常致密，让它的心扩展了一千倍。有人碰了它——那个奥尔特女人，那个逃犯，想回到它的怀抱。它让她进来。她的味道像肉桂。

伊斯多浑身酸痛。他的新身体还很娇嫩，而在心底，琵可茜的死仿佛一团火。然而现在没工夫去想它，因为他突然间知道了所有的一切。

广袤无垠的外记忆环绕在他周围，像热带的大洋一般清澈。默工、尊者、义人：曾经存在的每一个念头、每一段记忆，它们全都属于他。他从未见过、也从未感受过这样的形态，无比美丽，也无比恐怖。这就是历史。而现在呢：愤怒、血和火。巨型默工几乎发疯，奋力支撑着不让城市倒下。人们像提线木偶一样对打，他父亲放进他们脑中的旋钮、刻度盘和触发装置正在疯狂运转。

他用民声对他们讲话，提醒他们不要忘记自己的身份。默工返回护墙上的岗位,人们放下武器。

一步接一步,城市缓缓移动起来。

那么,咱们又回到原点了。坐牢。

我赤身裸体,不愿睁眼。我面前的地板上有把枪。很快我就必须捡起它,决定开枪与否。

玻璃破碎的声音仿佛音乐,或者说仿佛犯法的甜蜜滋味。一股风吹进牢房,带进微小的碎玻璃。我睁开眼,看见了展开翅膀的米耶里,一位面带伤疤的黑衣天使。

我说:"我一直指望你能来呢。"

"而你现在是不是要告诉我,"她说,"说你是赌王若昂,你只在自己选定的时间离开?"

"不,"我说,"现在不是说那话的时候。"

我拉起她的手,她抱着我鼓动翅膀。我们向上飞,穿过玻璃天空,远离枪炮、记忆与国王。

21. 窃贼与偷来的再见

佐酷人复活琵可茜的第二天,我去跟那个侦探——伊斯多——道别,地点在他的厨房。

"她变了。"他说,"我不知道为什么,但是她变了。"

我俩坐在厨房的餐桌旁,我尽量不去看那阴沉难看的污棕色墙纸。

"有时候,"我说,"只需几秒钟工夫就能把你变成另外一个人,有时则需要好多个世纪。"我试着甩开在桌上溜达的绿怪物。它似乎把我当成了天敌,总是咬我的袖子,"不过当然了,我说的任何话你最好都别当真,尤其是跟女人有关的事。"

我看着他:轮廓分明的鼻子、高高的颧骨。我能看出相似之处:嘴巴、下巴和眼睛。不知哪些是蕾梦黛和国王当初预订好的,不知道他们给偶然性留下了多大的空间。但愿他身上她的部分超过我的部分。

"你也变了很多。"我继续道,"伊斯多·博特勒,忘川的地下老大,或者说国王更准确些。接下来你准备怎么办?"

"我不知道,"他说,"不可能什么事都由我来决定。我得把民声还给人民。肯定有更好的方式。一有可能我就要放弃这个位置。而且我还得想想……想想是不是该让大家记得真正的忘川是怎么来的。"

"唔，革命的美梦永远是美好的。"我说，"再说你们还当真革了一场。无论你做什么，千万当心。索伯诺斯特会来找你麻烦，又快又狠。现在佐酷人大概会帮了你，不过依然会很难。"我微微一笑，"但也会很刺激。波澜壮阔，令人困惑。就像歌剧，曾经有人跟我这么说过。"

他望向窗外。城市还在疗伤：过去他窗外的景象肯定跟现在不同。从这里还能看见那座监狱，一根钻石针，耸立在迷宫区的房顶上。

"你呢?"他问，"你准备离开这儿，去做……违法的事吗?"

"那简直是一定的。恐怕我还有债务要偿还。"我笑道，"欢迎你来抓我。不过我觉得你应该忙不过来。"我狠狠瞪了绿怪物一眼，它现在又想爬到我大腿上，"当然了，这儿的其他人似乎并没有这个烦恼。"

我站起来，"我该走了。米耶里已经好几天没杀过任何东西，这种时候她总是心情不佳。"

我跟他握手，"我不是你父亲，"我说，"但你是个比我更好的人。保持住。不过，如果有一天你感受到另一条道路的诱惑，只管通知我一声。"

他用力拥抱我，让我好不吃惊。

"多谢，但是不会。"他说，"再会。"

我们能走了吗? 培蝴宁问，非得等他不可吗?

飞船停在两堵破损焦黑的默工城墙中间，那是城市经过的路径。米耶里穿着简易太空服站在飞船外，借散步驱散心头的烦躁。墙上有些浮雕,让她想起奥尔特,有风景,还有一排又一排空白的面孔。她摸摸它们,心中出现了镌刻其中的微弱歌声。

"嗨。"蕾梦黛说。她一身绅士的打扮,只是没戴面具,也没穿太空服,只隐约可见纳米功能雾的光晕。她注意到了墙上的浮雕,脸上闪过悲伤与愧疚。

米耶里问:"出了什么事吗?"

"只不过想起我得去见一个人。"蕾梦黛看看培蝴宁,"飞船真美。"

谢谢赞美。培蝴宁说,不过我可不只是脸蛋漂亮。蕾梦黛朝飞船鞠了个躬。"请接受我们的感谢,"她说,"你本来没必要做那些事。"

你看不见,飞船蓝宝石色的外壳闪亮闪亮的,不过我脸红了。

蕾梦黛环顾四周,"他还没来? 我一点儿也不吃惊。"她吻了米耶里的脸颊,"祝好运,一路平安。还有,谢谢你。"她顿了顿,"你打开隔弗罗时,我们看见了你的想法。我看见了你这样做的原因。虽然这话没什么用,但我希望你能找到她。"

"跟希望无关,"米耶里说,"跟意志相连。"

"说得好。"蕾梦黛道,"另外——别太为难他。我意思是——要看好他,但也别太为难他。他就是这样,他自己也没办法。但他现在还不算太糟糕。"

"是在说我吗?"偷儿从佐酷的传送气泡里走出来,"我早知道你们会在背后议论我。"

"我去飞船等你,"米耶里说,"五分钟后出发。"

到最后,我不知道该对她说什么。于是我们默默站在红沙上。城市投下的影子在我们四周闪烁,仿佛光与影的翅膀,不住颤动。

过了一会儿，我吻了她的手。假如她眼里有泪，也都被影子遮住了。她轻轻吻了我的嘴唇。我向飞船走去，她站在原地看着。飞船的皮肤打开，我转身朝她挥手、飞吻。

在飞船里，我掂量着手里的匣子。

"你到底要不要打开那东西？"米耶里问，"我还想知道目的地是哪儿呢。"

但我已经知道了。

"地球。"我说，"不过能不能请你让培蝴宁慢点儿走？我想看看风景。"

她竟然没反对。培蝴宁缓缓升起，在行走之城上空转向。下方是稳固大道的主路、乌龟公园连绵的绿地、尘区的纸折城堡。城市的面容已经改变，但我还是朝它微笑。而它毫不理睬，继续前进。

我们飞向太空高速通道，到半路我才发现侦探偷了我的命表。

幕间　猎　人

时值春日，灵魂工程师很快乐。

他的固伯尼亚虚拟境是一座宽广的机器花园，鲜花绽放。在漫长的戴森之冬[1]，固伯尼亚放慢速度、排放废热，而他则播下种子。如今种子都已开花，花园里姹紫嫣红，琳琅满目。

他的魂灵儿像一群穿白大褂的鸟儿般挤在他周围；他自己则探索花园深处：将十亿双手插入黑土——这里的每颗微粒都是齿轮，与邻居完美契合——他感到新的合成心灵的种子即将萌芽。他自己，首席工程师，他无处不在，指挥着给这株模因树修剪枝条、监督着那群基因算法从分支进程降落到新的参数空间。

他以无尽的温柔拉起一个刚刚萌芽的新造魂灵儿，这一个患了一种罕见的疾病，让它认定自己的身体是玻璃，轻易便会破碎——他还以为这样的东西几个世纪之前就失落了。把它与精神分裂症巧妙结合，就能产生一颗特别的心灵，能够随意自我分解与重组、整合记忆。马特杰克的战脑一定喜欢这样。他分裂出一个魂灵儿来处理单调的细节，自己的注意力回到全局：让首席工程师冲向空中，白大褂在清凉的微风中鼓动。没错，那块地方能收获不少

---

[1] 指美籍英裔物理学家弗里曼·戴森（1923—　）预言的核冬天。

龙语者;而在那片巨大的迷宫里,心无旁骛的研究者正在孕育:很快它们就将准备就绪,去探索比世界更宽广的参数空间,这些数学蚁会彻底梳理哥德尔宇宙,搜寻尚未证明的定理。

工程师意识到自己从未像现在这般幸福。他在自己的魂灵儿图书馆快速搜索一番,证实了这一猜测。自他当初进入明斯克大学算起,现在的他最为幸福——虽然曾经有过一段时间,他跟某个特别的人在一起,幸福的程度与现在相去不远。单凭这一点就值得分裂出一个魂灵儿,将它储存在图书馆里,冻结在时间中。

这般幸福当然不可能长久。

虚拟境泛起波纹,竟有两个始祖同时不请自来。宗教的惊恐在较低级的园艺魂灵儿中间扩散,它们纷纷匍匐在生长机中间。一个妊娠期的战脑从分心的操作者手中逃脱,那是一只拥有可控攻击毒素的金属蜘蛛,它摧毁了一片很有希望的梦者,直到工程师从十亿只手中伸出一只,将它销毁。真浪费。那两个陌生人对自己造成的毁灭不闻不问,大步走向花园的中心广场。其中之一是个矮小的中国男人,一头灰发,穿着僧袍般素净的衣裳,外表朴实。马特杰克·陈是整个索伯诺斯特最强大的始祖——至少他还算守礼,没以自己完整的始祖形象出现。

但第二个人,穿白色夏装的高个女人,手持精致的阳伞,掩盖了面容——

工程师突然着了忙,他飞快地动作,把访客限制在次级虚拟境——这任务可不简单,始祖的力量可以轻易撕裂这类幻象。他又派了首席工程师下去接待对方。

虚拟花园变成了真正的花园,樱桃树繁花似锦;费德罗夫风格的石头喷泉里,一男一女两尊英雄雕塑高举一个杯子。较低级的工程师魂灵儿端来饮品,首席工程师朝访客走去。

"欢迎。"他边说边将将自己的胡子——在他看来这动作很有派头。他朝两人略一鞠躬。陈点点头算作回应,动作幅度几乎无法察觉。工程师竭力判断这个魂灵儿的级别:肯定不是首席,但也拥有相当的始祖光辉,足以容纳真正的力量。

女人收起阳伞朝他微笑,天鹅颈项般的脖子上闪着一圈钻石。她说:"你好啊,萨沙。"

他为她拉开椅子:"约瑟芬。"

她坐下来,上身轻轻倚在收起的阳伞上,仪态万千。"你的花园多么可爱,萨沙,"她说,"难怪我们再也见不到你了。啊,换我住在这么个地方,我也不想离开呢。"

"有时的确存在这种诱惑,"陈说,"让人无视广阔世界中的各种现实。很不幸,并非人人都享有这等奢侈。"

工程师朝老始祖敷衍地笑笑,"我在这里的工作对整个索伯诺斯特都有益处,也有益于共同盛业。"

"自然,"陈说,"这项工作唯你能胜任,所以我们才来。"他在喷泉边坐下,伸手摸摸水,"这一切都有点儿过头了,你不觉得吗?"工程师想起来了,陈自己的领地一般都很抽象,全是斯巴达风格,物理定律祖露无遗,细节极其稀少,几乎达到诡异离奇的地步。

"噢,得了,马特杰克,"约瑟芬道,"别这么无趣。这里很美。再说你看不出萨沙正忙着吗? 他在将胡须呢,说明他很想回去工作,却又因为太过礼貌不好直说。"

"工作的话,他的魂灵儿足够了。"陈说,"但是,好吧。"他双手交叉,身体朝桌面倾斜。

"兄弟,你的一个造物出了点小麻烦。困境监狱被突破了。"

"不可能。"

"你自己看吧。"陈传给工程师一段记忆,虚拟境随之颤动:刹那间,工程师看见了始祖魂灵儿的真相——万万亿个陈的声音,展开在索伯诺斯特所有的固伯尼亚与州、府①。与其说这是一个人,莫如说是一根主干。紧接着,工程师手里多了个冻结的魂灵儿,他立刻认出这是自己的手笔。那是对博弈与强迫症所做的一点小试验,早已被他抛诸脑后。他管它叫阿尔肯,用它看守索伯诺斯特的坏家伙和疯子,把他们关得远远的。他把它像橙子一样剥开,吸取它的记忆。

"真怪。"他看见监狱将那三个灵魂吐进一个脆弱的物质外壳。那艘奥尔特飞船里的小东西竟能愚弄他的造物,他不由感到一丝赞赏;同时又暗暗记下来,下一代的阿尔肯必须有能力区分不同层次的现实。

"要不是他们犯了错,我们根本不会察觉。"陈说,"不过他们的确犯了错:他们本该带走两个魂灵儿,而不是三个。你也看见了,第三个相当有趣。"

"啊,没错,"看着阿尔肯的造物,工程师涌起祖父般的骄傲,"终极背叛者。有意思。"

"始祖代码。有人用始祖代码打开了监狱。我们需要知道原因。"陈一拳砸在桌面上,"我们所有人都在作战,我们中的有些人甚至彼此作战。但我们也承诺过,有些界线绝对不可逾越。"

"也许你承诺了,马特杰克。"约瑟芬的手指顺着玻璃杯杯口滑动,"但有些人显然没有。"

"我们需要把那些魂灵儿找回来:我们——我——需要了解他们知道什么。"

"要做这件事,你自己的魂灵儿不也足够了吗?"工程师与更年长的始祖对视了好几秒,心里对自己十分满意,"我还有更重要的

———————————
①原文为俄语,指不同大小的行政区。

工作要开始、要完成。"他感觉得出,在魂灵儿平静的外表下,陈的恼怒不断累积,就像空中的静电。

"萨沙,"约瑟芬说,"我们都不是孩子了。如果不是真的需要你,我们——我——是不会来的。"她摸摸他的手,又微微一笑:即便经过三个世纪和几百亿分支,工程师发现自己依然忍不住要报之以微笑。"马特杰克,也许你该让我跟萨沙单独谈谈。"她与老始祖对视片刻,最后竟然是陈转开了眼睛。"好吧,"陈说,"也许孩子才能说动孩子。我稍后回来。"他离开虚拟境的动作很没风度,魂灵儿化身猛地撕裂了空间,工程师好容易才将它抚平。

约瑟芬摇摇头。"我们都在谈论改变,"她说,"但有些东西从来一成不变。"她看着他,晶莹的眼珠闪闪发亮,"不过你变了。我爱你建造的这一切,真是不可思议。我常想——你是不是一直有这个能力,即便在那时候? 或者是你长大了?"

"约瑟芬,"他说,"直说吧,你想要什么?"

她撇起嘴,"我可不知道自己是不是喜欢长大的萨沙。你至少该脸红啊。"

"请别这样。"

"好吧。"她抬头深吸一口气,"我快被他们杀掉了。其他始祖。自从你的上一个冬天,事情就起了变化,很大变化。安东和赫辛在一起了。至于契特拉古波塔……唔,你还是老样子。但是我——他们从来不喜欢我。而且我很弱,你简直无法想象。"

工程师满脸不可置信:"魂灵儿大屠杀? 已经到这一步了?"

"还没有,但他们有这个打算。马特杰克是我唯一的希望,而且他知道你会听我的。跟监狱其实没关系,你明白:他想要的只是对付其他人的武器,还有你的支持。"

"我可以……"他略一踌躇,"我可以保护你。"

"你真贴心,但我们俩都心知肚明,你做不到。这个地方是他们给你的,因为你有用。假如你不再有用,这里也不会再属于你。帮助马特杰克吧,然后他也会帮助我们。制造个什么东西去抓住那些小逃犯。不过是件小事,却能让他知道我的话对你管用。而这就能让他看重我。"

工程师闭上眼。他能感到自己的十亿双手插入花园的土壤,令花园充满生机、不断成长,而这一切都存在于强大的固伯尼亚大脑中,直接从太阳吸取物质与能量。这是与旧地球大小相当的钻石星体,他的万亿魂灵儿和龙都在里头。然而他却感到自己十分渺小。

"好吧,"他说,"就这一次。为了旧情。"

"谢谢你。"她亲亲他的脸,"我就知道,我总能指望你。"

他说:"小心分寸,跟他。"

"我了解马特杰克——当然是在他可能被了解的限度之内。眼下我还能应付。也许我会有……其他出路,但我需要时间。所以我感谢你的礼物。"

"这没什么。"他微笑道,"我会为你做个猎手。想来看吗?"

"我从来爱看你工作。"

他让花园虚拟境消融。她的始祖形象也同样美丽,整个人由无数魂灵儿纺出的银线织成。他领她穿过工厂,来到果园,他最喜欢的东西都种在这里。他一面静静享受她散发出的惊奇,一面沉浸到工作中。这是另一个层面的工作,不再是监督,而是手工艺。他制造的这个新东西,它的认知模块是巨大的地图集,是神经回路与思想的交响乐。

他把自己之前的新发现植入设计中,心情微觉畅快。猎手不是一个,而是许多,能将自己分割成多个部分,也能重新融合。他赋予它一位奥尔特雕刻家的绝对专注、乐团钢琴家的协调能力,再以古老图书馆中某些更为原始的动物形态——鲨鱼与猫科动物——做调剂。他给了它足够的认知权力,既让它聪明伶俐,又不足以让它喜欢空耗时光。他又拨给它一点点固伯尼亚智能物质,这样它便准备好了,只等新主人下令就能发动。

完成的作品并不说话,只是静静地望着他俩,观察、等待目标。它散发出武器的美,那种诱使人伸手触摸的美,即便你知道它锐利的边缘会割伤自己。

"它属于你。"他说,"不是马特杰克。只有你。你只需要告诉它你想找的是什么。"

约瑟芬·佩莱格莉妮面露微笑,朝猎手耳朵里轻轻吐出一个名字。